希言自然

高建成 著

团结出版社

图书在版编目（CIP）数据

希言自然 / 高建成著. -- 北京 ：团结出版社，
2019.11

ISBN 978-7-5126-7548-3

Ⅰ．①希… Ⅱ．①高… Ⅲ. ①散文集－中国－当代
Ⅳ．①I267

中国版本图书馆CIP数据核字(2019)第258406号

出 版	团结出版社
	（北京市东城区东皇城根南街84号　邮编：100006）
电 话	（010）65228880　65244790
网 址	http://www.tjpress.com
E-mail	65244790@163.com
经 销	全国新华书店
印 刷	成都市兴雅致印务有限责任公司
开 本	170mm×240mm　　1/16
印 张	17
字 数	307千字
版 次	2019年11月第1版
印 次	2019年11月第1次印刷
书 号	978-7-5126-7548-3
定 价	43.00元

持之以恒　必有所成

◎ 移友学

我和建成共事多年。在我的印象中，他是一个工作、学习都很刻苦的参谋，突出表现在两个方面，一个是专注，一个是深思。每当交给他一项任务，他总会专心致志，废寝忘食地去做，有一种拼命三郎的狠劲和韧性，同时他也非常善于分析，善于总结，注意研究和把握工作规律。如果一个参谋既有忘我的工作激情，也有良好的思维习惯，也就是我们常说的既想做又会做，做事最重要的三个要素方向、动力和招法就有了保证。

建成正是凭着这种扎实作风和过硬素质，不仅在军队建功立业，成就梦想，转战地方也是得心应手，业绩不俗，短短几年便开拓了西部军方市场，尤其是他创办的"高参论道"公众号，内容丰富，可读性强，常常会引发人回忆与思考。我在想，建成在完成繁重工作任务的同时，还坚持不懈地写作，这是极耗精力和时间的，确实是需要毅力和勇气的。

现在建成要把他写的文章结集出书，我为他高兴，这既是他的喜事，也是我们干作训的人的喜事，因为文章里面有作训人的心路历程、价值取向、家国情怀……

持之以恒，必有所成，祝福建成！

事不避难　义不逃责

◎　田福平

建成是我的好战友，我们在繁重而艰巨的工作中结下了深厚的友谊！他要我为他的新书说几句话，我欣然接受，这既是为他发声，也是为所有的如他一样的奋斗者发声。

建成勤奋刻苦，并善于思考，过去在部队就撰写了大量军用文书和优秀研究文章。退役后孜孜以求，笔耕不止，经常能看到他的文章见诸网络，这些文章涉猎广泛，有对过去工作实践的回顾总结，有对历史人文的思考感受，也有家国情怀的真情表露。有深度，很朴实，接地气，充满正能量，给人很多启迪。能把这些文章集中起来出本集子，很有意义，是对大家的贡献！

建成在部队各个岗位都兢兢业业，干得很出色。退役后担任地方企业区域副总也尽心尽责，风生水起，而且写了这么多好文章。我在想，建成靠啥支撑着不懈奋斗、不断超越？他说以"事不避难、义不逃责"自勉。这是一种可贵而稀缺的品质，干事都难，但只要我们知难不避难，尽心不逃责，坚定初心，牢记使命，迎难而上，难也就不难了，长期奋斗必会迎来绚丽多彩的人生收获和喜悦！

祝福建成！

2019年5月上旬，徐仁华特地通过微信给我转发了一篇文章：《和母亲唠家常》。加"特地"二字，是说明徐仁华与我微信多年，还从未专门发一篇文章给我。啥意思？我怀着好奇的心情点开一看，便深深地被此文吸引住了！

一口气从头看到尾，还没松口气呢，文后的作者简介更令我大吃一惊：作者高建成曾经在六所军事院校受训，在四级机关任职，并在两个旅当过领导，2016年退出现役后，又创办了"高参论道"公众号。读了优美无比的散文，看完货真价实的简历，我惊讶不已：真乃横空出世一高参啊！

我年过花甲，早已过了容易激动的年龄，再说，从军近四十年，在兰州军区《人民军队》报社舞文弄墨三十年，直至退休，结识各色人等，足迹大江南北，应该说算是见过世面的了。但像高建成这样具有传奇经历的军事干部，我还是第一次听说。

当我看到他简历中"2016年退出现役"字样时，扼腕叹息：可惜啊！这样的复合型人才咋让他退役呢？真是痛心疾首，差点没骂粗话。

为了平复心情，我立马拨通了徐仁华的手机，询问高建成的情况。徐仁华对高建成很了解，在电话中笑着说："就像当年我转业时，你问我后勤部部长干得风生水起的，咋要转业呢？高建成决定退役时，很多领导都劝他不要走，可他想到当兵二十多年来，大都在首脑机关，没有基层主官任职经历，就毅然决然地要求离开了部队，跟我一样的情况。"徐仁华说高建成跟他一样的经历，我便释然了。

徐仁华出生于伟人小平故乡四川广安，他原来在兰州军区政治部，后调到二十一集团军高炮旅，没几年就升任该旅后勤部部长。正当他把部长干得风生水起好评如潮时，主动要求转业。得知消息，我打电话劝他好好想想，不要冲动。他说已经想过了，主要原因是没在基层任过主官，在野战部队发展受限。

也许有人要问：你写高建成咋又扯上徐仁华呢？在此，我要强调的是，因为徐仁华使我认识了高建成，而徐仁华把高建成引荐给我，也是因为欣赏他的才华，佩服他的工作能力。聪明能干的人，他们就像磁石一样相互吸引，共同成长！电话中，当年的徐部长如今的徐主任，对他的转业选择感到无比正确而倍感欣慰，对高建成作出自主择业的选择也是赞赏不已。他高兴地告诉我：高建成已进入北京华如科技股份有限公司，现任成都分公司副总经理，成了华如公司举足轻重的一员。

我这个人活了大半辈子了，要说有优点的话，最大的优点就是爱学习，见贤思齐，喜欢交有上进心能力强素质好的朋友。读了高建成文采飞扬的文章，听徐仁华这样一介绍，恨不得马上见到高建成。拨通他的电话，两人就像久别重逢的战友一样激动，电聊之后，高建成加上了我的微信。

通过高建成的"高参论道"公众号，我立马看完了他已发出的所有文章。不看不知道，一看吓一跳！文章之老道，文风之朴实，真是老太婆下飞机——不扶（服）不行啊！

截至目前，在我们这个星球上，令我佩服的人真还不多。不是我狂妄，也不是我矫情，而是我觉得作为一个人，虽说不可能先知先觉样样精通，但是，术业有专攻，你起码要在所从事的行当里做到出类拔萃。高建成从总部、军区、集团军，再到二十一集团军装甲十二旅任副旅长、防空旅任副旅长兼参谋长，年仅36岁就进入了正团行列，真正有他的过人之处。每到一个单位，他都是爱一行、钻一行、精一行，受到首长和同行的广泛好评，获得过不少的荣誉。

我认为，正是高建成自上而下的任职工作经历，使他修炼形成了"会当凌绝顶，一览众山小"的大情怀大格局，无论是在机关推材料写文章，还是在部队搞训练抓管理，都有着轻车熟路之感，令人刮目相看钦佩不已！

正因如此，我更有了急于想见到高建成的强烈愿望。6月初，我的老师、著名书法家王炳礼夫妇从宝鸡来成都，我召集成都的战友为王炳礼夫妇接风洗尘，并特邀高建成出席。

这天，高建成如期而至，外形是标准的西北汉子、军人气质，目光炯炯有神，语言刀砍斧切，但举手投足，又温文尔雅，极具亲和力。由于在电话中闻其声，在微信中读其文，一见面就留下了"一见如故相见恨晚"的良好印象。

按理说，我与高建成应该早就谋面了，因为我们同在兰州军区服役，他大量的服役时间都是在兰州军区司令部军训部、二十一集团军作训处，后来又到我的老部队装甲十二师改编的装甲十二旅任副旅长，这都是我们有可能相识的节点，但为何擦肩而过失之交臂呢？我想有这么两个原因：一是他当参谋、当领导期间，行事低调不爱张扬；二是他虽然写得一手好文章，但都是在幕后保障首长。

见面后，我问高建成："写了多少篇稿子？"他略一思考，答道："基本上是两周一篇，一百多篇了，二三十万字吧。"我惊讶道："这么多呀！"他说："都是受机关工作的影响，习惯了。"我问他："咋不结集出版呢？"他反问道："出书很麻烦吧？"我说："你把稿子打印出来，交给我，我帮你张罗出书吧。"他高兴地连声说："谢谢老师！谢谢老师！"

两天后，高建成抱来了他的心血之作，精心挑选了六十篇，就像托孤一样地交给我，并诚恳地说："老师，拜托您了！"

看完高建成二十多万字的稿子，我抑制不住内心的激动，给他打电话说："建成，你写得太好了，我给你写序吧，题目就叫《'高参论道'显高参》！"后来见面，我俩一致敲定书名《希言自然》。这是借用《道德经》中的话，意思是真正的"道"，总是自然运行而勿须多言的。

《道德经》是我和高建成推崇备至的经典，博大精深常读常新。时隔两千多年了，老子仍是举世公认的伟大的思想家，其《道德经》也被后人称为万世第一经。

我非常赞赏高建成为人处事遵循自然法则，审时度势，急流勇退，见好就收，有优秀人才的特质：空。短短260字的《心经》告诉我们，心是身之主宰，应无所住而生其心。心能空空如也，空灵无碍，便能悟顺万物，应变无穷。凡与高建成打过交道的，无不感受到他的本色为人。正是他的真实洒脱，本色风范，折服了大家。

在与高建成的接触中，我没听他说过自己的"过五关斩六将"，而是从练兵场转入商场，他懂得清零，从头再来。腾空了的高建成，便能不为自我和外物所拘，不为傲慢与偏见所误，原汁原味，知人善任，从善如流，顺势而为。据说，进入北京华如科技股份有限公司不久的高建成，已经做出了不俗的成绩。

高建成从一个高中生考入军校，加入绿色方阵，靠自身的文化素质，在组织提供的平台上，积累经验，增长才干，自下而上，又自上而下地凤凰涅槃浴火重生。他推了大量的材料，不可能署他的名字，写了数百篇文章，很少发表，可谓大音希声，希言自然。正当所有人都认为他鸿运当头更上一层楼时，他审时度势，毅然选择了自主择业，离开了他钟爱的军营，这是顺势而为急流勇退的睿智，充分体现了老子的哲学思想。

高建成收入本书中的所有文章，不敢说字字珠玑，但篇篇精品还是敢说的，确实是真情实感的倾诉，军营生活的总结，人生阅历的感悟，旅游途中的见闻，等等。我敢说，只要打开这部书，读进去，或多或少都是有所收获的。

老子思想讲究道法自然，他讲求"道生一，一生二，二生三，三生万物"，就是说道是万物之根本，衍生万物。《道德经》的首句"道可道，非常道"，我们可以浅显地理解为：道是可以说出来的，但是说出来的道就不是道了。但是我认为他对人们的影响是"道路可以走，但不是通常的走法"。所以，老子希望人们在生活中讲究为人处世的方式方法，要懂得改变自己的思维。我以为，老子对人们影响最深的就是宇宙万物的本源，以及存在根据的"道"，他创立了以"道"为核心的辩证法、认识论和人生哲学。

我从高建成的言谈举止中可以看出，老子思想对他的潜移默化的影响。"大道至简""大音希声"，在他身上展现的是，办事不拖泥带水，说话干净利落一语中的，不愧在领导机关历练过，见过大世面，观过大阵仗，处过大事情。高建成年过不惑就发福了，但他大腹便便却无大言不惭。比起初见，越接触越了解越觉得他风趣幽默平易近人，时时处处谦虚谨慎，受到大家的一致好评。

高建成华丽转身，进入北京华如科技股份有限公司，可以说是如鱼得水如虎添翼。我身为职业军人，遗憾的是没带过兵没打过仗，虽说高建成先后在两个旅里主抓军事训练，带领官兵进驻雪域高原荒漠戈壁外训，但他也没在血与火的战场上施展拳脚。值得他庆幸的是，他的满腹经纶满脑韬略满腔抱负，遇上了华如这样的好平台。商场如战场，相信在这里，会有高建成的用武之地，我们静候佳音静观其成。

人们常称赞明事理懂道理的人为"得道高人"，高建成是得道高人吗？我说是。老子说道法自然，其实，任何一个人都可以成为有道之人。就像佛教所说人人皆有佛性，只要觉悟了就是佛，不是有句"放下屠刀，立地成佛"吗？试想，作恶之人只要良心发现积善积德都能成佛，何况我等遵纪守法的芸芸众生。

《道德经》并不深奥，贵在知行合一，懂得做人做事的规律，坚持去做并持之以恒成为习惯，随着时间推移，人就会脱胎换骨，成为"自然而为，无所不为的人"，高建成即是这样的人，或正在成为这样的人。

说了高建成这个人，自然得说他的文了。他二十多万字的文章，我分成了三个部分，下面分别作个导读。

第一部分，主要反映了高建成从军生活的经历和体会，不仅可读性强，而且实用性操作性非常强。他通过自己的亲身经历言传身教，相信只要读他的书就会受益匪浅，学以致用。

从高建成1994年9月高中毕业考入军校算起，到2016年退出现役，满打满算23年，可他从总部、军区、集团军机关到旅里任职，时间长达18年，而且是连续的没有中断过，这恐怕在全军都是少见的。所以，高建成的机关工作经验相当丰富，他在《机关》一文中写道："我运气好，不但参加了人民军队，而且调入了领率机关，特别是能任职于作训部门，这是老天对我的恩宠。时刻与首长同步思考、同频共振，全局意识、科学思维怎么能不形成？大格局、大视野怎么能不具备？所以，有志于在军队建功立业的年轻人，要勇于到机关去锻炼，不要只在基层营连小圈子里比素质，那种获得感和满足感是虚假的，也是暂时的，要在高素质群体中感受到自己的差距，正所谓'知耻而后勇，知弱而图强'，在进步提高中找到工作的乐趣，在拼搏奋斗中实现人生的价值。"

高建成的这番感慨，说明了平台的重要，说明了跟谁在一起的重要。对他而言，可说是成也机关，退也机关，但正因为有了在机关的磨炼，格局大了，笔头子练硬了，退役后进入华如科技股份有限公司犹如鲲鹏展翅蛟龙入海啊！

说起材料这个话题，只要在机关里干过的人，无不感同身受，都能掰着手指头说出一二三个故事来，但像高建成这样理智理性地阐述得兴趣盎然意犹未尽，真还不多见。请读者诸君看完《话说材料》《推材料痛并快乐着》等文章后，就会明白了，恕不展开谈，权当抛砖引玉吧。

在第二部分里，高建成通过与母亲拉家常、个人经历、社会现象引出的话题，追根寻源，像剥笋子一样层层剖析，如手术刀似的切中要害，引人深思，令人省悟。

一个人成不成才、优不优秀，与母亲的言传身教有很大的关系，因为母亲是儿女的人生导师，有什么样的母亲，就有什么样的儿女。高建成的母亲识字不多却深明大义，看问题一针见血，指方向一目了然。在《和母亲唠家常》一文中，高建成记录了母子俩的日常对话，他觉得母亲的话很有滋味，许多深奥的人生道理，她用极简单极浅显的话说出来，真的是大道至简。

俗话说，习惯成自然。优秀的人都具有好习惯，而好习惯之一就是自律。高建成在《看晨曦有感》一文中介绍了他的好习惯，生活很有规律，该做啥就做啥，该吃啥就吃啥，该睡时就睡，即使是加班，只要不超过凌晨三点，早晨七点左右，生物钟就会把他叫醒。这种好习惯肯定是通过日积月累的自律养成的。因此，高建成通过现身说法，说明了"能够自律的人是可怕的，他（她）的每一次自律，都是一次战胜自我的过程，都是一次思想沉淀、心灵升华，都是一次凤凰涅槃、浴火重生，最终，他（她）将变得不可战胜！"他掷地有声地强调："从平凡到非凡，无他，自律尔！"

《希言自然》的第三部分里主要收集了游记。高建成的游记写得相当精彩，可以说篇篇都是上乘之作。我和高建成一样，爱读书，爱旅行。我曾说过："寂寞多读书，抽空去旅游，灵魂和身体，总有一个要在路上。"我认为，旅游和旅行是有区别的，这些年，我们国家富了，人民生活水平提高了，境内游出国游成了人们的家常便饭，但大部分是在旅游。"上车睡觉，下车撒尿，景点拍照，回家一问，啥都不知道"，这是人们旅游的真实写照。

高建成则是在旅行。这就是我要说游与行的不同。仅从字面来理解，"游"与"行"不仅字不同义也不同，"梦游""游手好闲"等字眼，一看就觉得轻飘飘的。"行"则不一样，显得踏实扎实，"忠不忠，看行动"，这是"文革"时期的语言；"千里之行，始于足下"，这是长辈、老师常用于叮嘱的话；"知行合一"，更是王阳明"心学"的要义。

从高建成的游记中可以看出，他每到一地之前是做了功课的。旅行之地的前世今生来龙去脉正版野史，高建成都尽可能去收集穷尽。因此，他写出的游记不是浮光掠影，不是记流水账，而是知识性趣味性俱佳，没去想去，去过的还想去！

高建成的游记还有一个非常突出的特点，那就是通过写景状物引申出自己的所思所想，把景点写得多姿多彩、活灵活现，令人朝圣似的心向往之。

在高建成的游记中，我们还能看到他对一些历史事件和人物，用历史唯物观和辩证唯物主义的方法正本清源，以正视听。如四川省大邑县的刘氏庄园。收租院、刘文彩，这是我们读小学时就打下深深烙印的名词。如今刘文彩的庄园成了著名景点，我也亲自或陪朋友去过多次，每次都是浮光掠影不明就里，去得多了，反而觉得刘文彩不是恶霸还是善人，读高建成的《没有忆苦，怎会思甜？——参观大邑县刘氏庄园博物馆有感》，好似当头棒喝："……去参观刘氏庄园博物馆之前一定要做做功课，否则的话，不但看不清、听不明，还有可能思维跑偏、情感漂移，进而会导致丧失起码的政治立场和应有的价值取向！"这话具有非常强的针对性。这些年，诋毁领袖歪曲历史，中伤英雄故意抹黑，到了令人发指的地步！

高建成的游记简洁精到，叙事论理朴实深刻，是自己的所见所闻所思所感所悟。《新疆手记之乔尔玛烈士陵园》《不应被遗忘的伊犁将军们》《东疆忠魂耀千秋》《再识汉武帝》《一座中华民族的精神丰碑》，等等。高建成这些游记，从封存的历史里，挖掘出鲜活的事例，说明中华民族的源远流长博大精深；从远去的背影中，刻画出生动的故事，让我们永远记住为民族复兴做出贡献的先贤英烈。

高建成爱旅行的体会是，"我到一个地方一般情况下要看三个地方：博物馆（院）、烈士陵园、大学校园。表面上看，这三个场所没有什么瓜葛，但其实却有着千丝万缕的关系，博物馆丰富我们的头脑，烈士陵园涤荡我们的灵魂，大学校园点燃我们的梦想，了解过去、感恩当下、展望未来，这就是暗含的内在逻辑！"我非常赞成高建成的这些观点。人这一辈子，一定要有方向感目的性，而中国人的从众心理恐怕在全世界应是比例最高的。《乌合之众》一书中有这样一段话："……在群体中，任何情绪和行为都具有感染性，众人常被同样的感悟所激动和振奋，很容易受别人的意见和主张所左右和影响，这使得群体中的个人都有很强的从众心理，容易被人误导。"读高建成的文章，能够感受到他的独立之人格，自由之思想，包括他的游记，也不人云亦云，有独自的见解，不俗的分析。在此我就不啰唆了，请读者诸君细细品读吧。

老子的《道德经》通篇论述的核心就是一个"道"，高建成的所有文章没有拉大旗扯虎皮的虚张声势，也没有虚无缥缈夸夸其谈的装腔作势，而是来自实际亲身实践的心得体会，自然倾诉。一句话：高建成的文章篇篇是"道"！

让我借题发挥一下吧，世上所有的大道理小道理，其实都可以归纳为一个东西，那就是老子口中的"道"。你可能会说了，老子的"道"说得太玄妙了，你能不能直接告诉我"道"究竟在哪里，好让我有个直观的感受？

还算你问着了，不仅如我这些不想深入思考，只想浮皮潦草吃文化快餐的人有这样的疑问，而且古代这么提问的也大有人在。《庄子》一书记载，东郭先生向庄子请教"道"究竟在什么地方？必须要指出具体的事物。庄子很是兴奋，告诉东郭子"道"在蝼蚁之中，在杂草之中，在瓦块之中，在屎尿之中。把东郭子听得目瞪口呆。

庄子老人家真是太有才太风趣了！其实，他想表达的意思是，"道"既在具体事物中，又不在具体事物中，每一个具体事物中的"道"都只是一部分而已。

这么说还是有点绕吧？好，来个简单的！明代心学大师王阳明在回答弟子上述疑问时说："心即道，道即天，知心则知道、知天。"总之一句话，"道"只有一个，那就是你的心。你只要懂得了自己的心，也就明白了"道"。也就是说，你只要明白自己心里是怎么想的，就会懂得天下所有的道理。孔子曾经说过：己所不欲，勿施于人。反过来说便是：己所欲人亦欲。那么，高建成的这二十多万字的文章，其实就是他想要解决的问题、达到的目的，通过文章倾诉表达了。这样的文章怎么不能引起共鸣呢？

　　既然心即是"道"，那只要你顺着自己的心去行事就不会背"道"。只是要注意一点：当你顺着"道"的这一面走遇到阻力时，可以顺着"道"的另一面走，可以迂回，可以避让，毕竟趋利避害是心性的一种，也是"道"的表现，千万不要一根筋，为什么成功的人大多数都是"离经叛道"的？高建成在从军路上走得顺风顺水时，选择了自主择业，我为他这个抉择高看一眼：这才是高参！

　　我认为，"道"是一体两面的，大家都是这一面，那肯定就很拥挤了。俗话说，成功的路上不拥挤。当你独自摸出一条道，去的人少，很快就走到前面了。所谓独辟蹊径就是这样的道理。不论职场、战场、商场、情场，道理都是相通的。只要你掌握了"道"的另一面，成功离你就不远了。

　　横空出世一高参，愿你在华如这个辽阔的天空中展翅高飞凯歌高旋！

（作者系原兰州军区《人民军队》报社高级编辑、大校军衔）

作者高建成

目录
CONTENTS

第一部分

第二部分

第三部分

后记

我庆幸，生命中有当兵的历史。但仅仅回忆是不够的，只有持续深刻地反思，全面准确地认识其价值所在，这才是对从军历史最好的纪念和尊重。

第一部分

重整行装再出发

　　我叫高建成，今年（2016年）离开了二十一集团军防空旅副旅长兼参谋长的岗位，选择了自主择业，现在在北京华如科技股份有限公司西安分公司任副总经理。我在新疆哈密（我的入伍地）办落户手续时，很荣幸地认识了市人社局的高亚琳主任，她气质优雅、态度友善，给我留下了极其深刻的印象，我们互留了通信方式。在以后的交往中，我对她有了进一步的了解，她对西北家乡眷恋挚爱，对军转工作专注负责，使我非常感动。她数次提出，让我写写我从军队到地方的这段人生经历和内心感悟，并给《转业军官》投稿，我无法拒绝，于是有了下面这些粗浅的文字。

　　人们常说离开部队、进入社会很难，作为亲历者我完全同意，人到中年，突然变换一种生存环境，而且这种变化是全方位、深层次、快节奏的，不身处其中很难体会那种煎熬的滋味。有军转干部戏称，转业后才发现，除了老婆孩子是熟悉的，其他一切都是陌生的。这话很直白很形象。那么到底难在哪里呢？对症才能下药，我结合自身情况分析了一下，觉得主要是离开部队难、面对社会难、选择工作难。这是环环相扣、逐步递进的人生三场大考，既考智商，也考情商，更考逆商，如果能把这三场大考考过，也就圆满地转变了角色，顺利地融入了社会，也就必然会成为人生的赢家。

军转干部该怎样离开部队

　　离开部队大体上是三种情况：骂骂咧咧、别别扭扭和高高兴兴，真实的情况是第二种居多，第一种次之，第三种鲜有，这毫不夸张。总之，不开心的人多，开心的人少。

前几天网上热传一篇文章《我为什么提前退休》，主人公是某军分区的副司令员兼参谋长，按理说副师这个级别已经不低了，可字里行间流露着他的委屈和不满，他毫不避讳地表达了这样一个意思，那就是凭他的军事素质和工作成就，应该还有上升的空间。其实看完这篇文章我当时就笑了，他所谓的人生辉煌主要表现两个方面，一个是维和，一个是救灾，其实都很一般，至少在我看来是这样的，而组织给他的荣誉是很多很高的，特别是工化处长能提到军分区任副司令员兼参谋长，他已经是幸运儿了。现在有点乱套，瘦猪哼哼，肥猪也哼哼，都觉得自己吃了亏。男儿有泪不轻弹，只是未到转业时啊！

每个人都要客观看待自己，特别是要客观看待自己在部队所做的工作，所受的苦累。

一个人在部队干上十几、几十年，再怎么着都会做点事，否则部队也不会要你了。有些工作是岗位使然，比如，我在任防空旅副旅长兼参谋长时，狠抓司令部建设，2015年被原兰州军区表彰为"先进司令部"，我个人被评为"优秀参谋长"。这对于一个兵种旅来讲，是相当不容易的，但我不认为我有多么了不起，我要感谢参谋长这个岗位，正因为有了这个岗位，我才能大展拳脚，如果没有这个岗位，能做到吗？那绝对做不到。退一步讲，工作也不是我一个干的，科长们坚决力挺我，分管副旅长无私帮助我，旅长、政委始终支持我，这样一想，不就释然了吗？

在部队一天，就会吃一天的苦、受一天的累，天知道，一个在部队十几、几十年的人到底吃了多少苦、受了多少累。但我们必须清醒地认识到，这些苦累，不是你一个人在吃在受，而是所有人都在吃、都在受。我入伍23年，吃苦受累太多了，军校学员时参加抗洪，基层排长时上高原挖缆沟，机关参谋时通宵达旦写材料，还有啊，最难熬的是长达五个月的野外驻训，库尔勒驻训地最热时空气温度56摄氏度，地表温度72摄氏度，一般人都难以想象。不吃苦受累，群众会敬重你？首长会提拔你？其实，入伍就意味着吃苦受累，这个道理根本不用讲。

所以，我们每一个人都不能把所做的工作、所受的苦累，作为向组织和首长讨价还价的筹码，提这提那不合规矩的要求，这是不道德的，至少是不理智的。我们要把自己看得低一些、小一点，这个低、这种小，恰恰反衬出我们人品的高、格局的大。

我是四月份离开部队的，这个时间已经很晚了，一般情况下，确定转业的干部三月份就离队了，而我作为参谋长因为要组织迎接集团军基础训练考核，迟迟没有离开。让我没有想到的是，回到家中没过几天，部队又召我回去，因为西部战区陆军要对旅里进行战备拉动，这对基层部队来说可是件大事。

当时的情况是因为转业的影响，旅里在位的领导力量很薄弱，把已经离队的参谋长往回召，我能想象旅首长是多么的为难。我没有多讲，把已经收起来的装具取出来，按要求的时间归队了。在准确领会上级意图之后，我周密组织司令部制定方案计划，深入营连督促贯彻落实，由于准备工作充分，战备拉动圆满成功。

西部战区陆军首长听说了这件事，在总结大会上对我提出了表扬，号召广大官兵向我学习。集团军多位首长也专门给我打电话，我清楚地记得曾当过我参谋长的田福平副军长的话：建成，你用你的行动证明了你是一名合格的军事指挥员，你是一名成熟的领导干部，合格固然重要，但成熟更为宝贵，我为有你这样的部属感到骄傲自豪！

我没有想到的是，进入华如公司后，有一次和某部领导谈业务。他对我说：我听说过你的事，已经离队了，又奉命回去搞演习，你这样的人我信服，华如老总有眼光，你们华如公司绝对有实力有信誉，我愿和你们合作。这件事的影响这么大是我始料不及的。

离开了为之奋斗十几、几十年的老部队，内心有这样那样的想法是很正常的，但要学会控制、学会调节，不能任性放大、滋意漫延，甚至使之失控。有的军转干部戎马半生，能力强口碑好，但在转业的人生关键时刻，没有把持好自己，沦为茶余饭后的笑柄，确实让人扼腕叹息。花无百日红，人无千日好，想想当初入伍的自己，再想想现在离队的自己，付出与收获成不成比例，相信每个人都有答案。前几天，我回部队办手续，离开那天，官兵前来列队送行，很多人都哭了，我笑着与他们一一握手。上车后，泪水奔涌而出，瞬间湿透了前襟，我知道，过去都成了美好回忆，新的生活开始了。

军转干部该怎样面对社会

其实社会是我们所有军人的最终归宿，复员要回归社会，转业要回归社会，退休也要回归社会，你就是干到将军不也是要回到社会中去吗？事实清楚，道理浅显，但很多人却意识不到，总想躲在部队的象牙塔里，这是不现实的。

电影《肖申克的救赎》里有一段很精彩的台词：这些墙很有趣，刚入狱的时候，你痛恨周围的高墙，慢慢地，你习惯了生活在其中，最终你发现自己不得不依靠它而生存。我绝不敢拿监狱和部队来画等号，我只是类比，因为监狱的墙与部队的墙确有相似之处。电影里老布鲁克斯在监狱里生活了50多年，因为害怕外面的世界而拒绝出狱，最终自杀了。

社会是复杂的，但绝对不是可怕的，没有必要畏首畏尾，那些没有多少文化，甚至是没有出过远门的农民兄弟，拖家带口北上南下，难道我们不如他们？况且军转干部离开部队，军队也没有说抛弃我们不管了，国家出台了一系列政策保证军转干部有稳定的收入，我觉得凭着这些待遇，再加上我们个人的努力，我们完全可以过得有质量、有尊严。

离开部队进入社会，要不断地告诫自己，环境已经改变，身份已经转换，按老套路出牌，迟早是要闹笑话的。我们有些军转干部当惯了领导，形成了比较顽固的领导思维，架子端得比较高、气势摆得比较大，就是放不下来、低不下去，这是很要命的。我的理解是，与其他人相比，你尽可以保持精神上的高贵，思维上的敏锐，但言语和行动必须是谨慎的，总之以开放的心态、矜持的姿态开始新的生活。

部队的节奏很快，很多人出来很不适应地方的生活节奏，而这恰恰是你今后要过的真实节奏，所以要让自己慢下来，把情绪稳定作为第一仗来打。事实上，这并不是件容易的事，我们旅副参谋长和我同年离开部队，在一起交流时他总说：哥啊，我经常睡不着觉，睡着就做梦，几乎都和部队有关。这一方面说明他对部队感情很深，但也说明他心绪不宁。而这时已经距他离开部队半年多了，这个时间可不短了。

受保密工作压力的影响，部队基本上是"禁网"的，而现在的社会方式是基于网络的，这方面脱节尤其厉害。我刚出来时，拿着个好手机却不会用，以至有朋友说，你这简直是浪费。现在，基本上常用的功能我都会用了，用网已经成了生活的常态。军转干部进入社会要学习的东西很多，互联网应成为重中之重，围绕互联网这根主线，每天有多少新词在冒出来，你不知道、不理解，交流都无法实现，长此以往就会被这个社会所淘汰。

进入社会之后，随之而来的必然是与人交往。受文化、经历等多方面因素的影响，地方人员是比较杂的，特别是我们不知对方底数，交往要慎之又慎。有的军转干部说话不把门，知道的说，不知道的也说，还有的看人下菜，时而高傲，时而卑下，损害了军转干部的形象。我数次和一些居心不良的地方人员交锋，比如有的人添油加醋抹黑部队、捕风捉影糟蹋政府，我都是当场予以驳斥。我的基本原则是面对形形色色人等，既不要自我美化，也不要自我矮化，可以包容，但做人做事的底线必须坚守。

进入社会之后，就有了大量的可支配的时间。"闲得发慌"是很多军转干部的真实感受，如何用好这宝贵的资源，也并不是人人都能交上一份合格的答卷。

有的军转干部在部队时受纪律的束缚，没有不良嗜好，到了地方却染上了恶习，有的学会了打麻将，打的眼圈发黑，甚至把退役金都输了个精光，让人是既哀其不幸，又怒其不争。要培养一些健康向上的生活情趣，比如，写字、钓鱼，等等。我们集团军有个老军转叫刘国树，喜爱国学，好钻老庄，写了很多有价值的研究文章，我是羡慕嫉妒恨。

社会是多元的，注定也是精彩的，不去尝试是难以体会到的，离开部队后，我游历了很多城市，比如西安、上海、镇江、广州、成都、拉萨等，这在"两眼一睁，忙到熄灯"的部队是不敢想象的，看了美景，品了美食，写了美文，真真切切地感受到了祖国日新月异的发展，想想美利坚选举的乱，想想叙利亚战争的惨，还有很多很多，相比之下我们的国家多好啊，身处这样一个伟大的变革时代，如果不去做点什么的话，那真的是太遗憾了！

军转干部该怎样选择工作

恩格斯说，人总是要做事的，因为人是有思想的动物。我也想说，人必须做事，因为人是社会动物，具有社会属性，倘若不做事，就会失去社会属性，换句话说，就不再是社会动物了。

选择工作，急躁是第一大忌。因为急你会判断失误，也因为急你会迷失方向。军转干部特别是自主择业干部，一般来说，都年龄不小了，选择工作要慎之又慎，选择错误，付出的代价暂且不说，一方面脱离干系很难，另一方面重拾信心很难。要好好想想，我们选择一个工作是为什么？是做一番事业成就自己？还是做一番事业取悦他人？我给朋友多次说：我出来做事，固然是要挣一份收入，但这不是根本，根本是找一份工作让情感得到归属。那种为了面子，轻易做出选择，以至于时日不多就后悔不已的事坚决不能做。

选择什么样的行当，首先要对自身情况做个准确定位。有些军转干部夸夸其谈，要做这个要做那个，好多人也是翘首企盼，但最终也没有丝毫动静。很多军转干部自我感觉良好，最后却是霜打了的茄子：感觉自己认识人很多，可细一想都用不上，感觉自己本事很大，可真一干什么都不会，这是很多军转干部的尴尬现状，只是很多人不愿承认罢了。要好好地分析自己的优势和劣势，不掺杂任何情感，客观而准确，其实，人有时是看不清自己的，真把自己看清楚，你距成功真的就不远了。

要抽出时间好好考察市场，这是必须要做的功课，好在自主择业的军转干部有工资，不必在意这一朝一夕。考察市场要多种手段并用，以求得到最佳效果，一个是听，偏听则暗，兼听则明，要多和人接触，和多类人接触，从多个角度来了解情况；一个是看，耳听为虚，眼见为实，到实地去看看，半天的功夫，是骡子是马就清楚了；最后是查，找人也好，上网也好，就是佐证所听所看。军队出来的人都比较实在，人家说什么，就认为是什么，其实多数情况下并不是这样，有些人的吹功我是领教过的，漏洞百出却神态自若。

是当老板还是找老板？这是两个截然不同的抉择，前者是创业，后者是择业，一字之差，天壤之别。很多军转干部都想自己干，理由是不看别人的脸色，这话真的是经不起推敲。就我个人来看，慎选当老板这条路，不要光想老板的风光，更要想想老板肩上承担的压力，最近网上晒了几家大公司老板的作息时间表，印证了我的看法。军转干部退役金是很有限的，经验又是极其匮乏的，凭什么使你有信心能当老板？反之，找个好老板尽力辅佐则要稳妥的多，要转变观念，自己当老板能干出成就，给好老板打工也能干出成就。

很多人都问我为什么选择华如科技？其实在我分析了自身的情况，并考察完市场之后，自己的择业方向基本就明晰了，那就是这个公司一定要有很浓的"军味"。我在部队干了半辈子，只要公司能够跟军队贴上，我就有信心有我做的事情，古人讲，食君之禄，忠君之事。你为老板做不了事，凭什么拿老板的钱呢？其次，现在国家明确提出军民融合发展，只要公司能够跟军队贴上，利润绝对是有保证的，还有比军队更可靠的客户吗？而华如公司就是一家专注于军事仿真，始终服务于部队的公司。

军事仿真是仿真界最复杂的领域，敢于在这个行业试水，本身就说明了实力，况且华如已经走过了十五年的不平凡历程。我感到，选择公司就要选择这些信息化程度高的科技型公司，这种公司很难被超越，因为你模仿都没有这个实力，没有自己的核心技术，没有自己的主打品牌，随时都有失去市场的可能。我常拿卖包子来打比喻，你卖包子，别人也能卖包子，也许他的味道确实没有你的好，那你卖一元一个，他卖八毛一个好了，也能分流掉你的客户。这就是低端产品永远仰视高端产品的道理。

入职华如后，公司高层对我很重视，根据我的特长，尊重我的意愿，让我担任了西安分公司副总经理，同时兼华如陆军事业部的行业总监。我非常感谢公司高层对我的信任，全力以赴投入工作之中，积极主动与训练基地（场地）、军事院校、作战部队对接，为华如开拓西北市场做出了贡献，当然在这些过程中，也得到了总公司、分公司同事们的大力支持和密切配合，让我感到了团队的温暖和拼搏的快感。很多老首长都说我并没有离开部队，而且比在部队时更活跃，为部队战斗力建设做了更多更实在的工作。

我庆幸找到华如、进入华如，也感激华如接纳我、支持我，我有理由相信，我的后半生将因华如的发展壮大而更加绚丽多彩。

（原载《解放军报》法人微信《军报记者》2016年12月22日）

血仍未冷

　　选择自主择业已经一年多时间了，一年多来经历了很多事，总的感到很忙碌、很充实、很自由、很快活，已经由被动生活转为主动生活，回想当初离开时，因为所做决定与大多数人的想法相迥异，而引起的轩然大波，心中不由感慨万分，也有一丝惶恐不安，现将当初所做拙文进一步修订，与关心爱护我的诸君共享，一是表白心迹，二是表达感激。

　　　　　　　　这一年，我四十岁，
　　　　　　　　正团进入第四年，
　　　　　　　　且被表彰为军区优秀参谋长，
　　　　　　　　羡慕的眼光将我包围，
　　　　　　　　然而，我决定走了。

　　　　　　　　我爱这支苦难中走来的军队，
　　　　　　　　二十三年的从军经历让我一生骄傲，
　　　　　　　　爱她却不能作为，
　　　　　　　　这种痛苦有几人能够明白，
　　　　　　　　所以，我选择离开。

　　　　　　　　我看到挽留的眼神，
　　　　　　　　也听到伤感的叹息，
　　　　　　　　但我坚信麻木地过活，
　　　　　　　　是对自己的最大丑化，

须知，人生因拼搏而壮美。

利益可以蒙蔽双眼，
权力能够惑乱本性，
倘若精神上了枷锁，
灵魂失去自由，
我们，岂不成了行尸走肉？

斗士就要冲锋陷阵，
一刻也不能停歇，
即使倒下，也是冲锋的姿态，
但冲锋不仅限于一个战场，
调整，不意味着败退。

生命是如此脆弱，
却又是如此短暂，
我们每一次抉择，
都会让生命的价值激增或锐减，
我，必须拒绝苟且偷安。

我知道重新开始的难，
也知道事业有成的甜，
更知道驰骋江湖的乐，
或许有挫折，或许是失败，
但你们，听到的一定是我的笑。

因为忠诚，我做叛逆者，
因为热爱，我做殉道者，
因为勇敢，我做开拓者，
挺直胸膛迎击风雨，
血仍未冷，血不会冷！

位卑未敢忘忧国

——我和我的参谋们

长久以来，我就有个想法，写写参谋这个群体，这其中既包括我自己，也包括那些和我朝夕相处、情同手足的弟兄。之所以有这样的想法，与个人的成长经历有关，也与参谋的工作性质有关。我想通过这样一个举动，来表达我对参谋人员的崇高敬意，以及对参谋工作的无比热爱。

今晚，2016年12月31日的晚上（这是多么具有纪念意义的日子），一个参谋打来电话，就训练手段建设的问题和我进行了一番探讨，他是我曾经带过的参谋，现任职于西部战区陆军善后办机关，被陆军参谋部借调。和我接触的参谋都有一个共同特点，喜欢和我探讨问题，即使我现在已经离开了军队，也依然保持着这种习惯（当然不会涉密）。放下电话，往昔的诸多情景一下子涌上心头，我知道，不能再等下去了，于是有了这些文字。

争不休的话题

也许是和平时期太久，清晰的东西都开始变得模糊起来，比如，围绕参谋总有两个争论不休的话题，一个是参谋应该具有什么样的素质？一个是参谋和主官哪个重要？印象中，似乎就没有消停过，机关争论，基层也争论，领导争论，参谋也争论。本质上说，争的是参谋在部队建设中的地位作用。争归争，但有一点是共识，就是参谋的能力素质应该是比较高的，至少要比一般的军官要高，尽管很多人并不清楚为什么高？高在哪里？直白的感觉是，毕竟在首长身边工作嘛，没有两刷子怎么拿得下？

我干了18年参谋，跨越旅、集团军、军区、总部四级机关，既在兵种口干过，也在合成口干过，既抓过战备，也抓过训练。每一级司令机关几乎每年都要制定或完善关于参谋队伍建设的制度，对参谋的选取、使用、考评、奖惩做出明确规定。虽然下的功夫很大，但由于一些标准定得不切实际，与实际情况脱节，并没有得到真正落实。这种反差恰恰从另一个侧面说明，我们对参谋群体应具备的素质没有一个准确的认识，任何参谋都不可能是完人，正如你不能要求每个普通人都心怀天下。

每个领导挑参谋的方式方法是不一样的。我因为带新兵出色，被作训科长叫到办公室，当时还有两个候选对象，每人给一张纸，不参考任何资料，按照给定的题目，在规定的时间内作文。最后，我胜出。多年后，老科长告诉我，其实，另外两个人都是上面打过招呼的。可他坚持认为作训参谋太重要了，绝不能搞照顾降标准！你看，多玄啊，差点就与参谋失之交臂，因为当时政治部组织科和宣传科都把我盯上了。老科长直率的性格、正派的作风让我一生难忘。

参谋是一年打基础、两年上台阶、三年出成绩，如果三年还找不到感觉，说明你不合适干参谋。不是谁都能当参谋的，有些参谋干得很痛苦，真应了那句老话"男怕入错行"。当参谋需要有点天赋，你未必是样样精通，但至少要有拿得出手的东西。挑选参谋要慎之又慎，否则会陷入两难的境地，用不能用，退不好退。我在战役机关的时间比较长，坚信"有才而性缓，斯为大才"，一旦发现有好苗子，就不遗余力地往机关调，事实证明我是对的，那些当年青涩的旅团小参谋，都成了军委陆军机关的大参谋。

参谋的能力素质简而言之是"能参善谋"，具体讲就是分析判断、运筹谋划、组织协调、检查指导、研究创新。不同层次的机关对上述能力的需求不尽相同，比如，高层机关看重智能方面能力，基层机关看重技能方面的能力。我当作训处副处长时对文字材料抓得紧，而当防空旅参谋长时对指挥技能抓得紧。就大多数参谋而言，随着年龄的增长、职级的提升，动手能力会不断衰退，动脑能力则在不断提高，所以年轻参谋技能型多，年长参谋谋略型多，我们在培养参谋时应该把握这一规律。

根本地讲，参谋和主官是不具备比较条件的，主官在基层主要管营连，要眼快跑得勤，参谋在机关主要管自己，要心静坐得住；主官用的更多的是体力，必须坚守一隅，参谋用的更多的是脑力，必须通观全局；主官工作重在贯彻落实，具有很强的机械重复性，参谋工作重在筹划设计，具有很强的灵活探索性。我曾开玩笑说，基层主官是给领导保稳的，机关参谋是给领导出彩的。如果硬要比，参谋应该要略胜一筹，我想，如果是战时，这个问题可能更好理解。

吃不尽的苦头

我的老首长曾说，值得一个参谋炫耀的事情只有两件，一个是吃了多少苦，一个是干了多少事。我的炮指老主任也说，能吃苦是参谋的第一品质。我对调到我身边的参谋说的第一句话就是：祝贺你走到参谋的岗位上来，做好吃苦的准备。没有干过参谋的，很难想象参谋的苦有多苦。我这里所说的参谋，特指在作战训练岗位上的参谋，不是泛指一般意义上的参谋。那种不可预知的、没有尽头、来自肉体和精神的双重折磨，像无形的绳索将我捆绑，而且越收越紧，几乎令我窒息使我崩溃。

我是能吃苦的，当参谋这么多年，基本上是没有娱乐活动的，特别是在作训处工作期间，加班到深夜一二点是常态，甚至通宵也是家常便饭，更不要说过周末了。我就是去洗澡，都要给总机打个招呼，生怕首长找不到。每年外训，不论是上高原，还是进戈壁，野外一住就是四五个月，热的时候热死，冻的时候冻死，在饱受恶劣环境侵害的同时，繁重的筹划设计、组织协调工作，加之时间紧、标准高、任务重的矛盾，让我始终处于寝食难安的精神高度紧张之中，其中滋味只有自己品尝。

我的参谋们也都能吃苦，舟曲泥石流和玉树地震灾害发生后，负责应急处突的参谋们坚守值班室，不分白天黑夜连续不间断地处理各种情况，近二十天没有出过办公楼。大事如此，小事亦如此。有些参谋为组织好会议，特别是一些比较重要的大型会议，是反复研究、反复纠正，一个动作一个动作地排练，一个环节一个环节地推演。局外人可能很难理解这些，但那些肯吃苦、会吃苦的参谋大都走上了更高层次的机关，他们的成绩都是汗水浇灌出来的。

大项工作面前，参谋们的吃苦精神表现得尤其突出。2012年我带集团军参谋队备战军区比武，通信团一个参谋每天凌晨四点就起床，开始自我强化训练，炮兵旅一个参谋爱人就在宝鸡住院，可一直都没有去探视过，六十二旅一个参谋超负荷进行堆制沙盘训练，导致腰椎间盘突出。这样的例子太多太多，参谋这个群体与其他军人群体相比，真的是有着更为强烈的集体荣誉感和岗位自豪感。受此影响，我后来常讲，作为一个人，坏什么都不能坏脑袋，缺什么都不能缺精神。

尽管我离开了部队，那些带过的参谋也经常给我汇报思想、探讨工作。防空旅一个作训参谋告诉我要考研究生，我很惊讶，因为我知道他是主力笔杆子，平时任务那么重，休息时间都不够，哪有时间复习啊？一天晚上快两点了，装甲十二旅一个作训参谋给我来电话，说还在训练手工标图，原来他参加了西部战区陆军组织的现职参谋集训队，他在为集训结束时的比武做准备。每每听到这些，我的内心都久久不能平静，很多人讲我的工作劲头特旺盛，我是不敢偷懒，否则，没脸见那帮兄弟啊！

参谋受的苦的确是太多了，这个苦有两个方面，一是受累，二是受屈，后者比前者更让参谋心难。当参谋会遇到各种脾气的首长，这个是无法选择的，有的真让参谋吃尽了"苦头"，但随着我们的成长，对这些首长的认知都发生了很大改变。一个参谋曾对我说，虽然那时觉得首长苛刻，自己很憋屈，但能力素质提高确实快，说白了，是逼出来的。是啊，人在当下很难对一段生活做出评价，只有时间过去了，我们跳出来了，才能更准确更客观地评价那段时光。

绕不过的材料

写材料让很多人畏惧，我开始也很害怕。但后来一个首长对我讲：建成，如果你只想当跑腿参谋，那就不要写材料，如果你真想当一个有作为的大参谋，就一定要写材料。这句话改变了我，多年过去了，我在材料方面取得了不少的成绩，仅学术文章就发表了200多篇，两次立功、十余次受奖，与此同时，也使我对材料有了更加深刻的看法。一方面，材料是指导工作的重要手段，不要轻易贬低它，另一方面，材料是思维活动的基本载体，必须高度重视它。

当参谋必须要克服"材料关"，这个克服不是参谋一个人的事，而是当处长的、当参谋长的共同的事，我是这么想的，也是这么做的。这些年来，我给参谋们讲了大量的、基础性理论，小到要讯的撰写，大到党委报告的撰写，让参谋们既知其然，也知其所以然。具体实践中，从定主题到列提纲，从撰写到修改，直至定稿，每一步我都给参谋讲清是什么、为什么，澄清"天下文章一大抄"的错误认知。这个认知很可怕，害了许多人，包括一些参谋，因为抄习惯了，就改不过来了。

一个参谋能有吃苦头的勇气，倘若再有写材料的能力，你就好比插上了一对翅膀，在军旅广阔的天际翱翔。什么是好材料？我将其分为四个等级：有思想、有文采为一等，有思想、没文采为二等，没思想、有文采为三等，没思想、没文采为四等。所以参谋们写完东西，我通常问第一个问题，材料中蕴含了哪些新思想？第二个问题，材料中哪些精彩的语言是你首创？这两个问题让参谋很是痛苦，都说让头儿满意太难了，但也正是这两个问题，牵引参谋们的材料不断进步不断成熟。

在材料面前，我认为没有绝对的权威，要想搞出一篇高水平的材料，一定要组织研究，切忌不能搞闭门造车。很多单位研究材料时气氛很沉闷，人在其中感觉很压抑，这怎么能研究出真东西好东西呢？我带参谋研究材料是非常轻松的，一个是除了我点的人，愿意来的都可以来，一个是不论职级高低、入行新老，都可以放开讲。他们了解我的性格，敢于争论，也善于争论，我在一边不亦乐乎，以至于后来很多参谋都说，和我搞材料既提高素质又愉悦心情。

我鼓励参谋写学术文章，当然不能天马行空，要结合工作写。一方面让他们自己定题目，我也经常给他们出题目，总之是不让他们脑子闲着，逼着他们思考。他们写好后，我一定认真修改，定稿好，热心给编辑推荐，特别是首次发表，我一定会给编辑打电话表示感谢，感谢他们的认可。因为他们的认可从某种意义上讲，比我的认可更能鼓励参谋。信心有了，兴趣高了，那结果可不得了，我任职的两个旅的司令部，不论是转发的电报、刊用的要讯，还是发表的文章，都在同级兄弟单位中名列前茅。

材料中有人品，这话一点都不夸张。我教育参谋写材料一定要实事求是，既要符合法规，也要符合实际，对于首长的指示要求，必须全面准确地理解，不能盯着只言片语来做文章，这样既害了自己，也害了首长，更害了部队。我的参谋在写材料的时候，态度都非常严谨，绝不掺杂任何水分，完全经得起时间的检验，在此基础上，我还要求他们，要改变机关公文是冰冷的惯性认知，要将对部队、对官兵的真情注入其中。时间久了，一些领导在审阅材料的时候经常会说，这篇材料有建成的风格！

忘不了的情意

我在集团军工作期间，连续四年带参谋集训队，到装甲旅、防空旅工作后，都负责司令部工作，可以讲，一直处于培养参谋的最前沿、第一线。很多领导和我开玩笑说，建成，你是集团军的参谋头儿啊！能带这些优秀的军官，是我莫大的荣幸。长期和参谋们在一起，我了解他们，也理解他们，既严格要求，也真诚爱护。和参谋们在一起，我永远是快乐的，参谋们和我在一起，也永远是舒心的。

有过机关经验的人都知道，写材料是个良心活，用心使劲多少全在一念之间，可以出十分力，也可以出八分力，这些都是隐性的。但我拿到的材料，没有敷衍了事，都是百分百用心尽力的。一般情况下，参谋都叫我参谋长或首长，可也有参谋在没人的时候叫我老师，时至今日仍然如此。与首长相比，老师的称谓让我感到了更多的东西，不仅是情感距离的缩小，还有表率作用的固守和岗位压力的增强。

经年累月的机关工作，在我的身上打下了鲜明的机关烙印，形成了机关性格，养成了机关习惯。但在我的参谋们面前，我却是另外一种表现，常常是管不住的嘴，一说就是两三个小时，现在虽然我和参谋们天各一方，但我们会经常打电话发信息，彼此问候彼此祝福，至于出差到了有参谋的地方，那肯定是要见个面的。我时常感到有很多祝福的眼眸在看着我，让我浑身充满了进取的力量。

干哪行，骂哪行，似乎这是一个魔咒。我干了四级机关、不同类型的参谋，即使是最委屈、最劳累的时候，也没有骂过参谋这个行当。机关聚集了部队的人才，充满了社会的智慧，能到司令机关特别是能到作训口子工作是我的幸运。因为站得高、看得远，加之首长的关心爱护，我的人生发生了改变。我和参谋们多次谈起成长经历，无不感激培养过我们的机关，平心而论，如果我不进入机关，不干上作训，我不会有今天的成就。

参谋工作是典型的烧脑工作，因为它是一种创新性活动，必须绞尽脑汁地去思考，与之相伴的是漫漫长夜，参谋工作又是典型的幕后工作，你把材料写得再好，不可能你去上台念嘛，很多时候会开了参谋睡着了。有人把参谋比作幕后英雄，这其实不够准确，应该是孤独的幕后英雄。我带过的这些参谋，心态调整得都不错，既渴望荣誉，又淡泊名利，都把关注点放在了能力提高和长远发展上，所以参谋道路走得扎实稳健，令我非常欣慰。

我所在的单位培养参谋是有深厚传统的，早在2000年，总参就转发了我们的经验做法，近年来，我们参加上级的一系列参谋比武竞赛，基本上是团体和单项名次全包。培养参谋不易，参谋成长不易，参谋是部队建设宝贵的财富，特别是当前部队正处于前所未有的变革之际，更要对参谋的地位作用引起高度重视。应该给优秀的参谋设计好人生轨迹，这种设计一定不是人，而是制度，这才能保证我们培养的人才不被浪费。

我干了半辈子参谋，最后以参谋长的身份谢幕，可谓是功德圆满，感谢首长、想念兄弟！

军旅无悔！

人生无憾！

首长叮嘱是财富

我在旅、集团军、军区、总部机关任职近18年，大多数时间都在综合部门。我深深感到，机关人员特别是一些新进机关的人员，如果掌握一些机关工作窍门，对于减少工作失误、降低工作难度是很有帮助的，这里我结合首长们对我的叮嘱，和大家分享一下我的机关工作经验。

深知自身职责。楼道内、房间里墙上挂的那些干条条，机关人员几乎天天见，但有几人能全面掌握？就是掌握，绝大多数也是面上的掌握，对那些干条条背后包含的内容基本上是空白。我到某部作战值班室检查，随机问作战值班员，职责中准确掌握民社情，这个民社情都包含哪些内容？他支支吾吾答不上来。

老参谋长田福平告诉我，很多机关人员对自身职责的了解掌握都是在工作惯性中获得的。别人告诉了，自己干过了，就认为这是职责，其他则是一知半解、若明若暗，这就为工作中发生这样那样的问题埋下了隐患。

事实上，那些干条条都是最基本、最常态的职责，除此之外，还有大量的要求根本就不会上墙，比如特定时期的要求，"两会"期间、"双节"期间、汛期等等，这些字眼机关人员一定不陌生，至今我还记得"非典"肆虐时期，我们机关一天接到三封电报，对各级各类人员的活动做出规范。所以说，每当这些特殊时期，上级都会下发文电对工作提出特殊要求。

还有，有些领导在长期的工作实践中形成了独特的工作风格，会有一些个性化的要求，还有，当整个社会或本系统、本单位发生了一些重大事件，会有一些阶段性的、极端性的要求，比如，新疆"9·8"爆炸案发生后，从军委、总部到军区都对部队战备训练、教育管理提出了一系列具体要求。这些作为机关人员特别是综合部门的机关人员，如果不能做到跟进掌握，就很容易栽跟头，甚至是"政治跟头"，正所谓"不打勤不打赖，就打你不长眼"。

敢于拿起笔杆子。就一般情况下而言，作为一名机关人员总是要接触材料的，或多或少而已。从实际情况看，不要说新进机关的人员，就连一些老机关都发怵材料。

我刚进作训科时，每次受领材料任务就寝食难安，交的货也是质量平平。科长张武胜专门找我谈话，他的话我现在还记得：不要当敲边鼓、打酱油的事务型参谋，要当有思想、有谋略的材料型参谋。这话让我警醒，从那以后我主动要材料写，写不好挨批评也不气馁，时间长了，质量就上来了，也正是因为写材料，我被上级机关一次又一次地调入。

写材料的过程本质上是和自己斗争的过程，要想战胜材料必须先战胜自己，说白了就是要克服惰性，特别是思想上的惰性。作为新人，写好材料核心是六个字：多看深思勤练。多看是基础，深思是核心，勤练是要义。做到这六个字，就能把意思表达完整准确，材料就能写出来了。当然，如果用更高的标准来衡量，这六个字还是远远不够的。有些大笔杆子，甚至能用自己写的材料牵引或改变首长的工作思路。

我个人认为，在写材料方面可能天赋有点作用，但作用不大，就是长期积累的效应。我的老大哥李含军（原兰州军区办公室副主任）说：是块材料才能写出材料。我当领导以后加了一句讲给参谋们：是块材料才能写出材料，好材料写出大材料。写材料是辛苦的、孤独的，但也是对机关人员思维和性格锻炼最直接、最有效的途径。

需要强调的是，机关新人要坚决摒弃"天下文章一大抄"的荒谬认知，如果有这样的想法，一辈子也写不出货真价实的材料。因为事物是发展的，机关工作也是在发展的，所以抄袭的材料一定是虚假生硬的，甚至让人感到面目可憎的，而且如果抄习惯了，就产生了依赖，很难矫正过来。如果一个机关这种抄袭的风气盛行，那这个机关的作风就坏了。

做到经常换位思考。机关人员的工作主要有两个方面：一个是落实，落实制度要求、落实领导指示；另一个是解决，解决基层的问题、解决机关的矛盾（有时我们也会把这一点称为协调机关关系），如何做好落实和解决的工作，那就要换位思考。

我在作训处工作时，处长王智斌常对我们说：作训处参谋职责重要，既要当军长、政委，还要当连长、指导员，要下苦功夫、长功夫去当。他不仅要求我们对上、对下都要换位思考，而且还指出了换位思考是件很"烧脑"的事。

既要和领导换位思考，还要和基层换位思考，不能只顾前者不顾后者，那样就成了只唯上，有失偏颇了。没有一点功底，就是想换也换不到点子上。在机关工作多年，每次参加上级会议之前，我都能八九不离十地猜到首长的讲话内容，这主要得益于我长期训练自己与首长同步思维、同频共振。新进机关人员要有"小职员、大格局"的气度，经常站在领导的立场思考问题，这样基本就抓住了工作的主动权。

再比如，和基层换位思考的问题，我们有些参谋提要求、定工作，根本就不考虑基层实际情况，不是时间过紧，就是任务过重，导致要么落实不了，要么落实质量很差，这就是换位思考不到位导致的，另外，对基层单位或人员的情感，也会影响到换位思考的结果。

这种换位思考，既可以针对一件当下的工作，也可以针对一个未来的时期，既可以是全局性的，也可以是局部性的。这些主要是由机关人员的角色决定的，往往是职级越高，换位思考得越深越远，职级越低，换位思考得越浅越近，这有一个发展的过程，不能拔苗助长。

机关人员换位思考后，头脑将更加清醒，思路也将更加明晰，进而极大地助推对领导的保障和对基层的服务。角度决定高度，角度决定视野，都是说的这个道理。

有意培养健康心理。 我的一个老大哥，干了一辈子机关，经常开玩笑说，机关人员要学会当傻子、当瞎子、当聋子，这样你才能睡得着觉、吃得下饭。话糙理不糙，这话很形象很深刻。作为一名新进机关人员，要在进机关之初就注重培养自己健康的心理，确保自己的机关路走得平直稳定。

首先就是控制功利欲望。一个机关人员，如果不想提升职级、不想获取荣誉，那绝对不是一个合格的机关人员，但凡事都有一个度，过犹不及，想得太多就放不下了，放不下就很容易出事，那种盯着位子干工作、算着日子干工作的机关人员，内心一定是苦不堪言的。

其次是克服急躁情绪。我是吃过急躁情绪的亏的，一次，首长急着要一份材料，我看首长比较急，自己也不由得急了起来，打印完也没有检查，就直接给首长送过去了。结果被首长一顿狂批，原来打印机墨不够了，最后几页都近乎"白板"。有时，越急的事还越要慢办，面对急事再急躁，十件事情九件砸。

最后是磨炼承受能力。一方面，要磨炼在重大任务面前的心理承受能力，做难事必有所得，要敢于去做难事，要提高自己对难事的兴趣指数；另一方面，要磨炼在严肃领导面前特别是领导发火时的心理承受能力，哪有下属不被领导批的？这都是正常的，不要想太多，更不能背思想包袱。

做任何事都要打个提前量。这里所说的提前量是特指机关工作中的预见预行。我在军区军训部工作时，部长移友学说，参谋大致可以分为两类，主动干工作型和被动干工作型。他还说，主动干工作型参谋往往都具备当大领导的潜质。

这个主动型就是会给工作打提前量，打提前量的过程就是思想前置的过程，大机关或是机关领导的表现侧重于提前筹划，小机关或是机关人员的表现侧重于提前行动。

之所以能够提前，是由机关工作的周期特性决定的，尽管有特性工作穿插其中，但总体上呈一种周期特性，是有规律可以遵循的，部队如此，地方亦如此。我带过的数名优秀参谋都有这种特质，比如，一项大的工作接近尾声就开始搜集素材，为写总结做准备了，我再安排工作时，马上就能进入情况，一切都是有条不紊。

新进机关人员经过一至两年的实践，基本上就能摸清工作的进度，当下一个时节即将到来，就可以相应地做些准备，也许这种准备不是全面的深入的，这种现象很正常，因为机关新人经历单薄、经验缺乏，有时是做了一些提前准备，但这种准备有时和真正到来的工作很可能契合度不是很高，或者说贴得不紧。但有远胜于无，不至于事到眼前手忙脚乱。

我任某部领导时，一个新进机关的通信参谋在部队外训前主动对现有的通信装备进行了性能测试，应该说这个工作的提前量是很好的。临近出发，外训通信装备突然调换了，由于前期有了组织性能测试的经验，所以在较短时间内圆满顺利地完成了对新调换通信装备的测试工作，确保了外训途中机动的指挥通畅。假设他没有打这个提前量，那测试任务能否完成就要打个问号了。

正如艾森豪威尔说的，再烂的计划也比没计划好。机关人员有了提前量意识，并付诸行动，就能使工作保持较好的节奏，犹如一根皮筋，既不紧绷，也不松弛。

机关

我的军旅生涯基本上是在机关度过的，先后在旅机关、集团军机关、军区机关和总部机关工作，时间长达18年，而且这种状态是持续的，没有中断过，这与许多人在机关干干、再到基层干干，多数情况下是主官岗位。交叉进行是不同的，我没有缓冲区，没有适应期，不管精神和肉体是多么地疲倦和困顿，都不敢有丝毫懈怠，必须打起十二分精神，始终保持冲锋的姿态，迎接一个又一个挑战。原兰州军区一位首长评价我是"机关连续任职时间纪录的保持者"！至于现在有没有人打破这个记录，我就不得而知了。

四级机关我都在作战训练部门任职，这是部队的"中枢神经"，能在这里工作，既让人艳羡，又让人恐惧。这其中的苦累，是很难用语言去描述的，尤其是心理上承受的那种压力几近令人窒息，没有这些经历的人也很难想象那种辛劳。我经常说，我对机关有着深厚的感情，这种感情难道仅仅是在机关工作时间长吗？我想不全是，更重要的是在机关得到了锻炼，是凤凰涅槃、浴火重生般的锻炼，这其中既有有形的能力，也有无形的品质！如果没有这种锻炼，时间再长也是没有意义的。现在想想，这都是财富啊！

坦率地说，四级机关在我眼中分量是不一样的，最能锻炼人的一级就是集团军机关。它上有军区、总部，下有师、旅（团），居于中间位置，属于战役层次，又兼顾战略、战术层次（军区属于方向战略），特别是自它以上，作战和训练就分开了，不论是工作的体量，还是工作的难度，都有大幅度下降。军区、总部机关工作的朋友就曾感慨，多少年过去了，仍在吃集团军机关积攒的老本。我也多次给有潜质的参谋们讲，要争取进集团军作训处，不要试图绕过，要通过作训处具体工作的"折磨"，切实打牢一生进步的基础。

真正意义的机关始于师，军改后师这一级基本没有了，那么真正意义的机关应始于集团军。之所以这样说，是因为旅（团）本身就是基层部队，它的机关基本上不搞筹划（所谓的筹划其实是在上级的要求下搞好工作安排），更多工作是与基层营连一起抓落实，这是一种面对面、肩并肩的关系；而集团军以上机关不直接带部队了，机关主要就是筹划设计，重点方向、重点任务才对旅（团）机关进行指导帮带，这是一种背靠背、点促点的关系。这样定位，对于旅（团）机关进一步端正思想、务实作风是有诸多好处的。

我能进机关是我完全没有想到的，毕业当年我带本连新兵排（营编新兵连，连编新兵排），新兵连（由于新兵连长信任，让我负责营新兵连的工作）在新兵结业考核中，七个课目拿了五个第一，一时间我的名字迅速传开，作训科和宣传科都抢着要我，多少年后才知道，组织科也有此意，不过他们下手慢了。还是作训科长厉害，直接派了一辆北京2020来连队接我。那个年代对一个小排长来说，这绝对是高规格的待遇了，还说啥呀，打起背包上车走人！由此，我成为同期毕业的42名学员中第一个进机关的排长！

调动过程中有一个小插曲，当作训科和宣传科的电话通知陆续下来后，营首长和连首长都不愿意让我走。教导员、连长先后找我谈心，大致意思是基层真打实练有发展，机关虚头巴脑没意思。这些话今天来看是有点偏颇，但在当时是有一定代表性的。但他们很尊重我本人意愿，离开时都来给我告别，这让我非常感动。若干年后，我去承德看望转业的老连长，他问我当初为什么执意要走，并说这个问题在他脑子里萦绕了很多年，我说我就想要一个独立的、专属的空间，可以阅读、可以思考。他一愣，然后大笑。

时至今日，对机关的评价仍是褒贬不一，有的把机关吹捧上天，也有的把机关诋毁入地。有意思的是，越是没有在机关干过或者短暂干过，越是态度偏激，那些真正的老机关评价机关反而比较中肯客观。大家说起机关，最多的一句是"机关的水很深"，这"水"肯定不是满目清澈，但也不是混浊不堪，这"深"肯定不是一眼洞穿，但也不是漆黑无底。试问，哪里没有几个关系户？况且关系户也不等于就是王八蛋。哪里又有绝对的公平公正？进退走留本身就受多方面因素的制约。如此一想，内心也就释然了。

我运气好，不但参加了人民军队，而且调入了领率机关，特别是能任职于作训部门，这是老天对我的恩宠。时刻与首长同步思考、同频共振，全局意识、科学思维怎么能不形成？大格局、大视野怎么能不具备？所以，有志于在军队建功立业的年轻人，要勇于到机关去锻炼，不要只在基层营连小圈子里比素质，那种获得感和满足感是虚假的，也是暂时的，要在高素质群体中感受到自己的差距，正所谓"知耻而后勇，知弱而图强"，在进步提高中找到工作的乐趣，在拼搏奋斗中实现人生的价值。

在机关干，一定要靠真才实学，不要试图找技巧、走捷径，这种风气非常坏，它从根本上否定了我们"一分耕耘一分收获"的传统理念，尤其不要一面大骂歪风邪气，一面助长歪风邪气，那岂不成了"两面人"？不论什么时候，顺境也好，逆境也罢，都要老老实实、踏踏实实，当然，说起来容易做起来难，这需要很强的定力。从我和我同期的参谋成长经历来看，但凡有这种定力的，虽然前期可能表现平淡无奇，但后劲爆发十足，这是能量积蓄使然，量变终究会引发质变，反之，一时顺利一生挫败！其实人生又何尝不是这样？

我们常说，机关强了部队就强了。这个强其实是在说机关人员素质，在我看来，机关人员较之其他岗位的同龄人就应该有更为抢眼的亮点，不论是说话还是办事，都要体现出应有的成熟和老到，否则你有什么资格指导基层？各级首长都要把机关建设、人才培养作为首要任务、永恒课题来对待，这绝对不是一个首长有没有兴趣的问题。培养人才需要真下功夫、下真功夫，把资质平平的部下培养成人才，这才是培养人才的最高境界，不要总想从别处挖、从下面调，这都不是根本举措。

优秀的参谋应该得到更广阔的舞台，以便更好地施展自己的才华，上级机关愿意选调，下级机关能够输送，于公于私、于上于下都是好事。然而有些单位首长一听到上级要调人，就眉头紧蹙，一万个不乐意，总想把优秀的留在自己的身边，这不是为机关建设考虑应有的态度，也不是为参谋成长考虑应有的态度，这是私欲作祟，不客气地讲，这种小肚鸡肠既影响了机关的建设，也耽误了参谋的前程。须知，人才也有保鲜期的，错过了这个期限，失去了这个机会，就没有活力了，最后只能在机关黯然谢幕，令人痛惜！

这些年部队的建设水平是日新月异在发展，机关最能直接而快速地反映出这些变化，突出表现在指挥自动化、办公自动化方面。2000年初，我陪集团军首长下部队检查工作，随身带了一台笔记本电脑，在检查单位引起了一阵小骚动，都新奇得不得了。如果说军队站在了时代奔涌的浪头，那么机关就站在了军队奔涌的浪头。春江水暖鸭先知，机关最先感知人民军队的变革，特别是军事思想和作战理念。我常常有一种奇妙的感觉，身处作训部门的我，脉搏和人民军队的脉搏一起跳动。

如同想念一个城市其实是想念一个人一样，想念机关也是想念那些故人，机关是冰冷的，但人是温暖的，对机关的所有感情，其实都可以具体到某个人或某几个人身上。我经常会想起那些提携过我的首长、帮助过我的同事、支持过我的部下，和他们在一起工作的日子让我终身追忆！有人问我，为什么不停地写军旅生活，我说我怕将来老了忘记这一切！真的，没有他们的付出，我走不到今天，如果可能，真想对他们每人说一句：谢谢！我想，我必须给他们交一份差不多的自主择业答卷，权当是一种回报吧。

自主择业后在华如分公司任分管军方市场副总，根据市场需要，我将军队招聘对象的要求项里专门增加了一条：机关工作经历，当然还有一些补充说明，比如，最好在师以上机关工作过，最好在作战训练部门工作过；对于士官，则灵活变通为：在营部、连部工作过亦可，在首长身边工作过亦可。这些要求都是符合实际的，不得不承认这些经历对一个人思想成熟、性格成熟，是极具推动作用的，这就是机关所具有的神奇魔力，它无时无刻地改变和塑造着我们。

机关就像是一座取之不尽、用之不竭的深埋地下的宝藏，它是那样的富有，又是那样的慷慨，它对所有发掘者一视同仁，绝不会有丝毫偏袒！一切结果取决于发掘者的努力与坚持，愿每一个发掘者都有如我一般的丰厚收获！

话说材料

今年年初，人民日报和新华社发文痛批各地各行业无节制加班。我记得人民日报的题目是：加班是一种坏的工作方式，新华社的题目是："五＋二、白加黑"不值得提倡。紧随其后，还有很多评论文章，比如，"五＋二、白加黑"是对公务员人格的蔑视，再比如，三问过度加班？等等。这些文章虽然篇幅不长，但写得很尖锐，可谓针针见血、刀刀见肉，很多人都说这传递出中央执政新理念，我觉得都对，坚决支持和拥护。

但后来不知怎么的，"批无节制加班"变成了"批普天下材料"，而且来势凶猛，新兴媒体特别是微信疯狂转发此类帖子，有漫骂，有嘲讽，还有人现身说法谈感受，不外乎是受到了很大的伤害，既有肉体的，也有精神的，总之是很悲情。给我印象比较深刻的是一首《稿来稿去歌》，词曰："一稿两稿，搞了白搞；三稿四稿，刚刚起跑；五稿六稿，还要再搞；七稿八稿，搞了再搞；九稿十稿，回到一稿。"文字意思很直白，音节韵律很工整，不但有利于听众理解，更有利于听众传播。

作为搞了半辈子材料的一名老机关，我如坐针毡，脑子里不断产生这样一系列的问题：

首先，普通群众看了这样的东西后，会对材料产生怎样的一种感觉？进而怎么看待我们的党政军机关？又怎么评价那些没日没夜撰写材料的机关人员？

其次，那些嘲讽、漫骂材料的人中有多少人真正懂得材料？你们在机关工作过吗？你们接触过材料吗？你们撰写过材料吗？特别是一些大型材料？

最后，那些所谓搞材料很受伤的人，为什么受伤的总是你？你从来没有品尝过完成一篇高质量材料后的喜悦吗？你真的经历了"九稿十稿，回到一稿"的遭遇吗？

希言自然

我怕我的想法是错误的，或者说是不合时宜的，又专门把人民日报和新华社的文章找出来认真阅读数遍，确认只是对无节制的加班进行批判，没有对普天下材料一棍子打死，我的心放下了，这也从侧面反映出大刊物的水准：严肃性、严谨性。当下传播的东西是经不起推敲的，这种跟风赶浪似的转发是很不负责的行为，在普通群众中起了很坏的误导作用，同时，在一定程度上也伤害了撰写材料同志的情感，抹杀了这些同志的功劳。

今天我也来说叨说叨材料。我在旅、集团军、军区、总部机关工作了18年，阅读了无数的材料，撰写了无数的材料，自然也承办了无数的材料，对于材料我是又爱又恨，为什么爱？材料帮我成长，特别是思维日渐成熟；为什么恨？材料让我痛苦，甚至是精神濒临绝望。同大多数的工作一样，撰写材料也是有苦有乐，材料写得好，小而言之，赢得领导表扬，受到同事尊重，大而言之，提高单位声誉，推动工作进步，怎么能说写材料只有苦，没有乐？我是打死也不相信的。

不管是批判材料，还是维护材料，我想都要首先搞清楚什么是材料？其实，材料是一个极其口语化的大白话，它涵盖的范围是十分宽广，除了机关公文外，如决议、决定、命令、公报、公告、通告、意见、通知、通报、报告、请示、批复、议案、函、纪要，还有一些非正式文体，比如，要讯、经验、讲话，等等。机关公文一般来讲比较好写，因为有范例可以遵循，但非正式文体就不容易写了，特别是讲话，让很多人头痛不已，但是只要你是一名机关人员，你就绕不过讲话材料。

材料是指导工作的基本手段，古今中外概莫能外。作为一名机关人员，职责之一肯定是完成某一方面的材料，这就是机关的特点，否则就不称之为机关了，也正是因为这样，有的机关挑人，首要条件就是看笔杆子硬不硬。当然这种撰写体量是不均衡的，一般地，在综合部门就多，在业务部门就少，既有因事而异，也有因人而异。材料承载着一个单位、一个社团，乃至一个国家、一个民族的悲欢离合、兴衰盛亡。我有时在想，没有那些白纸黑字的"材料"，人类历史的发展演进我们可如何得知？又怎么研究啊？

写材料是一种怎样的状态？没有经历过的人是很难想象的。说事容易写事难，大多数人认为写材料很辛苦，其实，这只是一种表象，还有一种很多人意识不到，那就是孤独。夜深人静，冥思苦想，没有安静的环境，没有超凡的定力，怎么可能写出好材料？所以从某种意义上讲，撰写材料的同志是无名英雄。当然也有人把写材料演绎得很夸张，比如，不抽烟就没有灵感，不到午夜就找不到状态，等等，我从不抽烟照样写出很多好材料，我不但在办公室写材料，而且在交通工具上写材料，也从来没有误过事。

写材料是要研究的，特别是一些大型材料，比如党委会的讲话材料、给领导的汇报材料、有价值的经验材料，等等，这种材料关乎全局，对一个单位的建设来讲举足轻重，个体考虑的深度和广度肯定不及集体考虑的到位，所以一定要研究，所谓研究出质量，研究出人才，就是这个道理，这个时间成本是必须耗费的。这里我还要说"九稿十稿，回到一稿"，这种情况我真没有经历过，从我的经验看，这只是一种调侃，再怎么折腾也不会回到完全一致的"一稿"上来，要么思路，要么文字，肯定要发生变化，这个变化也必然是向上向好的。

那么，当下我们的材料工作有没有问题？该不该批判？我的答案是问题确实很多，必须批判，但必须坚持理性的态度。坚持理性的态度，首先要搞清到底出了什么问题？其次就是用怎样的方式手段批判？我们的材料哪一块出了问题？是机关公文吗？不是！问问在机关工作的同志，估计所有的人都会异口同声地说：讲话！讲话已经成了机关材料上的一颗毒瘤，腐蚀着整个机关公文，令机关公文蒙羞，也令机关人员蒙羞。

首先，讲话的数量过于庞大。反"五多"（会议多、文电多、官话套话空话多、检查评比多、各种应酬多）已经好多年了，可是以讲话材料为代表的文电多的问题似乎没有什么好转，特别是这个讲话始终居高不下。多与少的判定要看实际作用，该多就要多，该少就要少。现在的情况是，什么场合都有讲话，什么时机都有讲话，太多太滥。

其次，讲话的篇幅过于冗长。尽管上级反复强调要开短会、讲短话，可是我们很多领导似乎很不自信，不多讲几句，好像就是不重视，就是没水平，更有甚者，安排工作时直接要求至少写上多少页，听起来真的好笑。当然我们也不能搞极端，有的人常用抗美援朝时彭总的"饥无粮、寒缺衣"六字电文来说事，那是特殊年代、特殊人物的特殊行为，不能简单地套用。

最后，讲话的内容过于空洞。有的讲话用词很华丽，好像紧跟时代，可是不解决实际问题，有的讲话通篇大道理，听起来都对，可是难以服众，有的讲话穿靴戴帽，自己感觉不错，可是难以引起共鸣。诸种问题其实核心就是没有真情实感，别人给代笔的东西，怎么可能有真情实感？

可见，我们首先要确定批判的靶子是讲话材料，绝对不是材料，这是两个截然不同的概念。认清这个本质后就不难发现，讲话材料只是面子，里子是人，不是幕后写材料的人，而是台前念讲稿的人。材料在整个轰轰烈烈的批判运动中，确实是无辜的，是躺着中枪，被抹黑了。

机关人员应不应该给领导准备讲话稿，客观地说是应该的，但不是事无巨细大包大揽，有时间的情况下，领导必须自己撰写讲话稿，就是在非常繁忙的情况下，至少也要参与讲话材料的研究。过去机关常说：首长出思想，处长理思路，参谋堆文字。现在有些领导可好，任务一布置就拍屁股走人了，别说思想了，丁点儿想法都没有。可是，当你给他呈阅时，他又摆出一副高屋建瓴的样子，这不对那不对，总之是横挑鼻子竖挑眼。

有些领导没有在机关干过，一路飙升一直主官，可以说是被机关人员抬着进步的，天天念着机关人员写的稿，可是心中没有对机关人员半分尊敬，安排讲话材料工作傲慢而粗暴，比如，不打提前量，临机决定，逼得机关人员只有加班，再比如，胸中没底数，朝令夕改，让机关人员手足无措，还比如，紧盯能干的，鞭打快牛，使这些勤快的人员疲于奔命，很多机关同志就是在无效劳动中，煎干了精力熬白了头发，到头来只得到了一句"某某也就能写个材料"，让人心寒啦！

也有一些领导喜欢研究材料，可是这种喜欢却让整个机关发怵。有的领导研究材料要大场面，把机关的处长（科长）找来十几个，架上投影仪，大家团团围坐在一起，没用的话东拉西扯，有用的话凤毛麟角，有的净围绕着用逗号，还是用句号反复争论，几个小时过去了拿不出成形东西。某次，我参加一个研究材料会议，半天没人发言，领导沉不住气了，就对操作电脑笔记本的撰写人说：你多少敲点东西呀！撰写人苦着个脸说：谁都不说，我敲什么呀？

匹夫无罪，怀璧其罪，材料有什么问题啊？材料是人写的，供人念的。根治讲话材料病，就要从根子入手，就要对讲话人施猛药，一方面，要立下规矩，逼着领导自己写讲话，这并不抽象，俄罗斯军队就有这样的规矩，上级军官如果让下级军官写讲话，是要受到惩罚的，也是会受到同僚讥笑的，一定要把机关人员解放出来，只有这样，无节制的加班才可能减少。另一方面，要组织考核，就是要考核领导的即兴讲话能力，这并不夸张，我们有些领导已经快到了没有稿子张不开嘴的地步了，当然考核的形式可以灵活，比如将其纳入班子考核的一个内容，强迫领导张嘴说话，尽管开始可能并不好听。

我多么希望有一天，我们的领导干部都能带着饱满的感情，在部属面前、在群众面前，用自己的语言、自己的风格，自如地、准确地表达所思所想；我也多么希望有一天，我们的机关人员能从繁重的讲话材料中解放出来，多专注本职，多搞些调研，写出高质量的、有分量的机关公文来；我更多么希望有一天，不论是领导干部，还是普通群众，能对从事材料工作的机关人员有一个全面的、客观的认知，给予这种特殊的脑力劳动以足够的尊重和理解，使他们因为从事材料工作而感到有价值、有尊严。

推材料痛并快乐着

阅读此文，请先阅读《话说材料》一文，否则对此产生的一切不良情绪，概不负责。

确定写这个题目后，我的脑海里总浮现出两幅画面：

画面一：我当集团军作训处参谋时，某次参加军长讲话材料的研究。当大家都准备好了，军长突然说："怎么都是作训处的人啊？其他处如果有具备潜力的年轻人，都叫来一起研究！"顿了顿，他又说："培养参谋千万招，研究材料第一招！"过了一会儿，侦察处和通信处各有一个年轻参谋被叫来，这个侦察参谋后来被调入总部，现在已经走上了领导岗位。我总是疑心，难道我也是这样进圈子的？须知，我第一次参与军长这个级别材料的研究还是炮兵指挥部的参谋啊！

画面二：我任某旅参谋长，野外驻训进入十一月份，指挥帐篷在寒风呼啸中好似戈壁瀚海中的一叶扁舟，篷杆"吱吱"作响，仿佛随时要断裂。我带着一个年轻参谋对这一切却视若无睹，全身心地研究着给集团军首长的汇报稿。临近结束，我说："你悟性高、进步快，用不了多久，就可以把我这根拐杖扔掉了！""谢谢首长！"还没等我答话，他又说："首长，太冷了，我给你取大衣去！"望着他的背影，我心头一热，这种奇妙的感觉跟了我多年！

推材料的"推"是个很口语化的表达，意为推敲，也可理解为研究，从我的工作实践看，不论哪一级机关，鲜有人将此活动称之为研究，就连"敲"也省略了，直接称之为"推"！这种极具特色的用词现象部队很多，比如"毛病"！推出一篇高质量的材料，其艰辛程度不亚于贾岛作诗！

"领导"这个称谓在军内是很不正规的，包括"干部"这个称谓，也不规范，为什么这里表述为"与领导"呢？从一个参谋的成长历程看，绝对不可能一开始就与首长们推材料，这其中肯定要过老参谋关、机关各长关（科长、处长、部长），最后才可能和首长一起推材料，用"领导"这个不正规的称谓将所有这些人一并包含其中。

推材料是机关很常见的一种工作方式，但凡当过参谋的又有几人没有推过材料？至于说感受，可就千差万别了，仁者见仁、智者见智吧。一般情况下，旅团机关推材料较少，旅和团很接近，所以我们常说旅是个大团，军师机关推材料就比较多了，师和军很接近，所以我们也常说师是个小军，到了总部以上机关，推材料更是家常便饭。

推材料的形式很多，全看主导者的习惯：

从地点上看，有的喜欢在家里推，这种情况下的主导者肯定是首长，有的喜欢在办公室里推，有的喜欢在会议室里推。我有幸在首长家里与首长一起推材料，感觉棒极了，阿姨一会儿倒茶水，一会儿递水果。

从手段上看，有的喜欢拿着纸质稿子推，有的喜欢看着电子大屏推，这些年土手段越来越少了，洋手段越来越多了。某次，材料推到一半，突然停电，所有心血付之东流，我当时想死的心都有了。

从规模上看，有的喜欢人多，能搞一屋人来推，有的喜欢人少，只叫几个人来推。事实证明，人越多效率越差。很多年后我想明白了："三个臭皮匠顶一个诸葛亮"这句话完全不适应于推材料！

不论是什么形式，推材料的时间绝大多数都是在夜间，白天干扰因素太多，只有晚上才能静下心来，也只有晚上才方便把相关的人员召集到一起。所以推材料是一件非常熬人的事，我相信每一个参谋接到推材料的通知后，脑袋里条件反射般产生的第一信息是：今晚的觉废了。

为什么要推材料呢？我觉得有四个方面的因素，从重到轻依次是：

材料本身的重要性要求的。机关的材料很多，但分量是不同的，有的材料确实是很重要，比如参加上级活动的交流材料，比如给上级工作组的汇报材料，再比如本级，每年的党委扩大会议材料够重要了吧？这些材料不由得你不去推，哪一个领导也不敢掉以轻心！

参谋能力的局限性决定的。我们说一个参谋优秀，一定是指某个领域、某个专业，哪里有全才、通才？面对大型材料，单个参谋是很难驾驭的，这种情况在大机关尤为突出，那么召集相关人员推一推，甚至是反复推，就可以博采众家之长，提高材料的质量。

领导性格的特殊性造成的。每个领导在长期的工作实践中都会形成自己个性化的工作方式，比如有的领导就确实喜欢推材料。必须承认，有的领导召集参谋们推材料，参谋们是喜笑颜开，而有的领导召集参谋们推材料，参谋们则是愁眉苦脸，其中原因大家心知肚明。

单位传统的一贯性驱使的。我所任职的集团军机关就有推材料的传统，领导们经常挂在嘴边的是：推材料保质量，推材料出成果，推材料育新人。军区也好总部也好，对我们上报的材料是相当认可的，在我印象中，我们集团军给上级机关输送的参谋人员要远多于兄弟单位。

推材料都推什么？有三个方面的内容，从主到次依次是：

推文字。这是最多的一种情况，参谋们参加推材料，十有八九都是推材料文字。我在军区工作时，某次与军区首长推材料，当时我用了"上车、上炮、上坦克"这样一句形象的比喻，来表达各级主官要当训练排头兵的意思，首长满意，我也得意。不久我到集团军作训处任职，某次推材料还是要表达这个意思，我就又把这句话用上了，没有想到一位处长提出了修改意见"上车、上炮、上坦克、上指挥平台"，话音未落，在座的集团军首长击掌叫好！

推提纲。大机关撰写材料的基本规律是：首长出思想，处长理路子，参谋堆文字。理路子很重要，它至少保证了材料的方向不会发生偏移，所以，在军区、集团军两级机关，部、处领导带着参谋推提纲的情况是很多的。我的一位作训处长要求参谋们必须准备好两套提纲，并且要有较大的不同，这才开始推。为这，把参谋们急得抓耳挠腮、寝食难安，提纲都过不了，那就别说文字了。时间久了，也真逼出了一些大笔杆子，正所谓"人到绝境是重生"！

推题目。这种情况很少。一个基层连队由于经常性基础性工作做得好，三十年没有发生任何事故案件。当时，团给师报了经验、师给集团军报了经验，军里也组织力量梳理了文字，应该说文字这一块没有什么问题了，但就是名字总觉得没说到点子上。为此，军里专门召集精兵强将研究这个经验的名字，后来确定为《像过日子一样抓好经常性基础性工作》。这个经验电报报到军区，很快被军区转发。我初听这个事情时，惊讶得眼睛瞪得溜圆，是什么样的脑子能想出如此绝妙的题目？

参谋人员参加推材料有两种情况：

一种是主动参与型。这种情况指的是材料任务赋予之初就进入写作班子，或担当主笔统稿，或负责部分内容撰写，当然如果自身材料素质过硬，也有可能是单独受领任务，独立撰写材料。经过多次反复，当主要领导确定材料基本成形后，执笔参谋就要召集相关人员推材料，如此即为主动参与型。

一种是被动参与型。这种情况指的是材料任务赋予之初并没有参与到写作班子之中，更不要说单独受领任务。待到开始推材料时，领导或考虑到材料内所涉及专业上的需求，或考虑到年轻参谋的培养问题，被通知参与到材料的研究之中，如此即为被动参与型。

刚当参谋那一年，连被动参与的机会都没有，看到老参谋被参谋长或旅长叫去推材料，真是羡慕嫉妒恨！后来随着自己的不断进步，开始被动参与了，再后来，由被动参与变为主动参与了，与之推材料的对象，也由旅首长变为集团军首长、军区首长！能力在增强，认识也在提高，哪里有天生慧根？哪里有下笔如神？所谓的大笔杆子，哪个不是练出来的、逼出来的、熬出来的？这其中的苦，外人能够体会几分？

与被动参与型参谋相比，主动参与型参谋在推材料过程中的任务是相当繁重的。事前，要搞好各种协调工作，核心是要把相关人员召集到位，对于一些重量级笔杆子有时还要讲点技巧；事中，要搞好各种保障工作，一方面是工作保障，主要包括投影、录音、资料等等，一方面是生活保障，主要包括茶水、夜餐等等；事后，要搞好各种反馈工作，推材料过程中，有些人员的意见建议并不能马上得到落实，需要下来进行文字的重组，这些都要给当事人予以反馈。

主动参与型参谋推材料要防止先入为主，拒人千里。由于先期接手材料，且经过一段时间的撰写，很容易形成定势思维，加之一旦接受某些意见建议，可能就要对材料大动干戈，这都是劳神费力的事，所以一些主笔参谋对外人特别是职级较低参谋的意见建议经常是推三阻四，有时甚至引发激烈的争执。一个真正的大参谋，既要有才气，还要有肚量，须知"泰山不让土壤，故能成其大"啊！

被动参与型参谋推材料要防止事不关己，高高挂起。作为参谋人员能够被通知参加推材料，这本身就说明自身的能力素质得到了首长的认可，基于此，首长给了锻炼自己的平台，应当加倍珍惜。接到通知后，要提前熟悉情况，包括材料本身和相关资料，千万不能觉得与己无关，肩膀上架着个脑袋就进去了，这样的话，既是对别人的不尊重，也是对自己的不尊重。我曾经给一个这样的参谋讲：拒绝进步的行为就是渴望死亡的表现！

推材料要杜绝私心杂念，抱着对单位、对工作、对首长负责的态度，知无不言、言无不尽，言之有据、言之有理。我见过一些年轻的参谋，态度积极、思维活跃，不乏真知灼见，表现非常抢眼，很快就引起了首长的注意，在首长的悉心点拨下，成长很迅速，但有些人则不是，要么故作深沉不发言，要么刻意表现乱发言，让人贻笑大方。我在军区工作时，有一位老参谋，推材料时始终是双手托腮呈凝思状，每当首长问他看法，他会长舒一口气，缓缓说道："基本有了，就差那么一点点了！"后来，我给首长汇报推材料人员名单，首长笑了笑，将他的名字划掉了。推材料多像一面照妖镜，照出了某些人的虚伪、懒惰、自私……它在替首长考察干部啊！

不要以为与领导推材料都是沉闷的、枯燥的，这其中也有欢愉、也有幸福！大型材料推起来时间是比较长的，中间总要休息一会儿，这一刻是参谋和首长无缝对接的绝佳时机。某次，处长给大家发烟，首长问怎么不给我发，处长回答我不抽烟，首长戏言这不公平，不抽烟的应该发茶叶，这以后处长的好茶我总能喝到。某次，首长问我家里境况，我据实相告。数年后，我陪首长到新疆出差，办完公事，首长把我叫到身边，说："到新疆出差必须要回家看看，我们不搞'三过家门而不入'，对了，你母亲今年应该七十四了吧！"瞬间，我的泪水涌满了眼眶！

呈批文件有窍门

机关无小事，处处是学问。近日和老友偶尔说起了机关呈文办件的事情，勾起了我许多回忆，所以今天就这个话题和诸君进行粗浅的交流。

我理解，机关人员将文件呈给首长，并得到首长批示的过程，就叫做呈批文件。显然呈批文件由两个动作构成，或者说呈批文件分两个步骤实施，一个是呈，一个是批。呈由机关人员来完成，批由首长来完成，两者缺一不可。今天重点讲呈，即如何呈。

实践中，机关人员不懂得如何呈批文件的现象比较普遍，有不少机关人员因为呈批文件栽跟头，轻的被首长批评，重的则调离机关。我在机关连续工作了16年，期间，呈批了大量的文件，年轻的机关人员是难以想象的。回想起呈批这些文件的过程，真是感慨万分，有些情景深印脑海，终生难忘。对于呈批文件，我最强烈的感受有两点：

第一，呈批文件很重要。大量事实表明，呈批文件搞得好，不仅能推动工作，而且能融洽关系，呈批文件搞得不好，适得其反，工作被动停滞，关系疏远冷淡，但在现实中，有很多机关人员却认为这项工作是小事，没有在思想上引起足够重视。在某些大机关，对于呈批文件这件工作，各级都非常重视，往往都是科长或处长亲自呈批，为什么呢？就怕年轻人说不清楚，把事情搞砸了。我想，这就很能说明呈批文件的重要性。

第二，呈批文件有学问。为什么有的机关人员去就把文件签了，而有的机关人员去首长就不给签呢？文件相同而结果不同，说明这其间有学问。呈批文件是上级和下级之间的互动，两者存在不对等性，这就决定了呈批文件的过程不单纯是一个呈报的过程，这期间，机关人员的一举一动、一言一行首长是尽收眼底，部属在展现，首长在观察。这就客观上要求，呈批的机关人员要具备相应的能力素质，这个素质既有业务方面的，也有礼仪方面的，甚至是心理方面的。

首先，呈批前要做准备。准备工作是很多的，具体有哪些呢？

一是要吃透文件精神。我感到这是最核心的，就是要把待呈批的文件精神一定要吃透，因为呈批过程中首长经常是要问问题的。机关呈批的文件来源大致有三类，这个文件可能是上级来的，也可能是下级报的，当然最多的时候是本级写的，不论是什么情况，都要吃透精神。一般情况下，自己办的文件自己比较清楚。但对于上级来的、下级报的，一定要把有关情况摸清搞透，千万不可模棱两可，似是而非。试想一下，首长问你问题，一问三不知，他还哪来的心思给你签，不训你两句就够意思了。这里我特别想说的一点是，我们要规范的、谨慎的接电话通知。到底该用什么载体记录、记录哪些要素，另外，里面的时间、地点、人名要非常清楚。

二是要整理个人仪容。作为一名机关人员，时时刻刻都要注意自己的仪容，在按要求着装的基础上，尤其是要注意四个方面的事项：头发、胡子、指甲、衣服，说白了就是头发该理理一理、胡子该刮刮一刮、指甲该剪剪一剪、衣服该洗洗一洗。这个要求并不难做到，只要平时做好了，就完全不必临时抱佛脚。大多数首长对仪容看得都比较重，他们认为一个机关人员能否把自己仪容整理好直接反映出自我克制、自我要求的程度。

三是要纠正饮食习惯。有的机关人员喜欢吃蒜、吸烟，而且不注意消除口腔异味，不要说到首长面前，就是到一般人的面前，别人也会讨厌。其实，不仅是蒜和烟，一切有异味的食物，我们要尽量回避，确实喜欢吃，过后要及时消除口腔异味。我在某大机关工作时，发现处长们都在办公室备着洗漱用品，开始不明白，后来才知道是应酬完回来用于异味消除的。那个时候应酬多，结束后还要回到办公室加班。

四是要关闭随身手机。现在，手机已经成为我们必不可少的随身通信工具，但在呈批文件前应将手机关闭，最起码也是将其置于静音状态，震动状态也不行。关于手机使用，我还想对机关人员多说两点，一个是尽量设置成震动，就是要设置成铃声，也要慎重选取铃声，不要设置那些乱七八糟的铃声。另一个是不要用手机来看时间，正式场合用手机看时间是不符合礼仪要求的，建议买一块表看时间。

五是要携带记录工具。首长批示文件，有时比较简单，就是在文件上签上意见和姓名，但有时就不那么简单了，他会根据文件的内容做出许多指示，最常见是你要怎样去修改文件，这种情况多是承办本级撰写的材料，有时也可能要你去核实许多具体事项。为确保不发生遗漏，你就要带上纸和笔做好记录，而且最好是两支笔，须知，好记性不如烂笔头。当然，这支笔有两个用途，除了自己记录，还可以给首长签文件，尤其要注意你带的笔，一定要能写得出来。有的人很积极地把笔递给首长，结果写不出来，或是写得很不流畅，搞得首长很郁闷，你自己也很尴尬。

其次，呈批中要讲技巧。呈批文件大致有两种情形，一种是直接找到首长，一种是找不到首长打电话。

先说第一种。直接找到首长最多的情况是到首长办公室呈批，进门前要做三件事，第一，将文件特别是比较长的文件再浏览一遍，确保不出现两种错情，一个是页码错误，包括缺页，一个是纸张颠倒，当然还有空白页和打印不全等。越是急的文件，越不要急，一定要检查好，出现这些低级的错误很恶心人；第二，听一听首长办公室的动静，一个是有没有人在和首长交谈，一个是首长是否在打电话，如果有人或是在打电话，就不要报告或敲门了，等一等再说；第三，了解一下首长的心情。如果前面有人出来，可以问问首长心情怎么样，如果不好，而你的文件又不是什么好事，最好不要自己找不痛快，暂时把呈批的事放一放，前提是这个文件不是很急，比如，报销开支的文件、上级批评的文件。当然，这个了解是多种途径的。如果你一次性拿很多文件，要琢磨琢磨怎么让首长看得清楚看得明白。

再讲进门后要注意的事项。敲门之后，不要冒冒失失地就推门进去，等到首长说进你再进。进门后，如果首长忙于其他事务，你不要急于说话，待首长忙完默许后你再开口。如果首长不熟悉你，你要作个自我介绍，比如，我是某某处的某某某。这种情况在大机关比较多，有时首长认不得那么多人。将文件递给首长，要退回至与首长大约1.5米至2米的距离，为什么是这个距离？社会行为学里有一个理论，每个人都有一个心理安全距离，这个距离就是1.5米至2米，如果你近了，就会让对方感到一种压抑，如果远了，就会让对方感到一种陌生，总之都不好，所以要和首长保持这个距离。需要强调的是，要站有站相，坐有坐相，不能随随便便。

和首长答话时，要注意自己的语音和语速，有比较重方言的机关人员要尽量说普通话，或是放缓讲话的速度，便于首长听清。有的人要呈批的文件比较急，不自觉地就把语速、语调提了上来，这会让首长很不舒服，好像你在逼他签这个字。要明白，由于所处的位置不同，你急并不等于首长急啊！这其间，如果首长有电话进来，你最好回避一下，退出去等首长招呼再进来。

有的人在首长看文件过程中，喜欢给首长做点什么，整理整理物品、倒倒茶水什么的，我不好说这对还是不对，我想说的是每个首长有每个首长的习惯，有的首长会觉得你有眼色，但也有的首长不喜欢别人动他东西，你动他东西他会很反感。所以要了解首长的生活习惯。

第二种情况，找不到首长打电话。找不到首长，这就要给首长打电话，当然要尽量少打电话。打电话有很多讲究，一个是时机，最忌讳休息时间、吃饭时间打电话，另外，如果首长把电话压了，就不要再打了，说明首长现在不方便。也可以先发个短信，把情况简单地说明一下，请示首长是否方便接电话。我特别佩服我们有些机关人员，非常执着，你不接，他就一直打，有的还是在中午睡觉时。一个是地点，给首长打电话，你要先找一个安静的地方，为什么呢？如果很嘈杂，首长的指示你听不清，你能要求首长再讲一遍吗？如果首长一旦把电话挂了，你哭都来不及，一个是内容，电话通了，就要说话了，内容一般是：某某，我是某某某，有一个什么样的文件，请示您，现在是否方便看。千万不要问首长什么问题，比如你在干什么、你在哪里等等，你没有资格问。首长在说话过程中，你不要乱插话，等首长讲完，你再应答，一个是挂机。挂机一定要先等首长挂了你再挂，绝对不能出现首长还在说着，你就挂的现象。要强调的是，和首长讲话不要瞎客套，有的机关人员和首长讲话，恭维的话特别多，本来是想拉近乎，却让人觉得很虚伪。

再其次，呈批后要抓落实。首先强调一点，一定要把首长的批示看清楚，如果看不清楚，一定要问。这个情况也是经常发生的，有的首长字迹很潦草，机关人员特别是年轻的机关人员并不一定熟悉首长的风格。呈批文件要有"回路"，就是要把首长签批文件的精神反馈好，这个反馈有两种情况。一种是各级首长都没有特殊要求，仅仅是签个名字，可以等到最高首长签完，一并向前几位首长反馈信息；一种是某一级首长有具体要求，那就不能等了，要马上向之前的首长反馈，以免误时误事。每一位首长对他自己签批的要求，印象都是很深刻的，千万不要不当一回事，要把抓落实的情况尽快向首长报告，让首长掌握末端落实情况。

最后，再特别强调几点：

一个是要坚持谁办谁呈的原则。就是谁负责的文件，谁就要亲自去呈批。为什么呢？因为让别人承办，他不了解情况，最起码他了解的程度不如当事人。在这方面，我是吃过亏的。代呈文件也不是说绝对的不可以，确实因为某些原因，当事人脱不开身，也可以安排人代呈，但一定要交代清楚，让他了解掌握文件的相关情况。

一个是要坚决杜绝分呈、越呈的现象。就是同一份文件除非首长有专门的交代，否则绝对不能分呈和越呈。什么是分呈？就是把文件同时给几个首长看，这极易出现意见相左的情况，使机关陷入骑虎难下的窘境。什么是越呈？不依程序来、不按规矩办，越过某级直接向上呈批，这也是绝对不允许的。

一个是坚定大局为重的信念。有的人可能很不理解，说这个干什么？要说的，有的文件很急，而来的时间又不对，不去呈批误事，去呈批就要挨骂，怎么办？以大局为重，我曾经在三十晚上找主要首长呈批文件，尽管他当时不高兴，但对我及时呈批没有误事，事后给予了充分肯定。

以上都是一些很常态的呈批文件的情况，其实在工作实践中还有很多极其特殊的情况，这里就不一一列举了，主要是抛砖引玉，希望能给大家一点收获。机关是一个很大的舞台，这里聚集着单位的精英，这里充满着社会的奥妙，热爱机关，珍惜岗位，年轻机关人员的智慧将在这里展现、人生将在这里腾飞。

机关用电话学问大

我服役23年，期间写过两次检查，其中一次就和电话有关。多年前夏天的一个周末，我乘坐公交车外出办事，由于人声嘈杂和车体颠簸，既没有听到手机铃声，也没有感受到手机震动，处长连打的三个电话都没有接上。这件事对于集团军作战训练部门来说，是不折不扣的大事了，为了达到教育本人、警示他人的目的，我在作训处党小组会上来了一次深刻的思想剖析。

这件事之后，我就形成了一个习惯，时不时把手机拿出来看看。公司的兄弟们觉得奇怪，就问我原因，我讲了这件事，他们都笑了，说："哥呀，都啥时候的事了，现在你已经离开部队了！"我一本正经地说："这个习惯也挺好，万一老总找我呢？万一客户找我呢？"我想，我这个"手机强迫症"估计改不了了。

作为一名长期在作战训练部门任职的核心人员，我对电话是又爱又恨，说爱恨交加一点不为过，我感激电话给我工作带来的便利，也憎恶电话给我精神带来的痛苦。那时条件有限，周末须到机关大澡堂洗澡，我进去之前，都要给总机打个招呼，说明我是在洗澡，大约用多长时间，生怕首长找我。从这件小事可以看出，干作战训练的人是多么的"苦逼"。

我25岁调入集团军工作，是当时最年轻的参谋，为了让我尽快进入角色，当好规矩人，办好规矩事，老参谋也好，处领导也好，部首长也好，都手把手地对我指导帮带。所教内容不是如何筹划、不是如何调研、不是如何撰写，而是一些"鸡零狗碎"的东西，印象特深的是：如何用电话？如何呈文件？如何下部队（指陪首长到师旅团部队）？现在回想起来，真的是受益匪浅！现在进机关的新人，有谁教你啊？

那个时候手机很少，所以如何用电话指的是座机，不是手机。先说接座机。

最早的座机没有来电显示，要求参谋们听声音辨别首长，对方说话后，参谋们必须要接上"某某好，我是某某，请指示！"后来换了来电显示的座机，则要记密密麻麻一页纸的电话号码，电话铃响先看号码，拿起握柄就要问候"某某好，我是某某，请指示！"倘若是总机转过来的电话，则不必劳神分辨声音和记忆号码了，总机肯定会通报对方的身份。

我在集团军、军区机关工作时，经常和总机上的女战士进行"不曾谋面"的对话，她们只要听到我说话，即刻称我职务向我问好，听力之强令人叹服。某次，我在兰州一个商场购物，旁边的一个年轻女士突然问我："你是军区某某部的高参谋吧？"见我疑惑，她自我解释："我是军区总机上的某某！"我们相视大笑！借这个机会，用我拙劣的文字向她们表达我的敬意！

本级机关之间的电话，则要简单得多，拿起电话标准起语是："你好，我是某某，请问有什么事？"如果是上级机关电话特别是通知类电话（重要的通知肯定是用座机的），一定要慎之又慎，除了要用规范的记录载体记录外，对通知里面涉及的时间、地点、人物、职务等关键信息，要反复核对，既不能有错字，也不能有别字。记录之后，还要复诵一遍，请对方指正。

在各类值班室内接值班座机，铃响三下必须接，在办公室内接座机也不应散漫，如果因为某种原因接得比较迟或没有接上，要视情给对方做出解释。有的首长对部属要求严，对迟接电话和不接电话要追究责任的。接对方电话，用时是被动把握，如果对方比较啰嗦，用时较长，要进行善意提醒，办公电话不宜长时间占用，当然，首长不在此列。

再说打座机。相对于接座机，打座机就简单多了。各类值班电话不允许打无关紧要的办公电话，至于说私事电话就更加不允许了。办公室内的座机，不论是公是私，都不要超过五分钟，因为时间长了，很可能会影响到其他电话的进入。

不论是接座机，还是打座机，都不能影响到其他人的办公，与首长通电话，首长挂机，参谋才能挂机，与同事通电话，原则上不先挂机。

座机与手机有个很大的区别，手机是唯一对应性，谁的手机谁用，而座机不同，不具有这种唯一对应性，所以切忌开玩笑。某次，一个处领导给另一个处领导办公室打电话，对方的应答是："我是军长，你是谁啊？"虽然是军长的声音，但这个处领导以为是对方开玩笑，直接就来了句："我是司令！"结果，这个处长被军长狠狠呲了一顿。

下面，我再说说用手机的问题。

到了2002年手机很普遍了，为了工作需要，我也买了手机，那个诺基亚2150用了五年，后来确实因为听筒不行了，才弃之不用。说到手机，顺便说说手机号。现在的年轻人太爱换号了，有的是图便宜，有的是图吉利，总之理由很多。但作为一名公职人员，确实不宜经常换号，会让领导或者同事感到你很浅薄。我除了工作调动，没有换过号码，最长的一个号用过七年。我估计换号这个问题以后可能不存在了，因为漫游费取消了，又因为手机都和银行绑定了。

我是1994年上的军校，那时座机在家庭中都不是很普及。一个贵州的同学当中队值日员，值班电话一响，他就接了，对方说找中队长，他把话柄原样放回去，然后去找中队长。中队长来了一看，哭笑不得！这还没完，过了几天，这个贵州的同学又去找中队长，请教了一个他很困惑的问题：为什么停电时电话还能响？

说这些主要是想说明，一件东西它不普及，大家就很稀罕，内心多少就会有种敬畏感，用起来也就很小心，不论是动作还是话语都是慎重的，座机如此，手机也是如此。现在因为手机太普及了，大家用得太随便了，包括我们的公职人员，这是很可怕的。我在部队工作多年，既目睹了，也亲自处理过，在手机上犯错误甚至是犯罪的官兵，真的很令人痛心！

手机用好是工具、是朋友，手机用不好则是炸弹、是死敌。要想把手机用成具有推动工作、增进感情、娱乐生活、掌握知识多重功能的贴身助手，大的讲，就是在恰当的地方、花恰当的时间、说恰当的话语、用恰当的功能，这个太笼统，那么小的讲，就是按法规制度用、按德行修为用。

先说按法规制度用。在一些单位、一些部门对手机的使用是有明确要求的，比如，有的场所就不能带手机进入，有的事情就不能在手机里说，有的公职人员必须24小时开机，有的工作必须使用保密手机，有的进口型号就不能使用，等等。这些要求看上去很生硬很死板，会让有些人觉得不舒服不自由，但作为一个过来人，我可以负责任地说，这些要求并不过分，这其中很多都有惨痛的教训。

部队最早配发的保密手机很土，功能极简单，只可以通话和发短信，内置一个保密模块，很像手机卡，插在卡槽里，如果悄悄取出来，保密手机就成摆设了。这种老款保密手机使用起来比较麻烦，首先是正常联通，然后通话发起方提醒说："加密！"口令之后，双方同时按下"加密"按键，如此就进入了保密通话状态。再麻烦再繁琐，我也是按要求落实。反观个别领导干部，有的私自把保密模块取出来，有的通话过程中不按"加密"按键，还有的干脆就扔进抽屉不用，后来这其中就有一部分领导干部出事了。

作为公职人员在这个问题上要有一个清楚的认识，一个是不能抱有任何攀比的心理，不要动不动就说，某某单位都不这样要求，或者某某也没有落实啊！一个是不能抱有任何侥幸的心理，不要以为一次两次违规没有事，不要以为违规人多板子不会打到自己身上，常在河边走，怎能不湿鞋？这种事只要有一次降临到你的头上，就足以毁灭你的人生。所以说，按法规制度用手机，这是使用手机的底线，绝对不能有丝毫含糊。

再说按德行修为用。我记得有个处长，大个子，瘦身板，平时站得笔挺，显得很有精气神，但只要接打首长的电话，腰就弯成了虾米，口中是一连串的"是是是""好好好"，语速极快，语调又极柔，仿佛大气也不敢出一口，语气则极为恭敬，近乎摇尾乞怜，极尽献媚之能事。这个处长很年轻，业务素质也不错，但最后没有用起来。

打电话是不见面的沟通交流，正因为不见面，你的语音、语速、语调都会给对方留下深刻印象，也会给对方以无限遐想。我们常说：说者无意，听者有心。打电话这种情况最多了，可以说是避无可避。毫不夸张地说，老到的人从电话也能感觉到一个人的人品官德。我曾经给我一个参谋说："要挺直腰板给首长打电话，不要沾染一些坏习气！"

我的一个老首长曾经说，看一个领导干部的素质有三个方面：毫无准备时的讲话，突发情况后的决断，复杂关系下的签字。这个毫无准备时的讲话，不就是接电话时的讲话吗？我们到底怎么通过手机讲话？打电话是主动的，而接电话是被动的，主动与被动相比，显然被动的难度更大。

我当参谋时，经常陪首长下部队，每次我们都提前赶到首长家楼下，看看时间差不多了，就给首长打一打电话："首长，时间到了，您该下楼了！"不一会儿，首长就下楼了。可是某次，我陪一老参谋到了首长楼下，他给首长的电话是："首长，时间到了，我们已经到您楼下了！"不一会儿，首长就下楼了。我反复琢磨，这两句话意思一样，但境界却差得老远了。

事后，我和老参谋做了深入探讨，老参谋告诉我，我们和别人打电话，特别是和首长打电话，主要是讲明我该做什么？我已经做了什么？通过这些信息，把首长应该做的意思潜在地传递过去，而不能要求首长做什么，如果这样就很生硬很别扭。

我在集团军作训处工作时，某天夜晚，我和处长正在研究一个问题，突然电话响了。处长接后，由于我就在旁边，军首长的声音也飘进了我的耳朵："这么晚了，你还没休息啊！"处长的答话我现在记忆犹新："首长，大家都加班呢！"稍停顿后，那边说："把夜餐给大家准备好！"多少年过去了，这句话还在耳边回响。这个处长很受大家尊敬，后来也得到了重用。

如果就打电话研究打电话是非常肤浅的，打电话的时间很短，一般公事电话也就在几十秒到几分钟之间，这短短的时间内反映了什么？至少两个方面，一个业务能力，一个是修养程度。换句话说，一个反映的是你的智商，一个反映的是你的情商。

从我的经历看，有三种情况不宜主动打电话（指手机），一个是酒精上头，一个是情绪失常时，一个是环境恶劣时。这三种情况下打电话，容易引发三种结局：一个是观点先入为主，一个是时间冗长拖沓，一个是语言枯燥无味。不论是从打电话，还是从接电话的人角度来考虑，这三种情况下的电话，又能谈出什么样的效果来？实践表明，不但没有效果，而且屡屡发生失言恶果。

以上三种情况，第一种最多，我也是不胜其扰。我经常接到酒后打来的电话，也看到酒中拨出的电话，但都不留深刻印象，直接的感觉是逢场作戏。我的一位老首长说过："喝酒了，就不要打电话，掏心窝子的话也让别人感到是虚的！"我们公司老总更直接，如果他喝酒了，你给他电话，他上来首先表白："喝酒了，如果是工作就明天说！"作为一名公职人员要引以为戒。

发短信是打电话的重要补充，也要引起足够的重视。编辑完短信，一定要认真检查，大的是检查逻辑和语法，小的是检查语句和字词，编辑短信不要偷懒，多费点时、多打点字，也要把语意表达完整。我的一个朋友闹过一出笑话：某次节日，他收到一条编辑的很有水平的祝福短信，于是他就在前面加了职务，群发出去了，刚发完就后悔了，群发对象职务是不同的，可惜不能撤回。我不知那些领导看了祝福短信会怎么想，这样的短信还真不如不发！

有手机自然要有铃声，铃声怎么设置也是个学问。某次，军区开一个重要会议，突然有手机铃声响起，寂静的会场内这个铃声格外清脆响亮，与会人员不约而同转向铃声来源地——一位大校。有铃声还罢了，问题是这个铃声是《爱江山更爱美人》，主席台上的军区首长长久地看着这位领导，空气仿佛凝固了。我的看法是要么不设歌曲铃声，要设也设一些符合个人身份、符合时代旋律的歌曲。

现在手机的功能都很强大，有些情况还要再说说：

关于朋友圈，尽量不要发，发就发与工作有关、与爱好有关的高质量的东西，但是谨记：任何多的东西都不是精品。

关于群聊，领导可以拉你，你不可以拉领导，就是领导把你拉进群聊，也不意味着你可以随心所欲地发言。

关于语音和视频，这是私交之间的游戏，不要与严肃的公职行为混为一谈，与领导进行语音和视频，无异于自残行为。

关于短信和微信，要客观陈述，不要添加个人感情，更不敢颐指气使，一旦截屏，极易给别人落下把柄，给工作带来被动。

　　关于领导的号码和微信，有了别张扬，更不能泄露，没有也不要主动去要，如果有一天领导要主动给你，恭喜你，你的好日子马上到了。

陪首长下部队门道多

自从承诺友人写这个题目，我的脑海里就不停浮现出曾经陪同众多首长下部队的情景。说真话，当时没有什么别样的感觉，从受领任务到呈送报告，一切都在匆匆之中开始，一切又都在匆匆之中结束，部队的工作就是这样，高强度，快节奏，严要求，作战训练部门尤甚。现在，脱下军装以另外一种身份重新拾起机关岁月、首长身边的点点滴滴，特别是陪首长下部队，深感能在战役机关工作真是太幸运了。借此机会，就用粗浅的文字，来表达我对首长们培养的感恩、对兄弟们支持的感激！

陪同首长下部队，这是战役机关很常见的一种履职方式，特别是一些综合部门更是频繁。这里的首长是一个宽泛的概念，通常大部（司政后装）以上的领导都称之为首长，文中的首长指不包含配有专职秘书的主要首长；这里的部队是指战役机关所辖的师旅团部队，通常分散部署于一省或数省内。所以这个"下"字有两层含义，一个隶属关系的由高到低，一个是空间关系的由此及彼。

那么谁陪呢？参谋人员！这个参谋人员也是一个宽泛的概念，既指没有具体职务的机关人员，也指有具体职务的部领导或处领导，既指司令部门的参谋，也是其他部门的干事和助理员。陪首长下部队的特殊性，就在于离开了原来的工作环境，平时可能面都不好见的首长和参谋，变成了朝夕相处，由此带来的工作运行机制也变了，环节压缩、程序简化，参谋直接对首长负责，责任大了，压力自然也大了。

参谋陪同首长下部队，既是完成任务的客观需要，也是培养人才的重要途径，军区机关的部长也好，集团军机关的处长也好，在安排什么样的参谋去陪同首长这个问题上，都是很谨慎的，要充分考虑到首长的性格、任务的性质、参谋的素质等多方面因素，否则的话，任务完不成，还把参谋害了，一旦给首长留下印象：某某能力素质不行，那还怎么在机关干？我在军区机关工作时，一个老哥给我开玩笑说："建成，陪首长下部队，不光材料要好，还要眼观六路、耳听八方啊！"

陪首长下部队的几种类型

从陪同的对象来看：有陪本级首长，有陪上级首长，陪本级首长有两种情况，一是陪本级本系统首长，二是陪本级非本系统首长。有的人认为本级本系统首长与自己有直接隶属关系，所以对陪同任务高度重视，而对上级首长和本级非本系统首长的陪同任务则重视不够，这种认识要不得，不论是不是自己的直接首长，其杀伤力都不会小。事实上，有的参谋陪同上级首长或本级非本系统首长，竟然有意想不到的收获，甚至改变人生。陪同首长的过程，难道不也是推销自己的过程吗？

从陪同的目的来看：有检查考核类的陪同，有调查研究类的陪同，还有一种很少，就是拜访问候类的陪同。有的人认为检查考核类和调查研究类的陪同难度大，所以准备工作就很认真，而拜访问候类的陪同难度小，所以准备工作就不够认真，这种认识也要不得，恰恰是因为检查考核类和调查研究类的陪同比较多，而拜访问候类的陪同比较少，所以后者更要精心准备。我曾经陪同首长参加地方的庆典活动，因为情况掌握不准确出了差错，受到了严厉批评。

从陪同的关系来看：有直接陪同，这其中有两种情况，一是单独陪同首长，二是带工作组陪同首长，有间接陪同，即在工作组中为普通一员。从一个参谋成长的经历看，陪同首长起步是作为工作组普通一员，进而是单独陪同首长，最后是带工作组陪同首长，显然这三种情况的压力是逐步增长的，作为一名优秀的参谋要有迎接这种压力的积极心态，当有一天你带工作组陪同首长时，你就成了机关的中坚力量了。退一万步讲，你就是工作组中的普通成员，也要主动挑大梁、担大任，在工作实践中摔打锻炼自己，千万不能当那种能推就推、能躲就躲的机关油条。

从陪同的时空来看：有长时间、远距离的，也有短时间、近距离的。陪同首长是一件精神压力很大的工作，特别是直接陪同时，如果是短时间、近距离的还罢了，但如果是长时间、远距离的陪同就很"苦逼"了，随着任务的推进、战线的拉长，人很容易进入疲乏状态，精力也不旺盛了，思维也不敏锐了，这种情况下是很容易出错的。陪同参谋要努力克服这种状况的出现，一是工作要张弛有度、收放自如，切忌不能使猛劲，要使匀劲；二是休息要见机行事、见缝插针，切忌相互间瞎客套，空耗时间和精力，尤其是不能生病。

陪首长下部队的主要任务

我当参谋时，处领导给我们交代时都说陪首长要做好两个方面：保障工作、服务生活。从我自己当参谋、当处领导的实践经验看，应该是做好三个方面：保障工作、服务生活、学习方法。很多人注重了前两者，忽视了后者，但我认为，这三者同等重要，没有孰轻孰重之分。

我离开集团军机关，到旅里担任领导职务后，常给参谋们讲，在机关工作特别是大机关工作进步快，其实潜台词是：在首长身边特别大首长身边进步快。为什么？一个普通战士能够成长为首长，这其中经历了多少大风大浪，这岂是一般年轻人能够想象到的？夸张一点说，首长过的桥比参谋走的路都多。当然了，能学几成？就看个人的造化了。现在地方有句话：想进步快，就和比自己优秀的人玩。其实是一个道理。

关于保障工作。

第一是撰写各类材料。首长的工作往根子上说就是两件事：开会和讲话。所以撰写材料是第一位的，这个材料包含下部队期间的讲话和返回之后的报告，这是工作中的大头，是重点也是难点。完成好此项工作：一个是出发前要把相关的参考资料带齐带全，否则一旦出了门，再找资料就很麻烦了；二是支撑材料的部队鲜活素材要尽可能地收集，不要仅仅满足于汇报稿中的提供；三是要把首长的主要观点和精彩语句及时记录并消化，并巧妙地用于讲话稿中。需要注意的是，给首长递交讲话材料一定要有提前量，给首长留出充分的修改时间。

第二是陪同落实既定计划。不论是检查考核，还是调查研究，选择什么样的机关人员陪同，都是经过慎重考虑才做出决定。作为陪同的人员，首先，一定要做到情况很熟悉，要给首长当好"外脑"，首长问什么都能做到"门清"；其次，具体到某项工作或某件事情，要有自己的真知灼见，贴近部队实际，解决现实问题，随声附和那是伪谦虚，是无能的表现。千万不能把自己定位为跑前跟后、拎包端茶的角色，自己看轻了自己，也让别人看轻了自己。

第三是完成其他临时性的工作。其他临时性的工作也很杂，从我的经验看，主要是两大类，一类是和本级机关发生关系的，比如，给首长呈批本级机关转过来的各类文件，既有正式的传真、机要，也有非正式的讲话、方案，一类是和基层官兵发生关系的，比如，陪首长看望基层官兵，包括看看典型，包括吃吃碰饭。完成这些工作，就是把握"一个前提、两个原则"，一个前提是不影响主要任务，两个原则是不误时误事、要真情实感。

需要强调两点：一是要加强请示汇报。因为出差在外直接对首长负责，加强请示汇报是非常必要的，不能想当然自作主张。当然也不要事无巨细都请示汇报，这很容易让首长感觉你不担当、推责任。我的做法是大事请示汇报时正式一些，小事请示汇报时随意一些，这样就淡化了请示汇报的味道。二是要带好必要的"装备"。诸如，笔记本电脑、录音笔、照相机，等等，不要养成什么东西都让部队提供的习惯，一方面是给部队添麻烦，另一方面生家伙用起来不顺手。我的作训处长下部队除了带笔记本电脑，还额外带几块充满电的同型号笔记本电脑的电池，对于他来说，在火车汽车上写材料是太正常不过的事了。

关于服务生活。

下部队打破了首长原有的生活规律，不论是饮食，还是睡眠，都无法保证质量，个别首长身体还有伤痛（有参战留下的、有训练留下的），所以下部队对首长来说是很辛苦的，那种长时间、远距离的，频繁转换地点的下部队，无疑是一种折磨。作为陪同首长下部队的随员，不论是从工作需要的角度，还是从个人感情的角度，都要照顾好首长的生活。

一方面是要考虑共性的特点：比如年龄特点，中老年人的饮食起居与年轻人是不一样的，饮食要清淡、睡眠要安静，等等，作为随员要进行科学合理的安排；还比如季节特点，炎热的夏天要有防暑措施，寒冷的冬天要有防寒措施；再比如地域特点，下部队去的地方基本上没有风光秀美的，部队营区内还罢了，如果是野外，就要考虑那些恶劣环境的特点，有针对性地做一些准备。

另一方面是要考虑个性的特点：首长的情况是千差万别的，要具体情况具体对待，从而服务好生活。比如，有的首长习惯起早，那就陪首长散散步，有的首长生病，那就提醒首长按时吃药，有的首长喜欢打牌，那就陪首长打一会儿（这方面我真不行）。我曾经陪过一位首长，参战时小腿负伤，每晚都必须用滚烫的开水浸泡受伤的部位，才能缓解疼痛，类似这些情况就很特殊。总之一句话，就是尽量让首长的身心得到放松。

其实，也不一定都是随员照顾首长，我刚进集团军机关不久，独自陪一位首长下部队。汽车在平凉的盘山路上绕来绕去，我觉得天旋地转，实在撑不住了忙叫停车，开了车门，我就是一阵狂吐。首长又是给我捶背，又是给我抚胸，待我平静一些，又给我取水漱口，上车后，还不停地叮嘱司机开得慢一些，不着急赶到目的地，羞得我恨不能找个地缝钻进去。

实事求是地讲，我们现在的参谋照顾人都不行，都没有这方面的生活经验。要想服务好首长的生活，就要了解首长的情况，可以问家里人、问管理处，也可以问跟首长出过差的老参谋。朋友给我讲过一个事，一个参谋跟首长出差，吃饭顿顿点山药、红薯、玉米之类的，以致最后首长给他说："咱们要点别的东西吧。"这位首长是很有修养的。

关于学习方法。

要学习思维的方法。思维能力是领导干部的第一能力。有些领导干部之所以能很好地领导和他当初所学专业完全不同的事业，这就是因为他具备了科学的思维方法。一次，我陪一位首长下部队，当时信息化建设正搞得轰轰烈烈，我问首长对此的看法。他想了想说："你搞，我不表扬你，你不搞，我也不批评你。"顿了顿，他又说："领导干部要有独立思考的能力，不能跟风。否则，不但对部队建设无益，反而对部队建设有害！"这件事对我印象深刻，我深深感到，一个领导干部有了正确的思维方法，就不会被歪风邪气所绑架，也不会被歪理邪说所左右。

要学习工作的方法。首长在和部队领导交流过程中，经常会涉及抓教育管理、战备训练、司令部建设等一系列问题的方法策略，只要认真听保准有收获。一次，我陪一位首长下部队，这个部队的主要领导刚换，几个营建设水平都很一般，且缺乏动力闯劲，他就向首长请教，如何改变这个局面？首长说："人为制造不平衡，让后进的追先进的，让先进的带后进的！"首长的这些话，虽然是对部队领导讲的，但我却牢牢地记在了心里，多年后，这些经验方法都进入了我的工作实践，且取得了明显的效果。

要学习讲话的方法。这方面的例子太多了。一次，我陪一位首长下部队检查某旅的全面建设情况，旅领导对本单位的成绩比较自信，介绍情况时是眉飞色舞，待他请首长作指示时，首长淡淡地说："有一定进步，但进步空间依然很大！"那个旅领导顿时满脸通红。还有一件事发生在我自己身上。前一天晚上，我把写好的讲话材料交给了首长，第二天早上，他把我叫过去，说："辛苦了，材料写得不错。我已经改好了，你拿去打印出来。"我开始还不明就里暗自得意，待我取过稿子一看，已经基本被首长改完了，语言更加精准，篇幅也大大压缩了。首长看到我的窘态，就又跟我开玩笑说："开短会，参谋们责任也很大啊，要写短稿子！"这就是首长的讲话艺术，简洁而准确、含蓄而有力。参谋特别是在大机关工作的参谋，要学习首长的讲话艺术，这对于工作顺利开展乃至事业快速发展都是极有帮助的。

学习的途径主要是两条，第一条是被动接受，第二条是主动请教。请教要把握好时机，最好是结合工作，启发诱导式地让首长讲，一旦首长心情好，打开了话匣子，那你的收获就大了。所以机关也有人说，跟首长下部队的过程，就是取真经的过程。

陪首长下部队注意事项

心细要贯穿始终。这方面，我有过教训。某次，我陪一位首长下部队，当我们离开第一个单位快到第二个单位时，首长突然发现老花镜忘记拿了。好在两个单位相距只有十几公里车程，第一个单位给送过来了。首长虽然没说我，但我自责了好长时间。那以后，我是时时小心、事事小心，再没有发生过类似的情况。

工作中要心细，生活中也要心细，大事要心细，小事也要心细，比如，首长要参加的活动，应提前把路线走一走、到现场看一看；再比如，首长下火车、出房间，都要全面检查一遍，确保没有遗失物品；还比如，给首长安排交通工具，既考虑出发时间，还要考虑到达时间，尽量让首长休息好。总之，心细这个问题无处不在、无时不有，不能有丝毫的懈怠。

谦逊要一刻不忘。有位参谋陪同首长下部队，某次活动，首长没有到位，于是部队领导很客气地请他做做指示，这哥们儿一点没有客气，大马金刀往主席台一坐，就开始讲了，一讲就是半个多钟头。有些人在首长身边还能表现出一丝低调，倘若首长不在了，就有点控制不了。

那种以为自己身处战役机关，能力水平就高的想法是极端错误的，部队领导哪个没水平？部队的情况千差万别，下车伊始，是没有发言权的，信口开河只能招来讥笑。参谋陪同首长下部队，对部队领导既不要趾高气扬，也不要点头哈腰，对同学、老乡、故旧的交往要以工作大局为重，热情适度，点到为止，对其他基层官兵的言论举止，均要得体大方，表现出良好的素养和修为。当然，作为牵头负责人员要加强对工作组所有成员的教育管理，确保不发生任何问题。

遇事要随机应变。我陪首长下部队曾经发生过两件大事，巧的是都发生在陕北，一次是冬季下雪的夜晚在延安高速上车坏了，一次是夏季刮风的夜晚在榆林沙漠里迷路了，两次事件惊心动魄，虽然经过努力最后都得到了较好的解决，整个过程有惊无险，但现在想起来都心有余悸。

一般说来，陪首长下部队，基本都在部队营区内活动，不会有什么意外的大事发生，我说的随机应变，主要是工作方式方法不要僵化。比如，晚上给首长呈报，如果这个报不是急报，而首长又休息了，那就放到第二天早上再呈。比如，虽然制定了整个计划，但由于各种因素导致原计划不能实施，就要建议首长修订计划。再比如，有些首长的想法比较多，正所谓"计划赶不上变化，变化不如首长一句话"，参谋人员要能适应这种情况。当然，这种随机应变不是轻率的、盲目的，一定是紧贴任务形势变化、深思熟虑之后做出的。

亲疏要清醒把握。有位参谋陪同首长下部队，他和首长还是比较熟的，期间研究材料，首长坚持这么写，参谋坚持那么写。首长说："你这么写就不是个东西嘛！"参谋说："按你那么写就更不是个东西了！"瞬间屋内一片寂静，首长只说了一句："散了吧！"后来，这个参谋就被边缘化了，有才也没人用！

参谋要明白陪同首长下部队是因为工作走到一起，不是关系好而走到一起，首长就是首长，参谋就是参谋，不论和首长之前有没有交集，都要给自己准确定位，越位的事坚决不能干，越位的话坚决不能说。我带队陪首长下部队时，专门给工作组讲过一条纪律，就是不要主动去和首长拉老乡、套近乎，哪怕你是真老乡也不行！我不是说不能和首长有私人之间的友谊，而是说那是工作之外的，是首长主动的，是一种纯洁无邪、水到渠成的友谊。

连长与参谋的PK

改革的目的是提高部队战斗力，这是不容置疑的，凡是与战斗力提高相违背的一切形式的、错误的东西，我们都要坚决地、彻底地摒弃。这其中，尤其要重视对高、中级军官思想进行全面的、深入的改造，因为思想的落后是最根本的落后。从这个意义上讲，改革就是改思想，必须把改造我们旧有的、陈腐的思想，作为改革头等大事来对待。

连长和参谋谁更重要？谁更优秀？是部队领导常提起的一个话题，有时甚至情绪很激动，各执一词，互不相让。现在离开了部队，从另一个角度考虑问题，觉得很好笑，我个人认为，这是个伪命题，不能比较的，或者说很难进行比较的。

大凡比较，必须有起码的两个条件，一个是比较的标准等同，一个是评委的资质等同。先说第一个，连长和参谋根本不在同一个岗位，从事不同工作，履行不同职责，怎么能够比较呢？体育赛事中，摔跤、举重、拳击等，都将参赛者依据体重分成若干个数量级，这样做很公道，增强了可比性。倘若一个成年人和一个少年人摔跤，成年人获胜是不值得称赞的，如果这个成年人不识时务，洋洋自得的话，恐怕就会遭到口水的攻击了；再说第二个，喜欢对连长和参谋进行比较的，大多发生在领导之间。一般地，在主官岗位成长起来的领导往往认为连长重要，而在机关成长起来的领导往往认为参谋重要。他们还引经据典，又举例摆证。这是典型的毛主席说的屁股决定脑袋，自身的经历影响了思考的角度。这就是我说的不能进行科学比较的原因，两个条件不具备。

如果硬要进行比较的话，我倒想发表一点拙见。首先，我们这里说的连长其实是基层主官的代名词，不一定就是指连长，也可以是营长，我们这里说的参谋专指分管作战训练的参谋，可不是参谋干事助理员的泛指。其次，我们拿来进行比较的这些连长、参谋必须都是优秀的，不能搞田忌赛马。因为，连长也好，参谋也好，不可能个个出类拔萃，总是有好有差的。

连长在基层工作，主要管连队，要眼快跑得勤；参谋在机关工作，主要管自己，要心静坐得住。连长用得更多的是体力，参谋用得更多的是脑力；连长工作重在贯彻落实，参谋的工作重在筹划设计；连长必须坚守一隅，参谋必须通观全局；连长的工作具有很强的机械重复性，参谋的工作具有很强的灵活探索性。笔者曾经给其他领导开玩笑说，基层主官是给领导保稳的，机关人员是给领导出彩的。可见，好连长的素质集中表现在带兵能力，好参谋的素质集中表现在思维能力，两者虽然差别很大，但互补性很强，可以取长补短相互借鉴。

那么到底谁更重要一些呢？这要从两种背景来说，如果在平时，我觉得连长的重要性更大一些，但如果在战时，我觉得参谋的重要性更大一些。如果不考虑背景，我觉得参谋应该比连长略略重要一筹，为什么这样说？我们可以从两个现象来看：第一，目前团一般辖十来个连队，也就是说连长有十来个，而作训股的参谋只有三四个，旅一般辖二十几个连队，也就是说连长有二十几个，而作训科的参谋只有四五个，从数量上看，连长数量远远多于参谋，你说连长好选？还是参谋好选？第二，我先后在旅、集团军、军区、总部四级机关，以及装甲旅、防空旅两支野战部队任过职，我强烈地感受到，当过参谋的人员去当连长，游刃有余，而当连长的人员去当参谋，举步维艰。

现在都说，性格决定成败。二十多年的工作实践使我认为，这话很有道理。有的年轻人就适合当连长，而有的年轻人就适合当参谋，把人才放在不恰当的工作岗位，人才也就不称之为人才了。在都具备责任心的前提下，当连长要有韧性，有逆商，当参谋要有灵性，有慧根。当然，先当参谋，有了机关经验，再干连长，有了主官经历，最后回到机关，这是我们通常说的最理想的进步路线，倘若再被上级机关调用，可谓功德圆满矣！

最后，我还要说一点，人非圣贤，孰能无过。不论多优秀的连长，也不论多优秀的参谋，都可能会在工作中犯这样那样的错误，作为一个领导者，要能容人之短，全面看人，长远看人，切不可轻易否定一个人，更不能因为个体而否定群体，这样于个人于单位都是一个不小的损失。我这一路走来，既得益于自身的努力，也得益于首长的包容，恰是首长的这种包容，能够让我有机会反思错误、改正错误，以比较轻松的心态重拾信心，再鼓干劲，不断收获人生一个又一个硕果。

搬家

搬家是社会生活中的常见现象，人的一生谁没有搬过几次家啊？为什么要搬家？答案很简单，通过搬家可以入住高标准、高价值的房子，可以获得高规格、高效率的服务，有时，还可以融进更高层次、更高品味的圈子。追求幸福生活是人的本性，所以只要条件允许，老百姓就一定会选择搬家，尽管搬家是件极耗精力和时间的事。搬家对老百姓来说是一件开心的事，过去没有"禁令"、没有"整顿"时，那是要放鞭炮、摆宴席庆贺的，所以有"乔迁之喜"一说。

军人搬家和老百姓搬家完全不是一回事，这其中的酸甜苦辣，很难用语言去描述，也很难让他人去理解。有的人听我讲搬了多少次家、去了多少个地方，都表现出一种羡慕的神态，甚至说你们军人太好了，哪儿都能去。对此，我只能"呵呵"了，夏虫不可以语冰。军人搬家从本质上说就是完成一件任务，我的突出感觉有三点，时间很紧，程序很严，要求很多。每一次搬家都意味着离别，每一次搬家都意味着适应，这个过程不论是生理还是心理，都倍受折磨。

我服役23年，一共大搬了六次家，郑州—临夏—宝鸡—兰州—酒泉—临夏—宝鸡，前五次搬家都是为单位、为工作而搬，只有最后这一次是为自己、为生活而搬，因为退出现役回归社会了。至于在一个单位内部，因职级变化而进行的住房调整，那就多了去了。我在军部工作时，先后搬过五次，连队住过，公寓住过，个人住过，合伙住过，这在当时是很普遍的现象。不管居住条件多么艰苦，我都保持着积极乐观的态度，丝毫没有影响到工作，看来只要安心，不安居，也是能乐业的。

搬家对我来说最头疼的就是书，我爱看书，也爱买书，直到现在还有到旧货市场淘书的习惯。日积月累，书是越来越多，带不好带，实在是太重了，送又不舍得送，因为我和这些书都已经有了感情。有的人说干吗不快递啊？这是有原因的，2000年我从临夏往宝鸡搬家，通过邮局寄书，那时寄东西只能找邮局。结果装书的木箱子被摔裂，水渗进了箱子，有近一半的书被水泡了，把我心疼得打人的心都有。从那以后，搬家时其他物品或寄或带，书是坚决随身带，真应了那句老话：一朝被蛇咬，十年怕井绳！

最令我难忘的一次搬家是从酒泉到临夏。当我走出办公楼时，眼前的情景把我惊住了，从办公楼到旅大门，两侧站满了前来送行的官兵。我非常不安，连忙请求高巨会旅长让部队带回，他告诉我旅里并没有要求，是官兵自发的行为。机关的参干助们非让我讲话，我说，谢谢大家，谢谢大家，我一定勤奋工作，不辜负你们！我要求你们做的，我首先做到。说完，大家都哭了。火车缓缓开动，站台上在家的常委集体向我敬礼，我在车上立正回礼，火车驶出酒泉站，我忍不住放声大哭，随行的侯卫欢干事不停地给我递抽纸。多年后，王升琪政委对我说，副职领导里只有你有这种送行礼遇，这不是哪一个领导决定的，是你的能力素质和人品官德决定的！

搬家，既有个体的小搬，也有单位的大搬。此次军改我的老单位二十一集团军，改为七十六集团军，军部驻地由陕西宝鸡搬至青海西宁。接到移防命令后，军部不讲条件不摆困难，迅即行动千里投送，不但按时到位，而且迅速恢复整个作战指挥体系，确保了战备工作的稳定、高效、不间断，受到军委首长、陆军首长的高度赞扬。《解放军报》刊发了报告文学《两个春天之间的改革·陆军第76集团军组建纪事》，通过关中平原和青藏高原两种环境的对比，讲述了广大官兵以实际行动拥护军改的诸多故事，感人至深，催人泪下！

这次搬家，不仅仅是距离前推了700公里，更为重要的是海拔增高了1650米，使得七十六集团军军部成了依托基础最薄弱、驻地海拔最高、自然条件最苦的军部。我因为到西宁出差，目睹了军部安家的情景，就说说住的情况吧，分队军官和战士一起在大礼堂打地铺，机关是十五六个人在一间大房子睡上下铺，处长是四人住一间没有卫生间的房子，师职首长是两人住一间有卫生间的房子，只有军职首长才一人住一间房子，四月份的西宁气温还是很低的，条件的艰苦程度可见一斑。这就是令出如山啊，我为曾经是这个集体中的一员感到骄傲自豪！

与中国军人相比，外国军人特别是一些西方发达国家的军人搬家就更频繁了，这是他们的晋升制度决定的。比如，美军的军种总军士长，地位相当于中将，在五角大楼有自己独立的办公室，他的具体工作是在正式社交场合中代表士兵队伍，就士兵队伍的士气、训练、福利、薪资、纪律、晋升等问题向主管机关提出自己意见。要担负这样的职务，服役30年是必须的，在多个兵种多个岗位历练是必须的，表现优秀不能有劣迹是必须的，特别是多个兵种多个岗位历练这一条，你说他能不频繁搬家吗？

有资料表明，美军的军官平均每3年搬一次家，对他们来说，搬家就意味着任职经历，搬家就意味着晋升机会，简而言之，搬则活，不搬则死。金一南教授讲，他曾和美军一位将军交流军人搬家这个问题，当这位将军听到我们很多师旅团长从一个单位、一个院子成长起来，表示不可理解、不能接受，认定这种经历是单一的、能力是浅薄的，这样的军人如果是在美军根本不可能提升起来。在后来与美军的接触中，金教授肯定地说，美军作为职业军人，他们的搬家确实是一种常态，而且围绕搬家还有很多机制保障，比如搬家公司要给军人优惠，军队可以给军人报销一部分搬家费用，等等。

凡是到过我房子的人都戏称我是"时刻准备着"，这个准备着包含两个方面的意思，一个是前进，就是晋升，一个是后退，就是转业，这是真话，绝无虚言。因为我的房子里实在是太简陋了，除了被装和书籍，其他东西很少，且很破旧，比如床、沙发、衣柜……这都是老参谋们高升或退役后给我留下来的，至于娱乐设施是完全没有的。我带参谋们下部队，期间经常听到有人讲我的鱼没有喂啦、我的花没有浇啦，心中就会犯嘀咕，这些年轻人哪来的这么大精力？有这些精力往工作上投入点不更好吗？也许是我太老土了。

房子不过多置办东西，当然不仅是为了搬家方便，更多的是我的性情决定的，我的物质欲望非常低。我姐总和我开玩笑说，如果按照你穿衣服的方式，做衣服的都要倒闭了，卖衣服的都要饿死了。现在有个词很火，叫"简约主义"，宣传鼓励人们要过一种"简约生活"，我觉得我就是在过这种生活。但在和参谋们聊天时，参谋们把我一阵抢白："哥，你那不是简约，是简单，简约不等于简单！"还有这种区别吗？等我有时间了，我再研究一下吧。但是老首长送我的那句话我是记得的，屋里的东西越多，心中的包袱越重，屋里的东西越少，心中的包袱越轻。

我退出现役从临夏往宝鸡搬家时，把管理科、营房科的负责同志都叫到公寓，当面一件件清点物品，别说大件了，就是一只电插板也不放过，清点完数量后，再检查质量，电灯、电话、电视机，还有热水器、燃气灶都打开，确认质量完好，最后三方签字、交钥匙。所有东西满满当当装了一辆从地方租的小客货，主要是被装和书籍，光被褥和军装就装了四个大纸箱子。我不想惊动部队，专门选择了操课时间走，捎着两个刚好休假的战士，静悄悄地踏上了归途。结果，那天晚上电话快被打爆了，听着兄弟们的数落，心里还是蛮滋润的。

在我军历史上发生过一件关于搬家的大事、丑事。1985年6月，昆明军区被裁撤。10月，一个军政委搬家，他竟然把军职楼的玻璃花房（做工精美，别号"水晶宫"），以及办公室的微型收录机、大写字台、小茶几、沙发，甚至作战值班室的两只步枪，都带走了。搬家那天，动用了9辆解放大卡车，加一辆吉普车，由于怕中途汽车没油，还要了4桶汽油，为了给他搬家，出动了一个连的战士，影响非常恶劣，有人感叹这个政委"把军营的地皮都拉走了。"当然，随着搬家车队的出发，举报信也寄到了北京。小平同志大怒，要求严查彻查。1986年8月，中央军委宣布处理结果，撤销这个政委的党内外一切职务，并移交司法机关。

现在还有没有这种现象？我不知道，但军改前肯定是有的。有些领导干部在履职期间还是很不错的，但就是没有经受住这最后一关的考验，我猜这大概是心理学上所说的一种补偿心理吧，就是职务上没有达到预期目的，就在经济上狠狠捞一把。这些领导你可曾想过，这一捞就是名誉扫地、就是晚节不保、就是万劫不复啊！我还听说某些领导搬家时，专门等天黑以后装车，凌晨天不亮时启程，人啊，一旦有了私心杂欲，智力就会直线下降，这不是掩耳盗铃嘛，能瞒住谁呢？写到这里我突发奇想，如果军营放开使用手机，流传出来最多的或许就是那些"两面"领导的丑恶嘴脸！

军人的身份是庄重的、特殊的，军人搬家更是严肃的、敏感的，它不仅反映出当事人的生活情趣，而且折射出当事人的职业操守，有时还能暴露出当事人有没有政治规矩……

搬家对军人来说有着特殊的意义，它不仅是工作地点的变换，也是一种奉献，这奉献中蕴含着些许悲壮；还是一种进步，这进步中积蓄了满满自信；更是一种升华，这升华中流露出无限忠诚……

每一次搬家都是一次党性的大考，真希望每一位军人都能经受住这种考验，给组织、给官兵交一份合格的答卷，简单、利索、干净、清白、坚定、坦荡，正如歌词中所说的：祖国让我守边卡，扛起钢枪我就走，打起背包就出发……

"八一"断想

　　明天是"八一"建军节，网上是铺天盖地的关于这个节日的文章和图片，我想起了我服役期间亲身经历的几个工作、生活的小片段。

　　某次机关几个处长陪一位首长（曾在原47军139师服役）喝酒，期间，不知谁提了个话题：军人最值得骄傲的是什么？借着酒劲大家是七嘴八舌，有的说是上国防大学，毕竟那是最高军事学府啊；有的说是立二等功或一等功，即使脱下军装也有保证了；有的说是当将军，那是每个军人的梦想啊。

　　首长突然说："你们说的都不对，军人最值得骄傲的是上过战场，为国家受过伤、流过血！"

　　顿了顿，首长又说："没有上过战场的军人，是不完美的！我很幸运，还活着！"

　　首长讲完，自顾喝酒，整个饭桌静得出奇。

　　某次我陪一位首长（曾在原19军56师服役）去乡下看他的两位战友，他们开怀畅饮，无话不谈。

　　一个问首长："听说这些年战士的体能下降得挺厉害？"

　　首长叹口气说："是的，现在的要求比我们那时松多了，可就这样，有的战士体能都跟不上！"

　　另一个急了："这怎么行呢？打仗体能是根本啊！"

　　突然，他招呼身旁的战友："来，我们做俯卧撑给班长看看！"

　　首长拉不住，只好让他们做，眨眼工夫五十多个俯卧撑就过去了。

　　首长连说："够了！够了！"说什么也不让他们做了。

　　一个说："忌恨咱国家发展的坏蛋不少，枪杆子硬，腰杆子才硬，我们哥俩就等着国家通知呢！"

另一个说："等班长通知就行了，听班长指挥，别看我们是快奔六十的人了，绝对不输给那帮年轻小子！"

我在一旁，感动得泪水直流！

我在某部工作时，驻地附近有个酒楼，因为环境好、味道好，所以来个战友同学什么的，都安排在这里吃个饭，一来二去的就和老板认识了。老板一直缠我，想让我给他的女儿介绍个军人，军官也行、士官也行。

他总说："我就认准一个理，国家没军队不行，男人不当兵不行！我因为身体问题没有当成兵，这是我这辈子最大的遗憾，如果我是个儿子，我肯定让他当兵，可现在是个女儿，那就只好给她找个军人了！"

我说："你不要一厢情愿，你女儿也愿意嫁军人吗？"

"愿意，愿意，她很崇拜军人的！"他连连点头，自然我是没有答应他。

多年过去了，但这个事总在心头浮现，真心祝愿他和他的女儿的愿望能够实现！

我的军旅生涯其中有一小段时光是在农村度过的。我们的营区其实就是一个被农村包围的训练场，我们负责平日里对训练场设施进行维护。

某次和周边的村民聊天，我说："老乡，我听说这一片地原来是坟场啊！"

"是啊，是啊，老大的一片坟场，都是孤魂野鬼。"老乡肯定了我的说法。

我逗他："你们不害怕吗？"

"原来是害怕的，后来不害怕了！"他有点得意。

"为什么呢？"我疑惑地问他。

他一本正经地说："原来怕，是你们没有来，现在不怕，是你们来了！解放军可不是一般人啊，都是有神灵护体的。还有，你知道你们帽徽上的'八一'是什么吗？那就是护身符啊！和你们在一起，我什么都不害怕！"

我听了很好笑，但我知道这种带有神话色彩的情感，本质上是对人民军队的无比依赖和深深眷恋。

就让这拙劣的文字成为这个"八一"的纪念！想念首长、想念战友,敬祝安好！

祝福人民军队！

八一军旗指引华如人阔步向前

"八一"是火红热烈的日子，也是骄傲自豪的日子，更是光荣神圣的日子，人民军队栉风沐雨九十载，在朱日和联合训练基地以全新的姿态出现在世人面前。九十年风霜雨雪，九十年披荆斩棘，九十年发愤图强，人民军队由弱变强、由小变大，今天，人民军队在习主席的领导下凤凰涅槃、浴火重生，领袖亲切的问候、官兵庄严的答词，言犹在耳！

"八一"是军人的节日，也是华如人的节日。华如人的脉搏与人民军队同步跳动，华如人的思维与人民军队同步精进，华如人百折不挠、拼搏进取的历程，犹如人民军队发展历程的缩影和折射，2011年至2017年，从蹒跚起步到阔步前行，七年光阴弹指一挥间，尽管我们付出了常人难以想象的艰辛，但此刻我们比任何时候都更加自信和愉悦。

新的历史时期，习主席军民融合战略思想是让我们热血沸腾、激情澎湃、壮志满怀，以新近取得的"2017年度中国仿真学会科学技术奖"为代表的一系奖项的获得，使我们坚信，人民军队的快速发展，必将引领华如科技的发展，人民军队的不断壮大，必将推动华如科技的不断壮大，未来引发我们无限遐想……

逐梦军仿，矢志国防。为了"打造中国军事仿真自主品牌"，华如人开始和时间赛跑，投入了忘我的工作：

基础产品研发方面，五年多的时间，可扩展仿真平台XSIM从V1到V4，联合训练支撑平台LORIS从V1到V2，精细化战斗仿真平台BattleSim从V1到V3，分析评估平台AEStudio从V1到V4，等等。2016年，分布式仿真平台LinkStudio、体系建模软件SysPrime、数据应用支撑平台DataStudio、仿真模型库XSimModels不断推出，支撑仿真系统全生命周期过程。

产学研结合方面，华如先后与航天二院仿真中心合作研制武器装备体系联合仿真试验系统（JSES）、积极支撑国防科技大学举办军事建模仿真大赛、联合开设"卓越工程师"实践教学班，常态化为全军教学保障参谋班、战区任务规划队等单位授课，举办"中国信息系统建模仿真论坛"联合打造仿真生态圈。

重大演训保障方面，华如圆满支撑了"红盾"系列防空兵网上指挥对抗演练、"跨越·朱日和"系列演习、"火力·山丹"系列演习……与军队合作打造了联合仿真分析评估系统、陆军合同战斗作战实验系统、陆空对抗实兵交战系统、沉浸式战术对抗训练系统等专业仿真系统。

华如人用行动表明，他以军队的使命为使命，以军队的担当为担当，寸土不失，寸边不让，而今虎伺狼环，须藉军威慑敌胆，好战必亡，忘战必危，但使民安国泰，当凭血肉固金瓯。

无形的较量决定着有形的较量，幕后的较量决定着台前的较量，和平的年代更需要不同寻常的练兵方式。朱日和联合训练基地，这个蒙着神秘面纱、被人称之为"中国的欧文堡"的地方，令无数军迷神往、又令无数部队胆寒，他在锻造虎狼之师的同时，又使东方谋略思想在现代科学技术的支撑下发扬光大。

2013年，朱日和联合训练基地与华如人进行了初次握手，从此共同的责任就将我们紧密联结，再也没有分开过。"陆军合同战斗作战实验系统"连续数年保障"跨越"演习，培养官兵运用定量与定性相结合的科学方法研究信息化战争，得到了总部机关的认可，得到了参演官兵的赞誉，"战争在实验室打响"不再是神话，"训战一致"在最大限度内得到了实现。如果说基地是"磨刀石"，那该系统就是"磨刀石"最核心的部位。

朱日和联合训练基地，这里有华如人聚力攻关的汗水，也有华如人喜极而泣的泪水，那零零碎碎的作战数据、那点点滴滴的部队进步，都让华如人激动不已、彻夜难眠，朱日和也将永远铭记华如人通宵达旦的身影、碧血丹心的忠诚！华如人用自己特有的稳重而坚实的步伐、儒雅而敦厚的性情，让广大官兵真切感受到：华如人是不穿军装的军人，华如人是最可靠、最可敬、最可亲的朋友。

爱军为军，报军强军。公司高层的军旅出身，决定了华如人有着与生俱来的"卫我中华，如山使命"的红色基因：

华如人有格局，始终把自己的前途命运和军队的发展进步紧密融合，始终盯着部队战斗力提升这个关键，始终专注于军事仿真研究、产品研发及技术服务，胸中燃烧着熊熊火焰，着力推动中国军事仿真行业的整体升级和转型发展，更好地为军队信息化建设服务。

华如人有拼劲，在难点问题的研究上拼，当明白人，做明白事，杜绝"可能""也许"，人人都是军事领域专家；在服务部队的态度上拼，想部队之所想，急部队之所急，部队的要求就是所有工作的出发点和落脚点；在追求卓越的理念上拼，不因循守旧，不故步自封，以开放的眼光、包容的态度接受一切新鲜事物。

华如人有活力，华如管理层和核心技术团队80%以上具有军队和国防科技研究院所工作经历，近年来，更加重视对一线师旅指挥员的接纳，这些新鲜血液的加注，极大地充实了"华如仿真研究院"，使华如人对市场的认知更加深透、反应更加灵敏，市场需要的，就是华如努力的。

今天，人民军队的建设翻开了崭新的篇章，华如科技也迎来了难得的发展机遇。雄关漫道真如铁，而今迈步从头越。不忘初心，华如将继续义无反顾、砥砺前行！

八一军旗指引我们前进的方向！

八一军旗见证我们成长的历程！

八一军旗让我们与人民军队同呼吸、共命运！

由胡炜将军的任职经历想到的

前几天惊闻噩耗，胡炜将军因病在北京逝世。将星陨落，悲痛不已。胡炜将军是我们部队的老首长，也是一位很传奇的人物，有兴趣的读者可以查阅登步岛战役，那是胡炜将军指挥的经典战役，我对他的仰慕由来已久。

第一次知道胡炜将军是二十一军的老首长，并将其名字牢牢印在脑子里，还是在2000年12月。当时，新的集团军军部办公大楼刚建好，在四楼的走廊墙壁，悬挂着历任军（集团军）主官肖像，以中间党办会客室为界，一侧是军事主官肖像，一侧是政工主官肖像。

一次，我到党办办事，顺便就认真看了起来。我先看军事主官，再看政工主官，当看到胡炜时，怎么感到这位首长面庞这么熟啊？名字也很熟？略一思索，猛然想起，刚才在军事主官肖像里好像见过。我返回去一看，果真如此！好厉害啊，老首长既任过政委，又任过军长（先政委，后军长）。

作为司令部炮兵指挥部的一名副连职小参谋，而且是刚调入集团军机关不久，对于这种高级别的军政主官岗位交叉任职现象，那个时候，除了惊叹称奇，还是惊叹称奇，根本不会也不可能有其他的想法。

但是今天，当老首长驾鹤西去，当我解甲归田，军政岗位互换的问题却在我脑海里反复萦绕，挥之不去！我斗胆将一些想法讲出来，权当树一个靶子，供大家批判，算是抛砖引玉。之所以这样做，实属一名老兵对部队难以割舍的情感使然！

事实上，我军的很多将领都有军事主官和政工主官两种任职经历，这种情况在过去是非常普遍的。比如，我们兰州军区的老司令员郑维山将军，他曾任过团政委、师政委，而且是三个师的师政委，之后，才走到军事主官的岗位上来，先后任军分区司令员、军区司令员、纵队司令员、军长……

这种军政岗位互换，为我军培养了一大批军政兼通的优秀指挥员，国民党评价我军指挥员是"战场上能打、谈判时能讲"，毫不夸张地说，这些优秀的指挥员加速了战争的进程，推动了形势的发展。另外，这种军政岗位互换也为夺取人民政权作了人才方面的准备，随着解放区域的扩大，相当数量的指挥员转到地方工作，很好地完成了角色的转变。

我入伍以来，就在我的视野范围内，没有军政主官岗位互换的现象，偶尔得到的信息也是一些老首长，他们年轻时的军政主官岗位互换的情况，但也仅限于连长和指导员、营长和教导员这种分队层级，再高层级的，诸如团、师一级，则压根儿没有。可以说，年轻时干了什么，就意味着这一辈子干什么了，一条道走到底了。

一个政工口的兄弟给我讲，总政曾经明确，团以下军官不分军事和政工，有条件的都要交叉任职。这个规定是有问题的，首先，团以下军官不分军事和政工，那团以上（含团级）就是要分了？有条件的要交叉，那怎样才算有条件？怎样才算没有条件？所以，这个规定一方面是模糊，不好操作，另一方面是错误，不能操作。

坦率地讲，今天军官岗位异化现象越来越明显，越来越严重，已经影响到了部队的正常建设，甚至是部队战斗力的提升。有的讲我是军事军官，有的讲我是政工军官，还有的讲我是保障军官。须知，这不是基层的分队军官在讲，这都是旅团领导在讲，讲还罢了，问题是他们都在这样去做。

因为他们认为自己是军事军官，所以反感政治教育；因为认为自己是政工军官，所以不参加军事训练。总之，就是盯着自己那一亩三分地，对别人工作则不待见，特别是工作发生冲突时，一些单位的军政主官相互挤对，已经成为公开的秘密。有的政工主官甚至说，政治教育抓好了，军事训练自然就上来了，真是睁着眼睛说瞎话。

多年前，总部一个大哥给我讲了一个事，说是美国一个军事代表团到中国访问，期间，他说中国的将军有四分之三不会看地图。大家很纳闷，何出此言呢？后来大家想明白了，我军机关是司政后装，政后装的将军不会看地图，这就是四分之三的由来。想想真的很可怕啊！

我军是党领导下的人民武装，作为中流砥柱的军政主官必须是既懂军事、又懂政治的，这就好比是两条腿走路，缺一不可的。不讲政治的武装力量是危险的力量，反之，不懂军事的武装力量是羸弱的力量，说到底，都是不敢用、不能用的力量，这样的武装力量就失去了存在价值。党指挥枪是肯定的，但这应是一支有用的枪，不是中看不中用的花枪！

现在情况是，大家对这些都习以为常了，都见惯不怪了。我常想，一个军官让他十几年甚至几十年干军事，他能对政治工作有感同身受的理解？一个军官让他十几年甚至几十年干政工，他能对军事工作有感同身受的理解？显然很难，所以，这不是个体的问题，这是制度的问题。

或许有人说，有那么严重吗？言过其实了吧？我们的军官还没有这点觉悟吗？是的，就是这么严重，没有言过其实，靠觉悟是解决不了这个问题的。屁股坐在哪里，就决定了脑袋里的意识，正所谓，干什么吆喝什么，与其让他抽象理解，不如让他具体操作，干一干，就什么都明白了。不敢说能彻底打消本位主义，最起码能削弱这种本位主义。

这个问题很难解决吗？我资质愚钝，但我坚持认为能够解决，无非就是军官的选拔任用制度上添加几句话嘛。比如，任职三年的团政委要提拔使用，先干上一年团长，标志着进入后备干部，如果团长工作都合格，正式提拔为旅领导。我军在发展壮大过程中，形成了许多好的传统，这也是其中之一啊，为什么要把它丢弃呢？是时候该把它恢复起来了！

今天，我将讨论的基调定位在军政主官岗位互换上，因为军政主官的地位作用太重要了，这仅仅是第一步，将来要全面走开互换的路子，比如，不同部门的机关人员都要互换，要在每一个军人头脑里打下这样一个烙印，中国人民解放军军官没有什么军事、政工、保障之分，不论在哪里干，目标都是"能打仗、打胜仗"！

真希望有那么一天，在训练场上，也活跃着政工主官敏捷的身影，在教育课上，也聆听到军事主官精彩的辅导，"中心工作"能够得到真正的居中！还希望有那么一天，政工主官岗位空缺，数个军事军官等着补位，军事主官岗位空缺，数个政工军官等着补位，形成"人人争当军事家"的浓厚氛围。如此，真是人民之福、国家之幸啊！

集训

　　熄灯号响了，嘈杂的集训队瞬间安静了下来，旅里其他集训队员都上床休息了，一连数天高强度、快节奏、满负荷、智力与体力相结合的集训，使大家的精神和肉体倍感疲惫，真感到有点吃不消，都巴不得早点睡觉。但是爱军不能睡，尽管他也很困，除了集训任务，他还有别的更重要的任务。像往常一样，他带着笔记本电脑轻手轻脚上到三楼，进入了自习室。这次集训，师旅首长住一楼单间，其他集训人员按建制单位住二楼大开间，三楼则按集训分组设置了多个自习室。

　　自习室里空荡荡的，只有爱军一人，笔记本电脑打开已经有一会儿了，WORD界面还是一片空白，他一个字也没有敲上去，其实，爱军今晚的任务很重。一个是要完成今天的旅集训报道，明天早饭前要交给军里的集训办公室，他最怕集训办公室通报集训报道撰写情况了。第一天，因为没有得到表扬，参谋长狠狠剜了他一眼，那眼神至今让他不寒而栗，科长也是落井下石，不给他好脸。好在星期二、星期三两天的集训报道得到了表扬，参谋长的脸色好多了，自然科长的脸色也好起来了，这才让他的心情逐步放松了下来。

　　另一个是要拟制旅集训总结提纲。根据办公室要求，旅长要在集训总结大会上汇报的，军长、副军长和参谋长都在会场，说不定军政委也来呢，十几位兄弟单位的领导也在听。就为这个总结，不仅是科长，就连参谋长也给爱军交代了两次，无非是要思想重视，务必写出新意、写出高度。集训一共七天，实训六天，第七天总结，而今天已经是星期四了，他必须今晚拿出提纲，明天一早交给科长、参谋长审示，最好旅长也能看到，并给出意见，如果确定下来，利用星期五一个晚上、星期六半个白天，搞定是不成问题的。

　　但此时，爱军脑子里挺乱，盯着笔记本屏幕一直发呆，一会儿想这儿，一会儿想那儿，就是静不下心来，进入不了写材料的状态。爱军毕业后，第二年春节一过就调入了作训科，同期毕业的近40名新学员，他是第一个进机关的，为这事，他高兴了好一阵子。说来奇怪，他对机关公文特别有感觉，一年多的时间，就上手大材料了，多次受到参谋长甚至旅长的表扬，科长常对他说："你小子，好好写，将来会有大出息的！"为此，科里还专门打报告买了一台超薄笔记本电脑让他使用。

爱军干工作不怕苦，对任务是来者不拒，当然他也拒不了。每次有材料特别是大材料，他就像打了鸡血异常亢奋，曾创下三天三夜不出办公楼写材料的记录。他最得意的时候，就是旅里首长念他写的讲话的时候，用他的话说，就是浑身上下三万个毛孔，没有一个不舒服的！作训科最让他受不了的是休不了假，周末休不了也就算了，可是家里的父母，还有那个姓苏的同桌女孩，着实让他牵挂。某次，他鼓起勇气说工作应该劳逸结合，见科长头都没抬，硬生生把后面的话咽了回去。前年的假休了一半叫了回来，去年的假压根没休，他找了科长，科长说先忙工作，休今年假时一并补上。

假没等到，却把集训等到了。其实，这次集训跟他一点关系也没有，军里通知说得很清楚，参加人员为各师旅团军事主官、参谋长、作训科（股）长，各营营长、直属连连长，根本就没有参谋。上个星期五晚上，科长通知他参加集训，当时他脑子就"嗡嗡"作响，直觉告诉他休假的事要黄了。他问科长："我是副连职参谋，不是连主官啊？"科长很平淡地说："哦，忘了给你说，按指挥连连长的职务报你！"他一听这话，差点没蹦起来，心想：哪有这样欺负人的？指挥连连长休假，让我填坑！爱军是真不想参加，但他不能说，说了也是白说。其实，他心里明白，让他参加集训就是为了写材料。

然而到了集训队，爱军才知道情况比原来想的要严峻得多，一是杂事太多，他除了要参加每天的集训之外，还要当旅长的公务员，照顾好旅长集训期间的生活，还要当旅集训队的报道员，这项工作耗费了他太多的精力，症结就在于参谋长和科长要求：篇篇报道是精品。二是要求太严，集训内容涉及战备、训练、管理、司令部建设多个方面，几乎每个集训内容都有作业，而且所有作业还要展评，科长多次给他"吹风"，要体现出作训参谋的水平，这下搞得他想糊弄都不能糊弄了。这也是撰写集训总结这么重要的任务一拖再拖的原因。

正在发怔，突然自习室的门开了，汽车连连长探头说："甄参谋，旅长刚到大宿舍找你，让你到他那里去一下，你快点啊！"听到旅长叫，爱军一下打了个激灵，看了看表，已经快十一点了，这么晚了，旅长叫我干什么？他的脑子开始飞速运转，白天工作没有什么失误吧？不会，如果有，晚饭后就会收拾我了。或许是饿了让我搞些吃的？或许是写材料让我查点资料？或许就是问问集训人员的思想状况吧？老天，不会是要汇报提纲吧？我一个字还没有写呢！唉，早知今日何必当初，进机关干吗呀？累得像个孙子，看其他弟兄在基层活得多滋润啊！他一边胡思乱想，一边迅速下楼。

对于旅长，爱军唯一的印象就是严肃，除了严肃还是严肃，似乎不会笑，总是绷着脸。爱军进屋后，规规矩矩地站着，旅长也没有说坐，这让他更加不安。旅长说："集训四天了，不论是发言还是作业，我都很满意，你们参谋长说得没错。"看爱军一脸不解的样子，旅长进一步说道："参谋长多次给我说，你爱思考，很勤奋，是个好苗子！"顿了顿，他很感慨地说："作训的工作很苦，我也干过多年的作训，知道那种煎熬，现在很多年轻人都不愿干作训，像你这样愿意在作训扎根的少见。"突然间，爱军的脸上火辣辣的。

爱军觉得应该向旅长表个什么态度，但却不知说什么好。旅长接着说："我找你来，主要是给你说说我对集训总结的想法，这其中也吸纳了你们科长、参谋长的建议。你记录好，今晚把提纲整理出来。可以补充，但不要遗漏。"随着记录，爱军愈发感到旅长的理论功底深厚、实践经验丰富，比自己思考的全多了、深多了，观点新颖，逻辑严密，有些用来证明论点的论据都给爱军想好了。以至于他越记越兴奋，有时禁不住和旅长讨论起来，好几个想法被旅长采用了，也许是为了鼓励爱军，旅长多次说："研究出质量，材料是越写越好，要努力当写材料的大参谋！"

记录完后，爱军敬礼准备离去，旅长说："稍等一会儿，借这个机会再给你多讲几句。作训岗位是领导的摇篮，它强迫你成才，要有在作训岗位脱层皮的心理准备，要立志在这个岗位有所作为！"猛然间旅长好像想起了什么："还要告诉你一件事，你来参加集训是我决定的。你们科长找我给你说情，建议换个参谋，说你去年假还没休，可我还是决定要你参加。有潜力的年轻参谋就要经历些大事，还要到主官岗位上去磨砺，集训完，就休假吧！"这是什么情况啊？幸福来得也太突然了吧？爱军觉得自己都要飘起来了！什么苦啊、什么累啊，让它统统见鬼去吧！

由于旅长已经给了思路，所以提纲整理得比较快，在准确领会首长意图的基础上，个别表述不严谨的地方爱军又做了进一步完善。完成了这个大任务，当天集训报道更是小菜一碟，爱军还在其中揉进了旅长的思想，一下子就拔高了报道的立意。总之是写什么、什么顺，想什么、什么来，思如泉涌，绵绵不绝！在反复校正无误后，爱军回到宿舍，并很快进入梦乡，他梦见了过去的两年，他废寝忘食学习军事理论，他不耻下问请教官兵训练难题……他还梦见了遥远的故乡，他看到了慈祥的父母在家门口焦急地等他，还有他的同桌苏同学冲他害羞地微笑……

三个月后，副连职作训参谋甄爱军调指挥连任连长，此时，距离他大学毕业刚好三年。

责任

交完班，爱军回到自己的办公室，长长地舒了一口气，他看了看手表，8 点40 分整，也就是说早上交班用了 40 分钟。其实，交班关于工作并没有说多少，更多的时间，郭崇言处长都在讲责任这个话题，具体一点说，就是集团军机关特别是司令部作训处参谋的责任心、责任感问题，当然这里的参谋也包括他这个已经任职满三年的副处长。

郭处长原来是团长，而且是集团军树立的标杆团长，一个多月前，老处长王知行到师里任参谋长，郭团长上来接替，变成了郭处长。与老王处长的木讷性格相比，新郭处长更显机敏，尤其是善于言辞，一个是喜欢讲他在各级主官岗位上的辉煌经历，他是连、营、团主官一级没落，一个是喜欢讲他对干机关工作的心得体会，尽管他并没有在机关干过。

自打郭处长上任后，每次例行交班，只要他不出差，只要首长不找他，他就会不惜花费时间，围绕一个主题给参谋们进行教育。他多次给爱军讲，处领导要有一张婆婆嘴，对参谋的教育就是反复宣讲、强行灌输，融入平时，融入生活，时间久了，作用必然显现，对这一点，郭处长是颇为自信。在爱军印象中，之前已经讲过"忠诚""奉献""自律""协作"等多个主题了。

今天讲责任心、讲责任感，爱军隐隐约约感到郭处长内心的不安，尽管平时在众人面前，郭处长表现得很轻松，似乎对作训处长的工作游刃有余，但真实感受是这样的吗？郭处长讲的责任，说白了，就是参谋们干任何工作都不能误事，不能给他找麻烦！爱军突然感到一阵紧张，他这个已经干了三年作训参谋、三年作训副处长的老作训责任不更大吗？

每年集团军机关都有处长下去任职的，每年各师旅团也都有领导上来任职处长的，下去容易上来难啊！说心里话，爱军有点同情郭处长，为了要这个作训处长经历也真是拼了，过去是团一号权威首长，四大机关撑着他，现在是集团军一号苦逼处长，十几个参谋撑着他，内心落差也许只有本人知晓！爱军暗下决心，一定要尽心尽力干好副职工作，当好这片绿叶！

正想着，正营职参谋张伟进来了。爱军的办公室门从不关，这个习惯是效仿已经高升的曹参谋长，老首长说门关了就和处长们、参谋们有隔阂了，门开着，司令部上上下下的心就是在一起贴着的。爱军听后非常感动，他当副处长后，有了一间不大的办公室，从此，只要他在办公，这间房子的门就一直开着，他把自己的一切都暴露在参谋们的眼皮子底下。

还没等张伟开口，爱军就问："你的嘴唇怎么了？怎么肿得这么厉害？刚才交班我就想问你了。"

张伟生气地说："哥，我能不上火吗？参谋集训队还有三天就开班了，首长要看第一个单元的授课提纲，你看这些部队领导备的什么课？根本就没法看吗？我都已经打回去两次了，每次都是说好话、赔笑脸，低三下四的。惹得我一肚子气，真想在首长面前参他们一本！"

"胡说，又要性子了，忘了我以前怎么说的？"爱军装作生气的样子去制止张伟，"现在问题主要集中在哪几个单位？"

"两个兵种旅的领导课都不行，核心是没有针对性，泛泛而谈大而空！要不，报告处长，让处长给几个旅领导再打电话？"张伟试探着说。

爱军想了想，说："不了，处长也很忙。再说，这样做也来不及了。这样吧，我让你，你先挑一课，剩下的一课给我，我们今晚把这两课改出来，明天一早给首长呈，有信心没有？"说到最后，爱军突然笑了，因为他太了解张伟了，跟自己一样，也是拼命三郎！

"哥，我看你笑，就知道你又要拉我揽活儿了。你老是这样，非把你累死不可！"张伟心疼中带着无奈。

"不会，要死也死在你后面。"爱军打趣地说。

顿了顿，爱军接着说："这次参谋集训安排各师旅领导上课，就是体现出集团军首长机关大抓参谋队伍建设的力度，给各师旅做出榜样，我们不能拖后腿，一定要保证首长决心的实现！"

"好吧，你说了算，那我准备去！"张伟没有半分客套，转身就走。

"喝蒲公英水，败火！是蒲公英水，别搞错了！"望着张伟的背影，爱军连忙喊道。

张伟走了，爱军突然想起王知行处长给他讲的一件事："那时我还是一个正营职参谋，某次处长带我去首长那里请示讲话稿怎么写，没想到首长说，你们作训处很辛苦，这次不写了，我自己准备一下就行了！当时，我很高兴，可是处长批评了我，处长说，作训处就是服务保障首长的，你不写材料你的责任在哪里？你的价值在哪里？这话我记一辈子！"爱军也将这话牢牢记在了心里。

爱军进集团军机关非常巧，那时他在旅里还是一个小参谋，某次，集团军炮兵指挥部田主任到旅里检查工作。田主任看完汇报稿后就问是谁写的，旅长就把爱军叫过来了。见面问了几个问题，爱军就被田主任带走了，就是这样简单，一点都不拖泥带水。后来爱军听说，好几个旅团的参谋托人找过田主任，都被田主任挡回去了。当时，爱军就对自己说，决不辜负每一个帮助提携自己的首长！

爱军是这样要求自己的，也是这样真刀真枪干的，吃在办公室，睡在办公室，是他工作的常态，由于表现出色，又被军长和参谋长看中，指名调入了作训处。当作训参谋期间，他累晕在办公室，被人急忙送到集团军门诊，门诊主任一看是他，就说了两句话：输上葡萄糖，盖上被子睡觉！果然，爱军一觉睡到天黑，真没事了，起来又去加班了。这件事在集团军范围传了很久。

一声"报告"将爱军的思绪打断，王晓辉参谋站在门口。晓辉是从团里的股长调上来的，但毕竟是新调上来的，不像张伟那么随便就进来了。

爱军连忙招呼他进来，问他什么事？晓辉将手中的稿子递给爱军，说："副处长，这是参谋长在第一季度训练形势分析会的讲话，请你看看。"

爱军接过稿子，一边让晓辉坐下，一边认真看了起来。越看越来气，指着稿子问道："这是你写的稿子？这里面有多少你自己的东西？你想糊弄谁？你以为我是傻瓜？"

"副处长，我认真写了。我来还不到半年，总要有一个适应过程嘛！"晓辉有点委屈。

"放屁，如果你真就这个水平，我才不会打报告调你上来！你不服是吧？那我给你一条一条地说，这几个例子哪来的？你跟我下去调研，那么多鲜活的例子为什么不用？还有，关于抓重点人才建设这一部分，首长有那么多论述，为什么不用？同频共振，同步思维，营连职级，军师格局，我说的话你都忘了？你这是给集团军参谋长写讲话！你看看昨晚我给军长写的训练形势分析会讲话！"这下晓辉蔫了，脸涨得通红。

看着晓辉这个样子，爱军的心又软了，说："写材料是个苦差事，正因为苦，它才锻炼人啊！我们都是这样过来的，感触太深刻了！你要抓住每一次写材料的机会来锻炼自己，不要浪费时间，你有很好的潜质，集团军作训处不是谁想来就能来的，没有下辈子的！"晓辉的眼睛湿润了。

可能是受早上交班的影响，爱军又说道："你以为写材料看不出一个参谋用不用心、尽不尽责？错了，太能反映出来了。你是穷尽所思，还是浅尝辄止，一眼就能看出来，我能看出来，处长、首长更能看出来！所以说，参谋的尽责既有有形方面的，也有无形方面的！"晓辉若有所思地点了点头。

晓辉走后，爱军把贺志伟叫过来，问道："最近晓辉几个材料质量都一般，不在状态啊！你和他原来一个单位的，知道点原因吧？"

"他爱人来了，还带着个不到三岁的孩子，肯定是要分心的。他爱人是他高中同学，从南方到咱们西北来，挺不容易的。"参谋们说起这样的事，都感同身受，惺惺相惜。

"哦，是这样啊！"爱军为自己不了解情况而懊恼。

下班后，要买些水果去看看，不，还要买点孩子的食品，是买食品还是买衣服？还是买食品吧，衣服不会买啊！爱军又开始思量了。

"甄副处长，你来一下！"隔壁处长办公室郭处长在叫爱军。

"甄副处长，刚才首长把我叫过去，应地方政府的请求，我们要从三省驻地抽调五千官兵，下周利用两天时间配合地方政府进行植树活动。首长很重视，让我们尽快做出安排，他要给地方领导回话。时间比较急，我叫你来，就是和你研究一下。"

"五千官兵，这么大的规模？"爱军脱口而出！

"是啊，现在从中央到地方，都很重视绿化工作。"郭处长答道。

"不是，不是，我不是这个意思，我概算了一下，这么大的规模，每个旅团级单位出一个营是满足不了的，而如果超出这个规模，我们集团军是没有这个权限的，要报军区的！"爱军给郭处长耐心做着解释。

"你以为我不知道动用兵力的权限？这个事比较急，首长很重视，而且植树活动又没有什么危险，总共也就两天时间，咱们就多一事不如少一事吧。"郭处长显得有点不耐烦！

"处长，调动兵力是一件很严肃很敏感的事，首长肯定是知道的，只是一时没有想到，我们应该提醒首长，这才是对首长负责啊！"爱军劝道。

"你的意思是我对首长不负责任了？我当过主官，我知道什么是原则性？什么是灵活性？不用你这个资深副处长教！你抓好落实就行了，出了事，我负责，跟你没关系！一个是做好动用兵力的区分，原则上旅出动两个营，团出动一个加强营，一个是通知部队做好准备，相关的工作做出调整。去吧！"郭处长话里有话，下了逐客令。

爱军心情沉重地回到办公室，怎么办？怎么办？他不停地问自己。作为副处长，他是要听处长的命令，如果换了别的事，他会不折不扣地执行，可是这件事明显就是一个严重错误！出了事，我是没有什么，可是处长呢？首长呢？难道真让他们背锅？不，不，不行！他跟首长多年，他相信自己的判断，首长肯定是一时没有想到。

去提醒首长，首长会不会发火？这么大的首长肯定是要面子的，去提醒不就驳了首长面子吗？再说，我去合适吗？处长肯定是不会去的，请副参谋长去？这不是让副参谋长为难嘛，不能干这种事！爱军的心乱极了，思来想去，他豁出去了。我自己去，大不了再干一年，最坏的结果是转业嘛！不要慌，要想好怎么说，不要出卖处长！爱军在心里默默地念道。

周一早上，集团军大交班。军长动情地说："同志们，今天利用交班这个时间，我想谈谈机关人员责任这个话题。作为一名领导，不可能将所有事情都思虑周详，百密还有一疏嘛！作为我们机关人员该怎么做？作训处甄副处长给我们做出了榜样！有人说，领导干部听不到真话，为什么听不到？无非是自己不想听，或者是别人不想讲。我在这里表个态，我是愿意听的。责任，既是见微知著的过硬能力，也是克己奉公的担当品质，更是扯鼓夺旗的非凡勇气！"

爱军在下面坐着，满眼都是泪水……

关系

      甄爱军从旅长的办公室缓缓地退出来，步子移动得是那样的沉重，他多么希望旅长能改变主意叫住他啊！然而直到门轻轻关上那一刻，旅长也没有叫他。他倚靠在走廊的墙上，感觉一点气力也没有了，和旅长激辩了将近两个钟头，现在是真的没劲了，整个身体都像被淘空了！困惑、无助、失落的痛苦像大山一样压得他喘不过气来。

      他很困惑。像石建武这样的好苗子为什么不能提干呢？平时不都说要对战斗力负责吗？不都说要主业主抓、中心居中吗？年初旅党委扩大会议还特别强调"各级领导干部要当思战谋战的带头人"。怎么真有事了，都变卦了呢？贾小文是优秀，这一点不能否认，但一个新闻报道员和一个制导站站长能比吗？

      他很无助。按照会前酝酿的原则，他一个一个地找了两个主官以外的所有常委，但没有一个人支持他，包括和他私交很好的分管战备训练的张副旅长，他心里清楚，大家都在看两个主官的脸色，政委是坚持要提贾小文，已经任职五年的旅长多数情况下都不发表意见了，而是以政委的意见为主。

      他很失落。昨晚他鼓起勇气找了政委，政委没有正面给他答案，而是反复问他：抓新闻报道与抓中心工作有矛盾吗？这两年旅里重大军事工作成果不都是贾小文报道的吗？临走时，政委似有深意地说，作为参谋长一定要通观全局，不能只盯一隅啊！这句话语气是加重的，爱军听得出来。与政委谈话无果，他决定次日再找旅长谈一谈！他本以为凭借和旅长多年的交情，再加上旅长军事主官的角色定位，旅长能理解他、答应他，可是没想到旅长还是拒绝了他的请求，并告诫爱军不要钻牛角尖，两个战士都很优秀，都具备大学生提干条件，提谁都没有错，如果一再固执己见，就是闹班子不团结。

      不论是政委，还是旅长，都在用隐晦的语言点拨爱军，官场语言嘛，都不会说得太透，就是要对方去悟，至于悟到什么程度，就看个人造化了。要是换了别人，多半是借坡下驴，反正道德亏欠感消失了。可是爱军不是这样的人，他认准的事，哪怕只有一线希望，都会做百分之百的努力！

爱军和旅长的关系的确是不错的，早些年，旅长在集团军作训处任处长，爱军虽然负责保障集团军主要首长，但命令在作训处，所以两人是上下级关系。爱军敬佩旅长的人品，抓集团军战备训练工作真是铁面无私，眼睛里揉不进一粒沙子，旅长喜欢爱军的才气，爱军的材料在首长那里基本上是一次过，这也给旅长省了很多心，就这样，两人成了好朋友。

两年前，旅里大规模换发新型导弹装备，旅长和政委专门给集团军打报告，请求派一名懂专业肯钻研、作风实形象好的机关干部来任参谋长，以此来强化新形势下旅信息化建设的组织领导。当时，爱军已是作训处副处长了，且任职接近三年，在首长的支持下，就走马上任了。

爱军工作很拼，司令部的兄弟们私下都叫他"拼命三郎"，他之所以这么拼是有原因的。一个单位不出领导，是一个单位最大的悲哀！这个旅已经多年没有出主官了，旅长是集团军下来的，政委是军区下来的，爱军又是从集团军下来的，他怕官兵们说闲话，说他们都是靠关系才干上来的，所以他要证明自己！

两年的努力没有白费，成绩是非常明显的，去年，司令部被军区表彰为"先进司令部"，爱军本人也被军区表彰为"优秀参谋长"，爱军用自己的实际行动赢得了旅长、政委的器重，也赢得了旅里广大官兵的爱戴。就连原来的竞争对手张副旅长也和他成了莫逆之交，如果爱军不从集团军下来，张副旅长就任参谋长了。

办公桌上堆了很多文件，爱军想尽快看完，可是一点心思都没有，根本看不进去。脑子里一会儿是贾小文，一会儿是石建武，小文是中国传媒大学的本科生，建武是北京航空航天大学的本科生，而且学的是导弹飞行力学与控制专业，他们一到军营就被领导盯上了，李主任把小文要走放在了政治部宣传科，而爱军把建武要走放到了导弹营制导站。

建武的专业优势让他大放异彩，前年导弹当年列装当年发射，集团军专门给旅里发来贺电，特别是去年，在实战背景下，高速靶弹被导弹直接命中"空中开花"，全旅都沸腾了！当然，为了让建武尽快成熟，爱军也没少操心，多次安排他到相关厂家学习，并抽出时间和他谈心，鼓励他扎根军营建功军营，以至于官兵都说建武是爱军的关系户。

爱军觉得这是件好事啊，与其朦朦胧胧让群众猜，不如明明白白让群众学。

于是，他利用司令部交班会、营训练形势分析会等时机，积极主张营连主官、机关科长要和那些爱军精武的战士结对子、交朋友，帮助他们的工作，关心他们的生活，他相信这种关系户多了，训练工作自然就做实了。事实证明，效果非常好！

一阵敲门声将爱军的思绪拉回到现实，随后，张副旅长走了进来。

爱军苦笑着说："我遇到了上任以来最难办的事情！明天就开常委会了，石建武提不了干，我不甘心啦！你知道，我没有一点儿私心的！"

"我知道，你我还不了解吗？我们兄弟间还用说这话嘛！"顿了顿，张副旅长又说，"知道你心里不舒服，所以来和你聊聊，给你宽宽心！"

见爱军没有接话，张副旅长接着说："其实大伙儿挺服你的，服你这个犟劲，为了一个兵的提干，你是把能做的工作都做了，其实，旅长、政委也不容易的。"

"什么？"爱军诧异地问："旅长不容易我可以理解，毕竟都五年了，老同志了嘛，也到了关键时候，多一事不如少一事，政委有什么不容易的？这里面有隐情吗？"

"是的，贾小文是集团军陈主任的亲戚，陈主任给政委打电话了，你让政委怎么办？除了政委，只有李主任知道，昨晚李主任知道你找政委了，就托我找个时机告诉你。本想早上告诉你，谁知一大早你又找旅长去了！"

似乎是为了说服爱军，张副旅长又说起了贾小文的工作表现，比如，《解放军报》怎么上稿了，集团军怎么表彰了，等等，无非就是提贾小文也合情合理，也没有错，完全可以说得过去，你老兄就不要坚持了！

张副旅长走后，爱军的眼前浮现出一幕幕情景：他清楚地记得，刚搬到旅里公寓房时，政委感到房子里温度低，马上让爱人把家里的电暖气送过来；他还清楚地记得，野外演习自己的痔疮犯了，政委亲自带着军医来看他；他更清楚地记得，政委在司令部年终总结会上的讲话，我们有个好参谋长、我们有个好司令部，这是我们旅官兵的福气……

什么样的司令部才是好司令部？什么样的参谋长才是好参谋长？什么是官兵的福气？爱军的脑海里出现了几个大大的问号！他心潮澎湃情绪激荡，既然坐不住了，那就出去走走。他看到了旅里张贴悬挂的各种练兵打仗的标语，往日看上去是那样的醒目，今天却感到莫名的刺眼！

迎面走来导二营发射连的官兵，战士们见到参谋长，奋力喊起口号，"一、二、三、四"在营区上空回荡！看着他们渐远的背影，爱军稍显平静的内心再次翻腾，与战士们的淳朴、真诚相比，我们当领导的是不是太世故、太虚伪了？自然没有谁会对我们进行监管和审判，但我们终究逃避不了内心的监管和审判，不论当下内心包裹的是怎样的严实。

不知不觉间，爱军竟然走到了导弹训练场，看着一排排停放整齐的导弹武器系统内的各型车辆，特别是粗壮的处于竖立状态的六联装筒弹、精巧的处于展开状态的相控阵雷达，爱军的自豪感油然而生。他走上前轻轻抚摸着车体，像对老朋友一样动情地说："大块头，盼了这么多年，才把你盼来，我不会让你失望的，放心吧！"

晚上《新闻联播》后，爱军要了集团军总机，并进而要了首长，电话通后，除了没有提陈主任电告政委一事，他将旅此次提干的审查过程给首长作了简要汇报，重点汇报了自己的想法。首长沉默了好一阵儿，说道："你跟我年轻时很像，真的很像！"瞬间，爱军的泪水夺眶而出，与这泪水一并流出的还有他释放的情绪……

次日，旅常委会一致通过石建武提干！

涅槃

　　甄爱军在汉庭连锁酒店门前缓缓地踱着方步，大约十米长、三米宽的门前空地，他不知走了多少个来回。他突然想，我悠闲的外表和焦灼的内心，对比是多么强烈啊，只是没有人知道这一切。我也不可能让人知道这一切。这大千世界每个人的内心都是藏了东西的啊，外表显现的和内心思虑的差别是怎样的大啊！

　　爱军在等闵保华，他们同年从军校毕业，分配到了同一个集团军的不同部队，在集团军尖子参谋集训时认识了，时间真快，一晃快二十年了！保华是三年前转业回到西京市的，爱军选择自主择业刚来西京市时就住在他家里，可见他们的交情有多么的铁。约好是十点，可爱军早早就下楼在门前等，孤独的人是渴望友情的！

　　爱军想起了昨晚的那场饭局，昨晚是做路桥的张总为爱军摆的欢迎入职宴。宴请前，爱军和张总已经见过两次面了，张总对爱军很满意，他自己也说爱军的成熟、干练给他留下深刻的印象，所以决定请爱军出任公司的办公室主任，为此专门摆了欢迎入职宴。介绍爱军与张总认识的总部驻西京市某保障基地的黄主任自然也参加了宴请。

　　期间，黄主任屡屡赞扬爱军，尽管爱军反复说言过了，他对爱军很了解，比如：长期在领率机关工作，视野开阔，思维活跃；再比如，经常组织重大军事活动，组织协调能力很强；又比如，入伍多年自我要求都很严格，作风硬朗、素质全面。但当说到"33岁就当上作训处副处长了，36岁就当上副旅长了"时，意想不到的事情发生了！

　　张总突然接了一句："部队的官都是使了钱的！我知道，我都知道！"瞬间，爱军觉得血直往脑袋上涌，他将水杯往桌子上重重一搁，反问张总："你都知道？你怎么知道的？你是听着了？你还是见着了？"张总一愣，随即满脸堆笑道歉，并不停地说："喝多了，不好意思，兄弟原谅！"爱军却不吃这一套，转身就离席了。

黄主任跟着跑出来，一个劲地埋怨爱军："酒话嘛，不必当真的！"爱军压着脾气说："哥，对不起，让你难做了！必须当真，没尊严啊！喝酒时的疯话反映的可都是清醒时的思维啊！"见黄主任满脸不快，爱军接着说："哥，你也穿军装，你听了他的话难道就不刺耳？"黄哥没有从正面回答，只是惆怅地说："弟弟啊，既然从部队出来了，有时脾气要改一改，免得在社会上吃大亏！"

要改嘛？改什么呢？我真错了吗？不，不，不能改，我没有错！做人应当有原则，该坚持的必须坚持，如果不是这份坚持，我还从部队出来干什么？虽然当下很难，但再难也要坚持住，会好起来的，一切都会过去的！当然，黄哥也没错，他也是为我好，应该找个机会和他聊聊，就当是道歉。不过这些年部队的所作所为，让其形象在老百姓的心中是大打折扣啊！正胡思乱想之际，闵保华来了。

爱军带保华到了房间。保华奇怪地问："不对呀，上次我来不是这个房间，你换了？""嗯，这间便宜，只是没有内窗，味道不容易散掉，要经常开开门。我来西京市不短了，还是要节约一点。"爱军解释说。"兄弟，我真不明白你在想什么？好好的参谋长不当，非要自主择业，家里住得好好的，你非要出来住这破房子！喜欢找罪受啊！"保华埋怨说。

"起初以为这找工作是个速决战，所以想在你那里蹭几天，看来我错了，这还是个持久战！"爱军苦笑说。"是速决战，还是持久战，这取决于你，你的标准不能太高了，你已经拒绝四五家了吧？咱是求别人啊！"保华调侃说。"我们都这个岁数了，不可能像年轻人那样频繁跳槽，要找就找一个可以托付后半生的公司，领导格局大、内部风气正、产品质量好，如果和部队能有联系就更好了！"爱军有点憧憬了。

"兄弟，我要是集团军首长，一定不让你走，浪费了部队培养你的资源！"保华一直为爱军离开部队而惋惜。"是啊，军长开始也是不批的，我说了身体伤病的问题（23年的军旅生涯给爱军留下了诸多伤病），也说了家庭负担的问题，还说了经历单一的问题，都被军长驳了回来。最后我说了句憋在心里很久的话，军长才同意了。"爱军在集团军工作时是军长的一员爱将，和军长有深厚的感情。"你说什么了？"保华迫不及待地问。"我说现在部队里军事家太少了，政治家太多了！军长何等人物，听后就明白我是去意坚决，于是就同意了。但他同时说，有困难给他打电话。"说到这里，爱军的眼睛湿润了。"军改后，有些情况会不会改变？"保华试探着问。"难，我个人觉得很难，就是改，也不是一时半会儿能实现的。积弊太重，想改变那是任重道远啊！"爱军忧虑地说。

可能是受爱军一番话的"启发"，保华说："这次军改走了很多优秀的指挥员，有的集团军一次就走了五六个旅团参谋长。甚至有人编了两句段子'部队需要的都走了，需要部队的都留下了'！""说实话，我走也很痛苦，但留在部队更痛苦，不是工作的苦和累，这都不算什么，核心是我没有成就感，完全感受不到自我价值的存在，每天结束时都感到莫名的惶恐！"爱军无奈地说。

"不说这个了，咱们说点别的。对了，给你带的茶叶，知道你没别的爱好，就是爱喝茶！"看到爱军情绪不对，保华就将话题叉开了。两人天南海北聊了起来，绝大多数内容还是当年部队的经历，有的都不知说过多少遍了，但每次还是要说，那是他们人生的宝贵记忆。临别时，爱军再次叮嘱保华不要将自己的情况告诉兄弟们，只说一切都好就行，男人嘛，还是要面子的。

保华走后，爱军没有去吃饭，他在等他的参谋于定国。定国是爱军亲自从连队调到作训科任参谋的，这小子的特点是文字基础好、材料悟性高，爱军很偏爱他，把他按照大机关参谋的标准来培养，手把手地教他撰写各类材料，两年时间定国已经是司令部的主力参谋了。这次，定国休假来看爱军，起初爱军不答应，他不想让部下看到他的近况，但忍不住对定国的想念，就答应了。

定国见了爱军欢喜得不得了，忙把给爱军带的东西拿了出来，这是爱军让他写的一幅字"事不避难，义不逃责"。定国岁数不大，可他四岁起就开始练书法，是省书协的资深理事了。"知道为什么让你写这幅字吗？""知道，首长既是勉励自己，也是教育我们，要有担当精神！"爱军听了很欣慰，告诉定国："这是我的老参谋长经常给我讲的一句话，他对我很好的！"爱军仿佛又想起了集团军工作的岁月。

"你送我好字，我请你喝酒！"在附近的一间小酒馆里，爱军和定国对饮起来。当爱军把自己的情况说给定国后，这家伙怔住了，惊讶地说："首长，你没有工作啊？我们都以为你要当老总了，才离开部队的！你可知道，你是全旅官兵心中的神啊！""是嘛，我没有感觉到啊，那好，既然是神，你就不要把我的情况告诉别人，免得我跌落神坛！"爱军笑嘻嘻地说。言毕，两人一饮而尽。

"对了，你科长给我电话，说你学会抽烟了。"定国知道爱军讨厌抽烟，连忙说："只抽过两次，只抽过两次。"好像为了开脱自己，又说："晚上写东西，没思路才抽的。""瞎扯，我写了半辈子，也没抽烟。思路源于平时的积累，就是不断地深入地思考，抽烟来思路都是鬼话！给你提两点要求，第一不许沾染坏的习惯，第二不许放弃写的品质！"看到定国若有所思的样子，爱军忍不住笑了，多好的年轻参谋啊!

"首长,我不想干了,也想出来了,就跟你干!"定国小心翼翼地说。"跟我干?干什么?我都不知道明天会怎样?你一天到晚都瞎想什么?"爱军没好气地说。"首长,这都是暂时的,你一定会有大发展的,我们当参谋的都知道,部队风气出了问题,你有本事,有抱负,你都走了,我们的心也散了!大家每次提到你,都沉默好半天!"定国说完,眼圈都红了。

爱军的心揪得紧紧的,故作镇静地说:"我走是我没本事,不适应军队改革的需要,你这么年轻,又有才华,将来在部队一定有大发展的!我看好你的,你必须要证明给我看,至少要干到将军吧!算了,将军有点高,就干到旅长吧!这个要求对你来说不难,加油!当了旅长,别忘了我啊,我还要沾你的光呢!"定国再也忍不住了,眼泪哗哗地往下掉。

时间过得很快,转眼间三个小时过去了,定国要赶下午的火车,爱军匆匆返回酒店将保华给的茶叶转送给了定国。看着定国离去的背影,爱军的心中五味杂陈,这些年轻的优秀的参谋是部队的未来,他们健康成长起来了,部队就有希望。他们有朝气、有活力,他们成长的土壤应该是没有被污染的,这不是施舍,这是他们应该得到的!

晚上,爱军刚给爱人和孩子打过电话,自然是一切都好之类的安抚话,电话铃就响起了,是集团军干部处蔡处长的,"会是什么事呢?"爱军边想边接通了电话。"哥,军长又给我交代了,再次征求你的意见,还是坚持自主择业吗?如果想法改变,想做转业安置,我们干部处来给你办!现在调整还来得及。"爱军心头一热,"请转告首长,谢谢首长,也谢谢兄弟你,给你添麻烦了,不改了,不改了!"这次,爱军的眼泪哗哗地往下掉,这眼泪或许是他释放压力的最好途径。

三天后,爱军收到一条短信:参谋长你好,我是北京如华科技股份有限公司西京分公司王总,你的简历我们收到了,感觉与我们的需求非常吻合,如果方便,请明天上午到公司面谈。没有先前的喜悦和激动,经历过了也就淡定下了,这是第五家公司,就算不成,我还要找第六家、第七家……除了我自己,没有人能把我打倒,爱军心里默默地念到。他下意识地抬头看天,多日的雾霾一扫而尽,天空瓦蓝瓦蓝的……

我想做一个独立思考的人，不被假象蒙蔽，不被舆论左右，关键时刻能够正确发声。这不是性格，而是互联网时代，我不能逃避的责任。

第二部分

和母亲唠家常

　　我的母亲叫周兰芬，山东潍坊安丘人，1935年出生，20世纪70年代初定居新疆哈密。母亲结婚晚，生我也晚，那年她已经40岁了，她一生操劳，但身体尚好，自从父亲走后，母亲的身体一下子就不行了。看着母亲的年纪一天天大起来，联想到媒体中、生活中那些得老年痴呆症的老人们的行为举止，我真怕啊，我怕她出门丢了，我怕她走路摔了，我怕她办事忘了，特别是，我最怕她不认识我了，那样的话，我和失去母亲又有什么区别呢？

　　母亲没有受过多少教育，识字不多，看书是不行的，况且人老了眼睛也跟不上，所以在查阅了相关资料后，我想了两个法子，努力让她脑子活跃起来。我在她身边时就陪她说话，其实我主要是负责诱导，让她想，让她说，我就是专注地听；我不在她身边时就让她看电视，可不是光看那么简单，我要求她把看到的内容加进自己的想法，一并讲给我听。当然了，我会不动声色地给予她最大的鼓励。

　　或许是对母亲的思念，身处异地的我经常会将她的话在脑子里翻出来咂摸一番，时间久了，我觉得母亲的话很有"滋味"，许多深奥的人生道理她用极简单、极浅显的话就说出来了，特别是她观察问题的视角、进行表达的语言都是那么的独特、那么的深刻，让我常常惊叹"大道至简"。于是，我有了将这些唠嗑片段记录下来的想法，随着时间的推移，这种想法越来越强烈，今晚我开始动笔，这也权当是对母亲的一种敬意吧！

清清楚楚恨　明明白白爱

　　母亲的二叔（也就是我二姥爷）叫周献锡，1911年出生，受过一定的教育，且好打抱不平，1946年土地改革时，被广大贫农推举为安丘县邢戈乡前邢戈村的农救会长，1947年4月16日由于叛徒出卖被还乡团杀害，牺牲时37岁。那时，母亲已经12岁了，她能清楚地记起当时的情景。

为了杀一儆百，还乡团把村民集中起来围观他们审讯的过程，起先是将二姥爷绑在木桩上，一边用皮鞭抽打，一边用利益诱惑，要二姥爷交代干部名单和行动计划，二姥爷不但不交代，反而破口大骂。还乡团恼羞成怒，把二姥爷的右耳朵割了下来，夹在面饼中要二姥爷吃下去，二姥爷毫无惧色大口吃下，嚼碎后吐到那个递饼的还乡团头目的脸上。气急败坏的还乡团用刀在二姥爷上身胡乱割划，然后把化开的食盐水泼到他遍体鳞伤的身上。即使是这样，二姥爷仍然没有停止大骂。母亲每次讲到这里都是失声痛哭，她说二姥爷被抓的那天早上还给了她一块糖。

最后，还乡团看到确实不能让二姥爷屈服，就将他刺死了，肠子都流了出来。但这还没完，为了报复二姥爷，也为了恐吓众村民，他们将二姥爷遗体上的衣服扒光，让牲口拖着遗体绕着麦场快跑，他们一边打着牲口，一边骂着二姥爷，宣泄着对革命者的仇恨。一直到二姥爷的身体都磨烂了，裸露出森森白骨，还乡团这才作罢，临走时还威胁谁敢收尸就弄死谁。这一切母亲害怕没有敢看，是她后来听人说的，事实上，只有个别人看完了，大部分人都吓得闭上了眼睛（还乡团不允许群众离开）。我听到这里时，感觉气都喘不过来，一种难以名状的压抑让我难以呼吸，这其中不仅仅是悲哀，更多的是愤懑。

母亲是在什么情况下给我讲起这件事的呢？这都是近年来一大批混账影视作品所赐，在这些影视作品中国民党的形象日渐高大，国民党军队的形象日渐英勇，反而是共产党领导下的八路军、解放军的形象与往昔相比大打折扣，比如凌驾于组织纪律、沉迷于江湖义气、纠缠于儿女私情等等，诸多乱象连母亲都忍不住问我："电影电视拍出来不审一审吗？"我说："审是要审的，可能有的审漏了吧！"她听了直摇头。有时她也会说："不是这个样子的，不是这个样子的，我都记得，我都记得！"

著名的独立评论员郭松民曾经集中写过两篇文章，一篇叫《抗战时期的国军士兵是不是英雄？》，一篇叫《不许把新中国与旧中国混为一谈》，对这些缺失原则立场的影视作品进行了深刻的批判。用含糊其词、蒙混过关的方式美化蒋介石、国民党及其所指挥的军队，客观上形成了对历史的颠覆和对社会公众的严重误导。这绝不是危言耸听，有的公众就说，解放战争就是争权夺利，毫无正义性、进步性、必要性而言，留下的只有伤痛。对此，郭松民痛斥那些所谓的精英们：

没有最贱，只有更贱！

二姥爷遇难后，母亲的奶奶，也就是我的太姥姥，天天在房子里哭，把眼睛哭瞎了，由于精神世界的垮塌，不久就去世了。母亲的父亲，也就是我姥爷，由于和农救会长有牵连，没少被还乡团敲打，受尽了窝囊气。二姥爷的唯一的孩子，我的表舅周炳奎，由于看到那个审讯的血腥场面，小小年纪受到惊吓，脑子也有了问题，解放后政府曾考虑让他去当兵（这在当时是很普遍的现象，烈属享受这样的优待政策），但因为这个原因也没有去成。总之，整个家庭都为一个"革命者"付出了沉重的代价。这些情况都是我和山东老家联系，得到具体材料印证过的。

母亲常说，现在的人都讲要珍惜今天的幸福生活，其实并不知道什么是幸福，因为没有受过以前的穷、没有遭过以前的罪，没有这些个穷、这些个罪作对比，这个幸福就出不来，那只是嘴上的幸福，心里感觉是空的、是虚的！她打了个比方：城里人说要爱惜粮食，大多数人也就是口头说说，因为他们没有干过农活，不知道有多累、有多苦，所以这个"爱惜"在他们心里是没有分量的、轻飘飘的。这个世上的事，都要经过对比，才知道是怎么回事，没有例外的。没有对比，干说都是瞎扯！

母亲还说，我经历过新旧社会两重天，怎么能不痛恨旧社会？怎么能不热爱新社会呢？就拿背毛主席的"老三篇"来说吧（《为人民服务》《纪念白求恩》《愚公移山》），我虽然识字不多，但念毛主席的恩，觉得不背毛主席的书就是不听毛主席的话，拼了命的背啊，先跟着别人学，人家念一句，我跟着念一句，白天背晚上背，家里背田间背，背书比吃饭都重要，最后就是背下来了！做人不能犯糊涂，要清清楚楚地恨，要明明白白地爱，我这一辈子就是恨透了国民党，就是拥护共产党，我到哪里都要说，这都是我的心里话！

我的父亲在铁路沿线上班，绝大多数时间都是母亲陪伴我们兄弟姊妹，所以我能够懂得她内心的丰富情感，尽管她的表述有时杂乱而苍白。对于母亲的话我深以为是，我接受了部队严格正规的军事训练，特别是近二十年作训部门的工作经历，回到地方我觉得没有什么困难是克服不了的。母亲之所以能够产生这种超乎寻常的背书毅力，是因为她对旧社会害怕了，那是个吃人的社会，这其中就包括了她的亲人，而这个人恰恰是为了推翻旧社会、建设新社会而被吃掉的，现在新社会来到了，母亲怎能不用她特有的方式来表达她对新社会的敬意呢？

当下诸多奇谈怪论甚嚣尘上，也许有的仅仅是为了标新立异、博取眼球，一种无心行为，但谁又敢说有的不是为了混淆是非、包藏祸心，一种蓄意行为呢？有爱心是好事，但这爱心倘若不加节制、不明就里地肆意泛滥，那有还真不如没有！对谁都爱就是对谁都不爱，难道不是吗？毛主席在《中国社会各阶级的分析》一文中的第一句话："谁是我们的敌人？谁是我们的朋友？这个问题是革命的首要问题！"其实，这也是我们生活、工作的首要问题，现在是，以后也是，永远都是！要清清楚楚地恨，要明明白白地爱，认知不能模糊，犹如真理不能亵渎！

愿二姥爷在天之灵安息！

走得稳才能走得远

陪母亲看《海峡两岸》，看到两岸学者痛批蔡英文的种种劣迹，母亲突然问我："这个蔡英文当过乡长镇长？"

我一愣，答道："没有！"

母亲又问："那她当过县长市长？"

我笑道："也没有啊！妈，你问这个干吗？"

母亲说："我就是觉得挺奇怪，她是怎么当上的？"

我坏坏地笑道："台湾跟我们大陆的制度不一样，她是被聪明的台湾人民选上去的！"

母亲恍然大悟似的说："你这样说，我就明白了，她是说谎骗人上来的！"看我困惑的样子，母亲解释说："你想啊，她为了拉票肯定净拣好听的说，这里面能有多少真话呢？"

还没等我接茬，母亲又说了："难怪她把台湾搞得鸡飞狗跳、乌烟瘴气，她就不是块领导的料！这当领导啊，你还要一步一步地来，最好各级都干干，把基础打牢，把本事练好，这跟过去我们农村挑担推车（指的是老家潍坊的独轮车）一个道理，走得稳才能走得远啊！"

"妈，你可以啊，说得好，这番话有水平，是大学教授级别的，儿子为你点赞！"我双手抱拳满脸敬意。

"去、去、去！一天到晚是编话逗我！"母亲白了我一眼，可是得到儿子表扬后的兴奋是难以掩藏的。

当某些人还在跪舔西方的民主选举制度，不遗余力大肆吹捧时，一个文化程度不高的西北普通老人却用自己独有的观察视角、独有的思考逻辑、独有的表达风格，以蔡英文施政的诸多恶果为靶子，将这种选举制度的虚伪性、欺骗性进行了彻底地、无情地揭露，也给了那些文化汉奸一记响亮的大耳刮子。真应了那句老话，人民群众的眼睛是雪亮的！

母亲得到了表扬，似乎来了劲头，又说："加拿大那个坏小子也不是好东西！"我知道母亲指的是加拿大总理特鲁多，他年仅43岁就登上了国家权力的顶峰，媒体评价"飘逸的卷发，深邃的眼眸，绅士的优雅，迷倒万千大众"。

我一时没有反应过来，就问道："妈，他干什么了？"

母亲很气愤地说："他跟着美国人害中国，已经很让人生气了，最近他又说鸦片是合法的，你说这还是人吗？"在母亲的眼里大麻就是鸦片，她曾给我说过，她小时候看到农村就有抽鸦片抽得一贫如洗的。

我打趣地说道："妈，我告诉你一个好消息，给你消消气，最近这个坏小子有麻烦了，反对党指控他干涉司法，搞不好要下台的。"

"活该，这是他的报应！我觉得这西方国家的老百姓凭感觉选领导人不靠谱！真不靠谱！"仿佛为了肯定，母亲特意加重了语气。

一番闲聊其实涉及一个很重要的话题，那就是领导的成长成熟问题，关于这个问题的论述很多，仁者见仁，智者见智，但我高度认同母亲的观点，那就是一定要杜绝速成论，搞速成结果往往是欲速则不达。我们常说"人品官德"，从这个词不难看出对普通人和领导人的要求是不一样的，品性德行如此，能力素质亦是如此。从一个普通人成长成熟为一名称职的领导哪有那么容易？非要体验一个由低到高、由浅入深的循序渐进的过程不可。只是现在有太多的人总有一个认识误区，岗位代表能力，就是什么岗位我都能干，只要给我机会，我就一定能给你一个惊喜！

是这样吗？去年11月8日，发生在美国加州北部的山火，将拥有2.7万居民的"天堂镇"化为一片焦土，死亡人数76人，失踪人数1000多人，9000多栋房屋被摧毁。我看电视，灾情十万火急，联邦政府和州政府却在打口水仗，相互指责对方应该为灾情负责。接受采访的民众说，损失这么大，根子就是政府官员救灾组织不得力。稍有常识的人都知道，这些靠玩脑瓜子、卖脸蛋子、耍嘴皮子上来的政客哪里懂得应急处突？末了，那个灾民愤愤地说："我再也不选他们了"！我真想问他，不选他们，那选谁们呢？你能决定吗？

不管当事人的天赋如何，要做到母亲所说的"稳"，千条万条实践第一条，唯有如此，才能快速而健康地成长。即使是加强理论学习，也是更好地服从服务于实践运用。这种实践如果是一帆风顺的，则是没有意义的，起不到锻炼的作用，有和无没有什么差别。它应该让当事人肉体和精神感到痛苦，在这个过程中深刻地感受到焦虑、紧张、困惑、无奈、悲伤、难过、疲惫、劳累，总之就是要多干些难差事和苦差事，称之为煎熬也不为过！长此以往不断积累，再面对各种急难险重任务，不论是心理承受能力，还是工作开展能力，不敢说百分百游刃有余，至少能够拿得出、顶得上。

小平同志曾说："中国的事要办好，必须要有一个好的政治局，特别是要有过硬的政治局常委！"西方学者也认为，中国能取得如此瞩目的成就，得益于我们的政治局常委制度。能成为政治局常委，最基本的一条就是要担任过党的省区市委书记。实际上，在中国能够到达省级主要负责人的岗位，一般情况下，比当上普通的大国总统所做出的努力还要大，从政的时间还要长，从政的经验还要丰富。可以认为，没有在省级工作的经验，没有在"国家治理学校"学习过的人，是很难有效治理世界上人口最多的国家的。

我们提倡积极推进干部年轻化，也鼓励大胆使用年轻干部，但不能狭隘地、偏颇地理解这些内容。首先，这个年轻化是相对的，不是绝对的，比如一个班子中有1至2名某某岁至某某岁的常委，数量和年龄都说到位了，这其实也是以老带新的培养方式，如果超出了这个度，那就乱套了；其次，这个大胆使用，是有一套组织程序作保证的，不能随心所欲丢了章法，从而确保使用的人真正是优秀中的优秀，经得起来自各方面的检验，如果仅凭个人意志就大胆使用某人，那也会乱套。

去年西安市一则关于国有企业董事长、董事变更的公告，迅速形成全国热点事件，引发全网沸腾、全网讨伐。官方三次回应，仍难以服众。为什么网民会质疑企业人事腐败？国企管理混乱？或者另有隐情？就是因为这个总资产1270亿，国资全控股的大公司，居然由一个84后任董事长，毕业仅一年的95后任董事，7名董事平均年龄26.9岁，这一系列数字太令人惊异了！往根子上说，已经严重违背了干部的发展进步规律了，实在是让人无法信服。

特殊的提拔使用方式一定源自特殊的年代、特殊的形势，这是特殊规律，不能简单地看作是一般规律去机械套用。1934年红军长征时中央政治局成员的岁数如下：博古27岁、张闻天34岁、毛泽东41岁、朱德48岁、周恩来36岁、陈云29岁、王稼祥28岁、刘少奇36岁、邓发28岁、凯丰28岁、刘伯承42岁、邓小平30岁。我特别想说的是，他们是很年轻，但他们却已经经历了血与火的淬炼、生与死的考验，他们走上高级领导岗位当之无愧！

现在各级都很看重领导的成长经历，把任职经历作为提升使用的重要条件。比如军队，明确要求没有营连主官经历的不能担任旅团主官，不能提升到上一级机关主要部门任职，而且营连主官经历必须满足两年。就是因为营连两级主官对一个军官的锻炼太大了，这从军官的岗位补助也可以看出来。我一直说我在军队服役有三个遗憾：一个是没有到海军院校读过书，一个是没有在营连主官岗位上任过职，一个是没有参加战斗打过仗。如果有来生，我希望能够弥补上！

我想起在部队服役期间，母亲经常问我升得快不快，我说快，她则表现得很焦虑，我说慢，她则表现得很踏实。一次，我问她原因，母亲告诉我："你是我儿子，我知道你几斤几两，你升得快，万一干不好领导交给的工作，那不砸锅了嘛！再说了，枪打出头鸟，我担心你被人忌恨！可是如果你升得慢，不就没事了嘛！"母亲疼我，所以有她的心思。她的话我是辩证理解的，所以我每提一职，都更加努力，唯恐能力与岗位倒挂，让首长失望，让部属失望！还好，总算撑过来了。

历史和现实无数的事实证明，领导的成长成熟"空降式"的不行，"火箭式"的也不行，在这个问题上不要迷信天才，绝对没有什么天才，那些坚持为所谓"这才那才"搞"空降下"和"火箭上"的人，最终注定被这些"才们"所累。只有"台阶式"的进步，一步一个脚印，才能有效保证领导的成长成熟。戒急用忍，行稳致远，逆境时要记得，顺境时更要记得。

本事有大小　品行无高下

人老了有两个特征，一个是沉浸于回忆，一个是深陷于絮叨，不论是沉浸回忆，还是深陷絮叨，都是不由自主的，几乎不受控制，不知不觉就进入了回忆或者是絮叨的状态，这个过程自然且迅速，不信你可以问一些老人，他（她）自己是浑然不觉的。我相信，回忆的内容也好，絮叨的内容也好，都对当事人产生了无法磨灭的印象，否则不足以如此。

大多数人对这两点都比较厌烦，鲜有能耐着性子奉陪的。我的看法和大众有点不一样，烦与不烦必须具体情况具体对待，一是要看回忆些什么，絮叨些什么，如果是有意义的，或者说是有价值的，那就不要烦，甚至可以鼓励；二是这番回忆、这通絮叨影不影响别人，包括场地和时间，倘若不妨碍我们，任他去回忆、去絮叨，我们有什么必要厌烦呢？

母亲年纪大了，也爱回忆和絮叨，但她的回忆和絮叨让人感动、让人思考。母亲最爱回忆和絮叨的人就是那些帮助过她的人，最爱回忆和絮叨的事就是那些改变过她的事，这人、这事给她留下了刻骨铭心的记忆。

"成成，你知道为什么给你起名叫建成吗？"母亲经常会明知故问。

"知道啊，你是要记周建成老师的恩嘛，你都给我讲过很多遍了！"我不假思索地回答。

"当年你姥爷和你姥姥就是不让我上学，我急得哭！还好，周老师多次上门说情，我记得他说的最多的一句就是他叔，都新社会了，你怎么还不让女孩读书呢？不让她读书就是害她呀！"每次说到这里，母亲的眼泪就往下掉。

"最后你姥爷和你姥姥架不住周老师的劝，才让我上学！周老师经常夸我字写得好，说我将来一定有出息！唉，就是太短了，只有三年！也幸好有这三年，我会写字，我能算数，不至于成为一个傻子！"母亲感慨地说。

"妈，周老师那么好的一个人，公家为什么不让他干了呢？"对这个问题，我一直很困惑。

"我一个孩子，怎么能知道！我想去问，但又不敢。就是敢，又能找谁去问呢？周老师走后，没有人给我撑腰了，我又回到家里干农活了。"母亲满脸都是惆怅。

今天的年轻人很难理解那个时代发生的一切。刚解放时，农村能上学的女孩是很少的，母亲所在村的临村是个大村，设立了一个小学，周边几个小村的孩子都到那个学校上学。说是一个学校，其实只有几个老师，周老师是其中一个。

周老师本来只需管好教书的事，但他却不辞辛苦地往各村跑，打听哪家的孩子没有上学，就去劝，这期间也没少受气，农村的孩子去上学了，就意味着家里劳动力减少了。母亲有福气，遇到了周老师这个贵人，总算实现了读书的心愿。

用今天的眼光看，周建成老师就是一个再普通不过的乡村教师，没有什么重大的、突出的事迹，但他关心爱护小孩的崇高品行深刻影响了我的母亲，从母亲念叨一辈子，并给我起建成这个名字就可以看出母亲的感恩程度有多深多真，这一切周老师当初是绝对想不到的！

或许是这段经历的影响，母亲总给我说，看一个人不要光看本事的大小，更要看品行的高下！你看周老师这个人，也许他教书的本事不是最强的，但他待人的品行绝对是所有老师之中最好的！没有这样的品行，像我这样的女孩根本读不了书，只能在家干农活。

我的父母老实巴交，并不善于交际，对儿女们走入社会交友叮嘱最多的就是不要光看对方本事的大小，一定要看对方品行的好坏，没有好品行，本事越大越可怕。这么多年过去了，我没有听到过哥姐们和朋友撕破脸、闹翻场的事，这得益于父母所赐的人生智慧。

我因为进入部队，远离新疆家乡，且职级越来越高，所以母亲对我的教育盯得很紧，隔三岔五就敲打我一番。不论是我在机关当副处长，还是到部队当副旅长、参谋长，她都反复地告诫我，本事增长不了不算丢人，大不了咱们不干了，但品行出了问题就丢大人了，当官更要有好的品行！

现在官场都说"底线思维"，我觉得母亲的认知和诠释就是很好的"底线思维"理论：本事即为施政能力，可视为上线顶线，品行即为为政操守，可视为下线底线，施政能力不行，也许这里有主观因素，也有客观因素，没有拿得出手的政绩，那好，就必须死死守住为政操守。

守住为政操守，既复杂也简单，只要能够摒弃私心杂念，其实就是两个词，一个是自律，一个是公道，自律是管理本人的，公道是平衡众人的。确保这两点不出任何问题，就不会站在群众的对立面，就不会在决策中出现大的偏差，更不会涉规涉法，为政操守又何愁坚守不住？

现实情况是，我们一些官员既没有施政能力，也没有为政操守，是典型的"双无领导"（无能力、无操守）。前不久，山西介休市委书记丁雪钦在介休市全市干部大会上痛斥某些官员"干不了大事就修个厕所让百姓痛快地撒泡尿"，我读到这里，既感到解气，又感到悲哀！

我在部队工作时经常下基层检查，一些不懂专业的领导像打了鸡血似的抓体能训练，一天到晚不是四百米障碍，就是五公里越野，最最核心的专业训练却不闻不问，捡了芝麻丢了西瓜，本末倒置了，这种装腔作势地抓训练是拿战斗力当儿戏，是在亵渎"对党忠诚"的誓言，官兵们欲哭无泪苦不堪言。

我常想，群众最痛恨官员们什么，是他们的施政能力吗？不是，而是他们的为政操守！相对而言，施政能力弱是可以原谅的，但为政操守差是不能原谅的，因为前者是主客观因素决定的，后者却是完全由主观决定的，是没有理由开脱的。从某种意义上说，为政操守差给我们的事业造成的损失更大！

最近一两年，网上关于一些发达国家领导人日常生活的小视频非常受欢迎，从居高不下的点击量就可以看出来。比如德国总理默克尔去超市购物，荷兰首相马克鲁特骑自行车上下班，澳大利亚前总理艾伯特舍身救火，等等，这些质朴的生活细节与我们某些官员的趾高气扬形成了鲜明对比，老百姓怎能不喜欢呢？

高尚的为政操守一定是有浓浓人情味的。陈赓的老部下曾经深情地回忆老首长，一次，他去执行一个任务，陈赓送别他时只说了两句话：路上危险，你注意点，无论如何要活着回来！陈赓没一个字提任务，更没有说拼死拼活，几十年后这位老人讲起这件事泪流满面，我掩卷唱叹，内心久久不能平静！

我不知这个小故事某些官员看了会做何感想，我没有想到外表刚毅的陈赓大将，内心竟如此的柔软，但这让他在我心中的形象更加高大。一位老帅说，战争年月我们其实更多的是靠上一级的模范作用带部队打仗。同理，建设时期，其实更多的是靠官员的模范作用、靠群众的集体智慧来建设。

　　能力是个变量，品行是个恒量，你肯定不能始终保证你的能力是过硬的，因为形势任务在不断变化，但你是一定可以保证你的品行是纯洁的，这来自你内心的召唤和约束！那些自认为自己能力超群、无所不能的，而不注重自身品行修养的官员，是很愚蠢的，最终一定会自己搬起石头砸了自己的脚！

　　历史已经证明，并将进一步证明，不论是普通的群众，还是显赫的官员，所谓本事都是毫末之技微不足道，真正能恒久存在，让人们记住的，并能打动人心的，必是你的宽广胸怀、高尚人格，以及由此表现出来的克己奉公、感人至深的所有辛勤工作！

我的高考

一年一度、轰轰烈烈的全国高考日子又渐渐走来了，这是一个令无数人兴奋的日子，也是一个令无数人恐惧的日子，这是一个令无数人梦圆的日子，也是一个令无数人心碎的日子。总之，是让无数人刻骨铭心的日子，我自然也是不例外的，没有高考就没有我的今天。

高考是全球最大规模的考核，据说有好事者正为此申请吉尼斯世界纪录，我常常为此感到骄傲自豪。要想成为全球最大规模的考核，必须有两个条件，一个是人口的数量要有保证，一个是教育的质量要有保证。同时具备这两个条件的，唯有我大中国是也！

近几年的高考期间，我的一切感官都被高考信息所充斥，读报纸是高考，听广播是高考，看电视是高考，文字、图片、声音、影像，所有的媒质仿佛在我眼前、脑中集中爆发，正面报道与恶意调侃并存。我归纳了一下，大致可以分为三类：

一种是政府行为，主要是为考生们创造好的考试条件，比如，在考点周边封闭道路、禁止鸣号，再比如，抽调出租车辆组建爱心车队，都算作是正能量吧。

一种是社团行动，很多机构组织（包括一些教育机构），在考点外打出各种煽情的口号，更有甚者，宣称要对成绩优异的考生高额奖励，傻子都知道那是在通过高考炒作自己，考生躺着中枪。

另一种是个体行为，主要是关于考生家长的，大多是如何千辛万苦进行陪考，媒体描述得很悲壮。我见到过一幅图片，考生进考场的一瞬间，家长们眼含热泪，用劲挥手，似乎还在念叨着什么，真有一种生离死别的感觉。还有一些人，其中不乏名人，通过各种媒体做出各种承诺，比如，承诺不开私家车，确保交通不拥堵，等等。

我的感觉是，为了高考全社会都动了起来，甚至是沸腾了，正常的东西已经不再正常，我隐约感到高考这一神圣的仪式，正被各种邪恶力量所侵蚀，更为可怕的是这些邪恶力量极具欺骗性和煽动性，越来越多的人掉入精心布设的陷阱。这让我不由得想起自己所经历的全国统一高考。

那是1994年，在新疆哈密铁路第一中学读书的我，刚刚步入18岁。对于高考，不能说不紧张，但绝对没有今天这样过头，只能说忐忑不安而已。我的几个哥姐总是拿我说话：要加油啊，你是咱们家最后的希望了，高家要出大学生了！至于父母，也没有逼得那样紧，只是说要轻松一些，考不上就当工人嘛，怎么还不能活？

不管是怎样的心情，时间的流逝是无法阻挡的，高考的日子，那时叫黑色的七月，最终来到了！我想是为了公平竞争吧，哈密地区（那时还没有成立市）教育局统一安排考点，所有考生打乱学校、混合编班进行考试。我们分到了地区六中，距离还是比较远的，那时没有车，不管是出租车还是公交车，都是骑自行车的，所以就显得远了。

前一天晚上，我和几个同学商量好了出发的时间、碰头的地点和行进的路线，另外，主要做了两件事，一是把自行车好好地检查了一下，主要是看刹车灵不灵，同时打了打气，确保不会把我撂在半路上，其实，真要那样也没什么，大不了坐同学的自行车，只是那样就要辛苦他们了。二是把2B铅笔好好削了削，因为要在答题卡上涂正确选项，我有意把铅笔削成扁平的，这样就提高了速度，我的自理能力仿佛与生俱来。

对了，那个时候哪里有家长陪？我清楚地记得，一个姓樊的女同学（后考入上海铁道学院）因为母亲陪考，还遭到我们的讥笑，搞了她一个大红脸，第二场死活不让母亲来了。沿途自然也没有交通管制，真的不需要，因为就没有多少车，一句话，该咋地咋地，整个社会平静如水，没有什么反常迹象。我记得不但没有多少紧张，反而充满了一种渴望，就是要验证一下，我学得到底怎么样？我是不是读大学这块料？我们年轻时的那种激情，现在的年轻人很难想象了。我们顺利地骑到六中门口，六中的老师很热情，看了我们的准考证，让我们进去，并引导我们到待考区。

进了考场，我发现与以往的考试没有什么不同，就是讲台前上多了三样东西，一个洗脸盆放在椅子上，一条毛巾搭在椅背上，两副眼镜放在讲桌上，监考老师笑眯眯地说：今天天气热，哪位同学热了就上来擦擦汗，如果有谁的眼镜忘记带了，这有两幅近视镜，你可以取了用。原来如此，高考的待遇真高啊！

考试开始了，我很平静地进行答题。整个考场，自始至终没有一个学生提出这样那样的问题的。我不知道现在考场内部是怎样的情景，那时我们都特别自觉，尽量不提问的，因为提问会干扰别人的思考，也就是说会影响到他人。这种自觉也表现在对考场秩序的尊重，没有人会强调考场纪律，那是最基本的常识，上了十二年学，难道不知道考试不能作弊？作弊被发现那还怎么见人？正因为如此，那时也没有采取什么特别的措施来防止作弊，不像现在如临大敌。所以我一直认为，自律与他律的程度，反映了当时社会人们的价值取向。

我们那时考三天，三天过得可真快，我的原则是考完就不想了，才不去对什么答案正确与否，只往前看。到考最后一门化学的时候，那情绪已经是完全放开了，进考场之前，我们还在热烈地大谈第十五届足球世界杯，对巴西队崇拜得不得了啊（那一届的冠军），也对黑马保加利亚赞不绝口（淘汰了法国队）！由于声音太大，六中的老师还过来批评了我们。我记得她说，你们几个太活跃了吧？批评很温柔，充满了母性的慈爱。

考完了，好轻松啊！我把用过的教材，全部封存在一个纸箱内，这些书伴随我度过了太多难忘的日子，我要把它们全部保留下来，作为人生的印记。事实上，直至今天，我回哈密探亲，偶尔也会把教材取出来翻看，那种亲切就仿佛见到一位多年的朋友。现在，很多学生都会相约撕书以示庆贺，伴随着漫天飞舞的纸片，他们笑得是那样欢畅。每每看到这样的镜头，我都为年轻人的冲动率性、轻狂放纵感到不可思议。

一周后，开始填报志愿，我选择了军校，一方面我热爱军队，做梦都想穿军装，这里面没有什么大道理可讲，那个年代的男孩子哪个不想到军营？另一方面我心疼父母，我们家六个孩子，老人把我们拉扯大已经很不容易了，怎么能再花老人毕生的积蓄交学费呢？所以，尽管家里人反对，他们是怕我吃苦受累，怕我扛不住，我还是说服了他们，坚持了自己的想法。志愿刚报完是很轻松的，但随着时间的推移，心情又逐渐不安起来，在焦虑中等待，直到郑州高炮学院的录取通知书拿到手，心才真的完全平静下来了。我一边开始努力帮家里做事，一边开始憧憬我的未知的军旅生涯。

那个时代，那个社会，都是简单的，因为简单所以真实，因为简单所以轻松，也因为简单让人怀念。

清明夜话

　　过了零点就是清明了，在这样一个特殊的夜晚，内心总会鼓动着说不清道不明的复杂情感，我应该写点什么，为所有的故人，既有离世的，也有健在的。

　　我坚持认为写东西要有实实在在的内容，不论是记事，还是抒情，抑或是说理，不要为写而写，无病呻吟，如果是那样，浪费情感还在其次，主要是糟蹋了文字！

　　过去写东西是工作，可以说是外部环境赋予的一种责任，那是被动的行为，现在呢？现在写东西是生活了，基本是内心世界渴望的一种状态，这是主动的行为。

　　现代人看上去放得很开，其实内心收得很紧，今夜我用文字释放我的情感，希望这超越时间、空间的文字，能够如我所愿，表达对所有故人的思念与感激！

　　父亲是2010年7月25日走的，这个日子极其不寻常，2016年7月25日，我自主择业后入职北京华如科技股份有限公司竟然也是这个日子！这是父亲在保佑我，我常对自己说。

　　父亲走时我不在身边，这是我这一辈子的痛，我对父亲是亏欠的，一直在野战军作训部门工作，高强度，快节奏，什么都顾不上，哪里想到父亲会走呢？

　　但这一天真的到来了，我追悔莫及，我开始害怕，我开始反思！对于父亲我没有尽到孝道，难道母亲我还不尽尽孝道吗？她已进入古稀之年了啊！

　　我提出离开部队时，集团军首长让我说出过硬理由。我说了三条：个人性格，工作能力，家庭困难。前两条首长不为所动，第三条让他长叹一声。我知道首长也是极其孝顺的。

　　我把对父亲的亏欠都转移到母亲身上，尽可能地照顾好母亲，母亲开心，五哥（指建武，平时主要是他照顾母亲）满意，邻里夸赞，可我心里很忐忑，我不知道，尽孝的时间还能延续多久？

古代有一男子，母亲打他，他默默流泪。母亲问他是否有意见？他说："母亲教训儿子，儿子怎敢有意见？近年来，母亲打我，我已经感觉不到疼痛了，我为母亲的衰老而难过！"

这是我读过的最好的孝道文章，数度落泪不能自已！封建社会，不管当多大的官，父母离世也要回乡丁忧三年，这不是软性的道德，这是刚性的制度，这一点今人不如古人。

我对母亲尽孝得到了公司同仁的理解和帮助，华如的老总们，不论是总部的，还是分公司的，要求我进疆就必须回家陪母亲几天。对母亲的这份孝心是华如人一同尽的！

父亲走了九年，母亲念叨了九年。她会说："老东西，你放心，孩子们孝顺，我很好！"她还会说："老东西，你怎么没福气啊，走得那么早，没有看到孩子们的出息！"

说心里话，以前我真没觉得父亲有什么了不起，就是觉得他很本分、很倔强。我一心念书，直至读军校，没有抱怨过他，哥哥姐姐们或多或少有过抱怨，这在平民家庭最寻常不过。

多年后，我不由自主地重拾记忆。我找他的徒弟们（那种签师徒关系的），请他们聊父亲，给父亲画像；我找他生前使用过的东西，久久端详不忍释手，仿佛那上面还有他的温度。

父亲生前使用一款铁路工人统一配发的铝制饭盒，内部有上下两层，下面盛稀饭或馒头，上面盛菜，没有保温功能。根据来历和外形，我的一个苏姓同学叫它"铁路专用猪腰子饭盒"！

父亲的手特别巧，他用铁丝编织的衣撑子可自如地伸缩，适合不同尺码衣服的悬挂，此外，撑子翼展比较宽，可以保护衣服肩部不变形。这种伸缩式宽体衣撑子不知被左邻右舍要去了多少。

父亲的徒弟们给我讲了他鲜为人知的事迹，早些年父亲在暴风雪中巡修线路，被冻掉一只耳朵，他将耳朵捡起装进口袋继续巡修，直至巡修结束才去医院缝合。我竟不知父亲是路局的劳模！

我自责对父亲的了解是如此浅薄，我自责对父亲的关爱是如此粗疏，我是多么地傻，把没有什么爱好作为对他的全部认知，而他不愠不火温情地注视着每一个孩子的成长！为什么我的感官会如此迟钝？

父亲走时我正在宁夏某合同战术训练基地参加演习，集团军首长马上从驻防最近的部队给我调了一辆车送我去银川机场，分别时，集团军首长、司令部首长都往我口袋里塞钱，我不要，他们不答应，让我刚忍住的眼泪再次涌出。

没有直达哈密的航班，当晚我住在乌鲁木齐。分配到乌市的军校同学全部赶过来看我，开导我、安慰我，整整陪了我一夜。"七五"事件后，新疆部队特别是驻乌部队已经处于临战状态，身处作训部门的我懂得他们的压力有多大！

父亲下葬后很快发生了舟曲泥石流，部队征求我的意见，我坚决表示立刻归队。这里既有我是应急指挥组副组长的岗位职责原因，更重要的是直面生死后，对生的意义有了新的感悟，由此及彼将心比心，我应该为灾难中的生者做点什么！

四级机关、六所军校、两支部队，相识、熟知、分别，再相识、再熟知、再分别，铁打的营盘流水的兵！分别时的约定仿佛又在耳边响起，但真正能实现某年某月的某个地方再次相见梦想的，又有几人呢？

因为业务关系，现在我三天两头往部队跑，活动圈子不但没有逐步减小，反而迅速增大。有时候静下心来想想，真的挺感激华如这个平台的，能让我不忘本色，能让我依然可以见到那么多的老朋友、好朋友。

信息技术和交通条件的快速发展，使我们每天都在接触和认识新的面孔，我的手机里"李明""王伟"有五六个之多，以至于我记录时不得不采取三段式的记录方式，即姓名＋地区＋单位，幸好内存够大。

也许是太多了，也许是太快了，我们也就不珍惜了，也不懂得该怎样珍惜了，或许有潇洒的人，一切都看得通透，缘来缘去、缘聚缘散，都由它去吧。然而真的能做到吗？我的确做不到。

时间真快，眨眼间已过不惑之年！有人说啰嗦和回忆是衰老的两大征兆，啰嗦我没有明显表现，可回忆确实是多，我骗不了自己，想军校、想部队、想机关，想帮带我的班长，想提携我的首长！

交往未必都是愉悦的，回忆未必都是美好的，但这愉悦、这美好一定是居于主流的，我们不能用短暂的伤悲否定长久的愉悦，当然也不能用一次的丑陋否定一生的美好。

生老病死这是自然规律，我们不可抗拒，随着年龄的增长，身边关于某某走了的消息也逐渐多了起来，我由最初的震惊，也慢慢变得淡定了，但内心的伤感却与日俱增。

不敢想象，我们的意识一边起着这样的作用，即思念一位故人，而我们的意识一边又起着这样的作用，即告诉你这位故人已经走了。这是怎样的无奈和无助啊！

希言自然

　　珍惜进入你生命的每一个人吧，哪怕只是一面之缘，给他或她足够的包容和尊重，即使真有那么一天的到来，也不留下恼人的遗憾，有的只是平静地接受。

　　在这样一个特殊的夜晚，我思念并感激离去与分别的所有故人！

信口开河说关系

中国人在一起特别喜欢聊关系，经常是不知不觉就扯到这个话题上来了。这其中，既会聊到关于关系的段子，也会聊到关于关系的热点；既会聊到自己的关系，也会聊到别人的关系；既会聊到江湖中的关系，也会聊到庙堂上的关系。总之是极其丰富，涵盖不同层次、涉及多个领域，至于说是不是捕风捉影？那就要靠你自己判断了。但在这一过程中，言者所表现出的异乎寻常的表达能力和推理能力，着实让我敬佩。

我们从小到大被各种关系所包围、所左右，不管是喜欢还是厌恶，你都无法躲避。我出生在铁路家庭，直至十八岁考上军校离开，在部队工作长达23年，铁路也好，军队也好，都是关系密集型的环境。我记得父母经常挂在嘴边的一句话就是"这事找他张叔、李婶"，自己也常常因为搞不清妯娌、连襟的意思，而被哥姐笑话。在部队特别是走上领导岗位后，更是身陷各种关系之中，欢乐很少有，烦恼时常在。

中国的关系很复杂，可以绵延几代，可以辐射数省，真真假假、虚虚实实，让人目眩神迷，其直接的表象就是能量巨大，白话就是有关系能办事。所以就大多数人来说都是渴望有关系的，这个大多数人既包含中国人，也包含外国人，千万不要以为只有中国人热衷于关系，那你就大错特错了。有的人毕生都在追逐关系，尽管这个过程是很辛苦的，甚至是很憋屈的，但仍然是趋之若鹜、乐此不疲。

为什么大家都要找关系呢？我认为，从本质上讲，寻找关系进而依靠关系，是人类自我保护的潜在意识在外部世界中的一种映射，是面对现实社会激烈竞争的一种自适应行为。可以分为两种情况，大多数人是为了获得利益，小部分人是为了巩固利益，需要强调的是，利益呈现多样性，财富、声誉、情感，等等。普京要求女儿挑选丈夫必须是圣彼得堡人，即要找一个老乡。所以我说普京大帝很性情、很真实。

基于这样的理解，我感到，人们寻找关系，并加以运用是很正常的，本无可厚非，趋利避害是人的本性嘛！但生活中的很多现象已经不正常了，比如，对别人有关系是愤愤不平，而对自己有关系却是津津乐道；再比如，有关系时狂妄得张牙舞爪，没关系时自卑得垂头丧气；还比如，痴迷关系，漠视法规，把正常的事搞得不正常，把不正常的事搞得很正常。凡此种种，都要求我们必须回归理性看待关系。

首先，说说怎么寻求关系。

有的人是含着金钥匙出生的，与生俱来就有关系，张学良出生就是少帅，别人只能羡慕嫉妒恨的份儿，也有的人通过某种经历，比如，求学、参军、科研、考察等，顺势而为就形成了一些关系，但大多数人是没有这样条件的，即使有，又有谁会认为自己的关系已经够多了？已经够用了？所以还是要尽可能地寻求一些关系，以备不时之需。首先要声明的是，不能跪舔式的寻求，有失人格有辱门风。

我很欣赏古人的一些做法，比如拿着自己的作品，可能是诗文，也可能是策论，去拜见名家大师，或是高官权臣，通过作品引起大人物对自己的重视，古代很多读书人都是这么做的，这种风气一直延续到民国。比如，一些大师没有文凭，就是拿着自己的研究成果找蔡元培校长，还真在北大谋了个教授之职。我们现在还能在一些城市看到某某会馆的旧址，说白了，这些会馆的作用就是特定群体结交关系的场所。

寻求关系的途径也很多，现在很多人有一种僵化思维，认为饭局是寻求关系的最佳途径，这种认识是片面的。其实自然的、舒服的途径就是好的途径，因为令对方没有被动感、强迫感，那种不管三七二十一硬往上凑的做法，绝对是下下策，奉劝诸君莫要用自己的热脸去贴别人的冷屁股！也许一次偶然的相遇，也许一个会心的微笑，就有了关系，所以说，坚持做好人、做好事，上天定会有回报！

受性格影响，我虽有关系刚性需求，但没有刻意寻求过关系，在部队工作期间，先后换了11个岗位，不管职务高低，不管时间长短，都与大家关系和睦、感情融洽，还与一些首长建立了良好的关系，这是令我意外的。某次，给一位首长写讲话，他对稿件是满意的，但就在定稿后，我感觉有个事例能够更好地支撑观点，就去找首长说明了来意，经他同意后把讲话稿中的事例换了。这以后，我们竟然成为好朋友。

其次，说说怎么运用关系。

有的人有点关系，似乎没有怎么运用，都拿来显摆了，显摆是心理需求，运用是利益需求。我总有一种感觉，越显摆虚假的成分越多，真实的成分越少，这就如同打仗用兵，越没有实力越是虚张声势。我也遇到过这样的人，自诩从来不靠关系，所有的成功都是自己干出来的，对这种人我是嗤之以鼻的，这个牛吹的并不高明，一方面并不能取信于他人，另一方面也暴露出自己是一个忘恩负义的小人物。

运用关系必须尊重规则，这个规则既有法律的成分，也有道德的成分，如果认为关系可以凌驾规则之上，因为有了关系，就可以目空一切，就可以随心所欲，那最终是害人害己。因为你有关系，别人也可以有关系，都把关系当作尚方宝剑，没有底线意识，明知山有虎，偏向虎山行，图一时的得意，不管长远的危害，那整个规则就遭到了彻底破坏，置身其中的每一个人从根本上讲，没有受益者，全是受害者。

运用关系应该有所选择，有的事情是要用法规解决的，有的事情是要用关系摆平的，要把这两者区别开来。我曾经处理过一些历史遗留问题，哪里有法律法规让你遵循啊？都是靠找关系，才把事情处理妥当的。当前突出的问题是，一些人盲目迷信关系，不论干什么事都要找关系，还喜欢拿某某通过关系获益来说事。不要忘了那句老话：人在江湖混，早晚都是要还的。我再补充一句：不但要还，可能还要搭上利息！

运用关系不能强人所难，也许你认为对方无所不能，可以包打天下，但实际情况是术业有专攻，一个人不可能在所有领域都能呼风唤雨的。明明人家办不了的事，你却非要人家去办，会使双方都很尴尬，甚至有可能把已有的关系崩掉了。我一直认为有一种情况是很可怕的，那就是想办事的人不明就里地提诉求，而愿办事的人不知深浅地拍胸脯，结果不仅是事情办不成的问题，很可能两人一起完蛋。

最后，说说怎么维护关系。

人是社会动物，具有很强的社会属性，每个人都离不开社会关系，也需要社会关系。其实用更开阔的眼界来看关系，关系还有比相互帮助更为重要的作用，那就是可以慰藉我们的情感，从这些关系的交往中我们找到快乐，也找到价值，没有关系的人是孤独的，也是悲哀的。这里说的人际关系是正常的、健康的，而不是扭曲的、低俗的，两者很好鉴别，能在朋友圈晒的，就是前者，否则为后者。

维护关系要勤交流，现在通联手段发达，运营成本低廉，不管有事没事，至少逢年过节，都要打个电话、发个微信，几句话几个字，就表明你在想着对方呢！有些人多少年不联系，一联系上张口就是办这事办那事，真的让人很不舒服。我给自己定过一个规矩，不管对方职位高低、印象好坏，来电必接、来信必复。进入华如后，不管生意成不成，隔三岔五我都会给客户打打电话、发发信息，久而久之收获了一帮朋友。

维护关系要用真情，有的人总认为与人交往一定要送些够档次的礼物，或者要去些够排场的饭店，为此花费了很多金钱和精力，其实并不是这样的。冯小刚说：我为什么力挺王宝强（指支持王宝强当导演）？因为这孩子有情义。拍完《天下无贼》后，他专门回老家种小米，收获后给我送过来。因为他得知我胃不好，就让我喝小米粥养胃。这个事情真的不大，在乌烟瘴气的娱乐界里毫不起眼，但让我感动了很久。

维护关系要强素质。有句话说，势均力敌的夫妻，爱情才能长远，我想套用一下，势均力敌的朋友，关系才能长远。这个势均力敌指的是什么呢？当然不是财富，也不是权势，可以是才华，也可以是品德、性格、人脉，当然颜值因素也不可小觑，这些都可能是对方需要或看重的。势均力敌不仅仅是当下，要始终保持这样的对等状态，所以强素质别指望一蹴而就，这是一个长期的任务。千万不要学阿Q，自以为和赵老爷攀上关系了，最终惹得大家哄堂大笑。

公交碎语

　　我的手里有一堆公交卡，仅目前处于使用状态的，就有北京、郑州、西安、成都、兰州、西宁、乌鲁木齐七张之多。我的习惯性做法是，如果经常去一个城市出差，或者是要在一个城市工作、生活一段时间，就去办一张公交卡，尽管一些发达城市已经采取手机扫码支付方式了，但公交卡的可靠性要更高一些。

　　我喜欢乘坐公交车，只要时间允许，不能误事是前提，我必选乘坐公交车出行这种方式，即便经常发生拥挤，我也乐意接受。乘坐公交车既可以看见城市的建设面貌，又可以观察百姓的生存状态，置身于公交车内，你能找到社会人的感觉。同为公共交通的地铁由于处于地面之下，则没有这种感觉。

　　1994年9月，我都高三毕业考上军校了，哈密还没有公交车，有的是那种俗称"招手停"中巴车。真正开始坐公交车，是到郑州高炮学院读书以后了。周末外出，我坐在公交车里，手里拿着郑州市地图，按照"车在路上行，图在手中转"的动作要领，在地图与现地的对比中完成一次又一次的出行。利用这种方法，我很快熟悉了郑州这个第二故乡。

　　多年后，我在武汉第二炮兵指挥学院、北京空军指挥学院、石家庄陆军指挥学院读书时，这种方法全面升级，部分干线我是全程乘坐，读书结束时，城市交通图被标注的密密麻麻，用"成果丰硕"来形容一点也不为过。现在利用手机里的相关功能出行则更加高效简便，一部小小的手机深刻地影响着我们的生活方式和行为习惯。

　　近年来，哈密全面建设得到了突飞猛进的发展，特别是那些数量众多的新款环保公交车成了一道靓丽的风景线，就连外地游客都惊叹哈密公交车的先进，这要感谢哈密的对口援建省份河南省。每每看到这些公交车，我的头脑里就会浮现出郑州军校度过的日日夜夜，还有我的亲人、我的战友。

随着年龄的增长，公交车越来越成为我观察、感受和认知社会的一个窗口！公交车车厢的空间是有限的，但却内藏乾坤、包罗万象，这里有谦恭礼让、温情暖意，这里也有家长里短、鸡毛蒜皮，偶尔也有唇枪舌剑、冷言恶语，总之，它是时代风貌的映射、也是社会生态的缩影。

南京的所有公共交通对现役军人都是免费的，我借出差之机也体验了一把，服务态度真诚而友好，硬件跟上的同时软件也跟上了，让人感觉很大气！在"让军人成为全社会最尊崇的职业"这个方面，南京做得很全面很深入，其实只要认识到位，其他诸多城市也是完全能够做到的，这与城市的经济状况无关！

乌鲁木齐的公交车让座是我见过的最好的，它不是被动让、个体让，而是主动让、群体让，特别是不同民族之间的互敬互让，让人感动、感慨！许多年前，那种为了一个座位你争我抢，甚至演变为"全武行"的现象已经彻底消失了（当然这是有某些情绪掺杂其中的），实事求是地说，乌鲁木齐完全担得起"全国文明城市"的赞誉。

兰州的女公交司机我是相当佩服，既佩服技术，更佩服勇气，在狭窄拥挤的道路上见缝插针、风驰电掣般地穿行！有时，两辆公交相错几乎是擦肩而过，引得乘客一阵惊呼，而司机本人却表情沉静，仿佛什么事也没发生似的，看来已经是习惯成自然了。女人真是一种奇怪的生物，看似柔弱的身躯却能迸发出令人难以想象的力量，让你永远琢磨不透。

成都公交车上的一幕让我至今难忘，当一对老夫妇看到众人起立让座，老爷子忙说："不用给我们让，你们这一让，我们就真老了！"我羡慕老爷子乐观豁达的性格，我也有理由相信背后肯定有相濡以沫的爱情。不必哀伤岁月的流逝，心态决定我们看世界的感受，而不是年龄。

北京公交上的乘客对话往往充满了另类智慧和幽默，某次，两名乘客因争抢座位爆发冲突，就在吵得不可开交之际，旁边一位乘客冒了一句："都是穷人，有啥吵的？"吵架瞬间停止。这话让我陷入沉思，的确如此，商贾富豪谁坐公交车啊？贫富分化日益严重，老百姓有情绪啊！

包括西安在内的一些大城市早上上班年轻人挤公交的场面惊心动魄，我多次看到年轻女孩子因挤不上公交车而急得流泪，司机师傅也是反复大声劝说先前的乘客往里面挤一挤。拼搏的人生是精彩的，拼搏的人生也是艰辛的，也许正是因为这份艰辛，才让迟到的精彩更加绚烂夺目！

一次，在给一位提着大包蔬菜的老妇人让座后，我好奇地问她住房附近没有菜市场吗？她说："有是有，就是有点贵，乘公交车出来买，虽然远一点，但可以省好几元钱呢！"说话时，老人洋溢着满足的笑容。这就是真实的生活，没有花哨，更没有虚伪，平平淡淡、普普通通，但却让人肃然起敬。

西安411路公交车总是因为间隔时间过长而被乘客吐槽。后来我才得知，411路行程达42公里，是其他公交车的两倍，在这种情况下，数量不但没有增加，反而还有近一半的老旧车型（载客量小）。不知道公交集团的老总们坐不坐公交车，估计是不坐的，仔细想想这种情况还很多，这是社会生病的前兆。

有的老大哥开玩笑说我坐公交车是抠门，其实这还真不是抠门，就我个人而言完全是性格使然。我在部队领导岗位上时，就爱到基层连队，与官兵们打成一片，针对部队建设的各种问题倾听他们的心声，和他们在一起，特别是看到他们充满朝气的笑脸，我感到心中踏实，长时间不和官兵接触，我则感到空虚发慌。

我也希望越来越多的人喜爱坐公交，坐公交车也应成为一种人生态度、一种工作方法，至少对有些人来说是恰当地、必要的！认为坐公交车掉价的想法是可怕的，不管条件怎么提高，不管环境怎么改变，对群众的感情不能弱化，与群众的距离不能拉大！历史证明，孤芳自赏无异于作茧自缚，唯有融入才能融合。

毛泽东说："在我党的一切实际工作中，凡属正确的领导，必须是从群众中来，到群众中去！"与人民群众同呼吸、共命运是我们党永葆青春、长盛不衰的根源所在，愿广大党员领导干部也能经常换换口味、坐坐公交，常接地气、多汲营养，如此，我们的事业将无往而不胜！

变味的速度

这是一个追求速度的时代，什么都要快，一切讲究快，快、快、快，你慢我快，你快我更快，这总让我想起武侠电影中那句经典的对白：天下武功，唯快不破！

这方面表现最为突出的当属出行了，而这其中的代表就是高铁。1982年，我跟随母亲回山东潍坊老家，去时在郑州和济南换乘，用时五天多，来时在兰州换乘，用时四天多，1994年我到郑州高炮学院读书，不用换乘用时也将近三天。随着内燃机车、电力机车的相继淘汰，高铁或高铁动车组的上马（兰州以西是高铁动车组），用时大大缩短，比如，从西安北出发到乌鲁木齐南用时为14个小时，中途在兰州换乘，不出站即可。

即便这样，乘客还是有不满意的，我在乘坐高铁或高铁动车组时就常常听到各种抱怨！当然，出行速度提升是好事，对此，我有切身的感受。1982年我母亲离开潍坊和1985年二舅到哈密来看望母亲离开时，母亲哭得腰都直不起来，她是很坚强的，面对生活的艰辛很少掉泪。但在与亲人别离之际，却悲痛万分，这是长距离空间阻隔带来的无助和恐惧。至于说高铁或高铁动车组促进了交流、拉动了经济等等，这里就不一一细说了。我祝愿中国高铁有更加卓越的表现，不仅是在速度方面。

越来越快的速度也表现在情感表达方面，这与我们那个时代简直是天壤之别。我家六个兄弟姊妹，三姐建华从小就偏爱我，总是逗我开心。小学四年级时，离家不远处开了一家经营胡辣汤和葱油饼的小吃店，我下决心要请三姐吃一顿。胡辣汤一碗一角钱，葱油饼一个一角五分钱，这就是两角五分钱，请三姐就要和她一起吃，否则三姐肯定不吃，那就需要五角钱！我母亲每周只有一天早上给我两角钱买早饭，其他时间都是她给我做早饭。为了得到这五角钱，我用了三周时间来攒钱，当我一本正经给老板付钱时，一旁的三姐惊得眼睛瞪得溜圆，待我把胡辣汤和葱油饼端上来时，她狠狠地亲了我一口！多少年过去了，每当我们姐弟俩说到这件事，她就掉眼泪。

现在已经鲜有这样的表达方式了，快速而直白，甚至露骨。人生大事莫过于婚恋，现在是恋爱很快、结婚很快，好像还出了一个词叫"闪婚"，真是够形象的，我常在想这样的恋爱、这样的结婚，有感情基础吗？基础牢固吗？毕竟相处的时间太短了，都不了解啊！一见钟情易，一生相守难啊（明星们的婚姻基本上都是开局轰轰烈烈、结局凄凄惨惨，仿佛已成铁律）！现在旅游很火，人们出去一趟都会发个朋友圈，一般是题头写几句话，配上若干张照片，就大功告成了！我曾经建议一个朋友写点什么，他大咧咧地说费那个劲干吗，动动手指就行了！这样走马观花的旅游能留下什么样的印象？朋友又能从你发的信息中获得怎样的启示？其结果都是苍白无力的。某次，一个朋友给我说他在看《安娜·卡列尼娜》，我吃了一惊，因为他确实不像能看这样大部头作品的人啊。当我看到这本书时禁不住笑了，原来是个缩减本，不仅内容大大缩减，而且书的序言中专门说明，要把一大批中外名著都搞成缩减本，以便适应人们快速阅读的需要。这简直是在糟蹋名著，阅读这样的名著还有意义吗？

成才追求速度。都说有需求就有市场，这话真的是一点不假！不知从什么时候起社会上雨后春笋般冒出许多"指点迷津"的公司来，别的还罢了，最近有一类教育机构专门指导孩子们如何应试，这其中既有笔试也有面试，而且从高中向初中、小学拓展，渐趋低龄化、全科化！我很困惑，小小年纪就教他们掌握这些所谓的技巧，这是好事还是坏事？走了这些捷径，知识的掌握能够扎实？人才的素质能够过硬？这些问题估计很少有人思考了，家长也好，学生也好，都要的是快速达成考试合格的目的！我在前文中专门讲过，我们那个时候可没有这么多的技巧，就是扎扎实实地做习题，大量的练习是奠定对考场充分自信、对试题快速反应的唯一途径。

创业也追求速度。王健林先生那句"先定一个亿的小目标"的戏言，事实上对想创业的年轻人起到了极为恶劣的暗示作用，本质上否定了艰苦创业的传统思维。从我自主择业入职华如科技的实践看，现在的市场包括军民融合市场也是乱象丛生，都清楚部队是一块大蛋糕，但没有几家公司能真正着眼部队战斗力的提升，搞调查、搞研发、搞生产，想的是倒买倒卖，想的是围标控标，如此成本低、周期快、利润高啊，都想不费吹灰之力一口吃个大胖子！可是，长久下去，又能做出什么样的好产品呢？军民融合效果好不好，可不是看数量，更重要的是看质量啊！这样的公司就算能够一时发展，也是肥大而不强壮。

最为可怕的是当官也追求速度！相当一部分官员算着日子干工作，不提郁闷，提了也郁闷，为什么呢？虽然自己提了副处，但别人提得比我快几个月啊，真是宦海沉浮，烦恼无穷啊！我在作训处当参谋时，集团军首长常给我们讲，你们都是要走上领导岗位的，从现在起就要下大功夫、苦功夫，把素质练全面练过硬。后来我走上处领导的岗位，我再给参谋们讲时稍加变化，你们要下大功夫、苦功夫、长功夫，确实把素质练全面练过硬，还要把心态摆端放正！前一段时间，一个过去共过事的很优秀的干部栽了，"十八大"以后特别是古田会议之后，还是不收手不收敛。我在和一位退休的老首长说起这件事时，他沉思了良久，只说了一句话："进步太快了，把他害了！"

追求美好生活是人的本性，美好生活的到来必然伴随着各方面速度的加快，这是这个时代的特征，这本无可非议，但事物没有绝对的，不是说所有的东西都是越快越好，当快则快，当慢则慢，这才符合事物发展的规律，不加以区别一味地追求速度，可能就会让我们陷入浮躁、迷失本性，忘记了来时的路，也惑乱了纯净的心。

我的夜市情结

　　我这里所说的夜市指的是那种露天的、热闹的、具有一定规模的、汇聚丰富食物的夜晚集市，它可能是一条街道，也可能是一个广场，它是所在城市的重要组成部分，个别的夜市可能都成了城市的一张名片。不进去逛逛，不坐下尝尝，就会成为一种缺憾！

　　也许有的人会说夜市不上档次啊，是的，如果去和大酒店相比，它确实不上档次，环境的整洁程度、菜品的精美程度、食客的素质程度，等等，但是，所谓"萝卜白菜各有所爱"，我偏偏喜欢夜市，是真心喜欢，从基层到机关、从参谋到领导，多少年过来了，一直都没有改变！

　　我为什么喜欢夜市？我觉得主要有两个方面的原因，这两个原因没有孰重孰轻之分，尽管表述上肯定有前有后，但其实分量是相等的，如果往深里探究，两个原因还有点相互交织、相互影响。

　　一个是我的工作性质，我长期在野战部队的作战训练部门工作，任务繁重、压力巨大，整个人就像一个陀螺飞速旋转，两眼一睁忙到天黑，白天哪里有属于我个人的时间？自己一个人还罢了，来个战友同学，总要坐坐吧，总要聊聊吧，没法子的情况下，只有等到干完工作去夜市活动了。

　　一个是夜市的环境氛围，夜幕下的人们都摘下了面具，进入夜市的人们更是如此，衣服肯定是最宽松最舒适的，表情肯定是最恣意最真实的，伴随着卖家此起彼伏的吆喝声，食客的调门也不自觉地提高了八度，白天的烦恼仿佛都已忘却，活生生一个"我的今晚我做主"！

　　因为没有才更珍惜拥有，越是繁忙越渴望歇息，越是郁闷越渴望释放，哪怕是片刻的、短暂的！于是，夜市就像一块磁石吸引了我，隔三岔五我就会约上几个好兄弟去夜市坐坐。这种喜欢跟钱包鼓不鼓没有任何关系，钱少少花，钱多多花，事实上，多数时候酒菜的贵贱与情义的深浅是成反比的。

实践告诉我，对夜市的钟情是野战部队官兵的"通病"，注意，我说的是野战部队，部队是个庞大的体系，野战部队之外的系统我不懂，所以不敢妄加揣度。但对于野战部队，我完全敢下这个结论，这是因为野战部队官兵都有相同或相近的生存环境，以及在这个环境下塑造而成的特有性情。

多年前，我陪一位首长下部队。周末，他突然说要去夜市坐坐，我当时吃了一惊，这么大的首长也喜欢去夜市啊！菜就是一些烤肉和烤菜，酒也是当地的普通酒，但首长情绪特好，频频与我，以及部队陪同的几位领导碰杯。我们都穿着摘了军衔的迷彩服，军装有新旧，头发有疏密，外表几近相同，内心全无隔膜，豪情愈老弥坚。

我在作训科当参谋的时候，每天工作到深夜一点后，总会有人提议到夜市上去"充电"，结果都是一致响应。我们最喜欢吃一家的砂锅米线，参谋们轮流坐庄，不论是新是老，但倘若是科长也在，大家就会起哄"加肉""加肉"，科长也很乐意被我们"敲诈"。多年后，我当了作训处副处长，深夜时分也会问大家饿不饿，也会带大家出去"充电"。

我在兰州军区工作时，但凡到新疆出差，晚上吃工作餐的时候就会和几个铁杆兄弟交换一下眼神，大家都是心领神会，干完工作，我们就会跑到夜市享受一番！我喜欢新疆民族特色的夜市，更喜欢新疆部队作风的豪爽，和他们在一起交流是极其愉悦的！现在城市管理正规了，户外不允许摆摊设点，每当我路过昔日的夜市，看到整齐的街道，却有一种莫名的失落！

我在石家庄陆指上学时，见到了久生敬慕之心，却一直未曾谋面的《陆军学术》主编，他说要请我以尽地主之谊。关于去什么地方，我们俩人竟然不约而同说出了"夜市"两字，心意如此默契，我们不由相对大笑！那晚我们去的是"四喜龙虾"，分别时我们约定以后要再来一次，许多年一晃而过，这个约定还没有实现。

我离开军部到部队任职，处里组织送我，因为白天工作太忙挤不出时间，仍然放到晚上的夜市。为了搞好送行，处长亲自安排部署，他带一名参谋留下来应对各种紧急情况，调整了作战值班人员，并明确要求次日早上不交班。这下可好，能喝的不能喝的，都是争先恐后地给我敬，喝了多少我完全不知道了。事后，参谋们说我是一边喝一边哭……

到夜市总是要喝点酒的，人们常说解放军爱喝酒、能喝酒，我也常想什么样的群体具有这样的特点？首先要有一定的经济条件，没这个一切免谈，其次要有健壮的身体，再次要有过命的交情，最后是压抑的环境，别看这是最后一点，这一点却是催化剂。所以就野战部队而言，如果前两句是对的，还必须加上一句：爱喝酒、能喝酒、喝真情酒！

我调离装甲旅后，接到一位老部下打来的电话。他开心地说："哥，我调副团了，你的要求我做到了！"那是在一次夜市上，他说起了家庭的种种困难，以及不能顾家的愧疚！我叮嘱他："累死也要把工作干好，必须把副团调了，不是为了当官，而是对爱人孩子有个交代！"我时常感慨，也只有在夜市上兄弟们才真情流露，才能把思绪从单位工作中调整到生活家庭上来啊。

从部队出来后，一天还是忙忙碌碌，很多人奇怪，出来了嘛，还搞得这样紧张干什么？我笑笑，不争辩！几十年养成的习性，怎能会突然改变？况且，从部队出来就是为了更好地做事啊，不忙，出来还有什么意思？只是繁忙之中我会经常想起和兄弟们在夜市的情景。夜市记录了野战军人太多的东西，刚强的外表下也有柔弱的内心……

无数个夜晚，我遥望星空，那些仍在部队服役和已经离开部队、分布在祖国各地的兄弟们，什么时候我们能再在夜市上聚聚？再进行一次自由、畅快的神侃？

白的？红的？啤的？你定，我接招！

品味挫折

与所有人一样，我渴望成功，较之年轻人像我这个年纪的人，对成功的渴望表现得会更为迫切，毕竟已经步入中年，余生有限。肉体的衰老我无法抗拒，生老病死这是大自然的规律。但我要阻止精神的衰老，一定意义上讲，精神不老我亦不老，人这一辈子不就活个精气神嘛！我需要一个又一个的、实实在在的成功，需要强调的是，我说的成功，既不是自我幻想出来的，也不是外人吹捧出来的。成功展现我存在的价值、增强我决断的自信、催生我奋进的锐气。而这价值、自信和锐气，就是让我精神焕发青春、充满活力的灵丹妙药！

理想很丰满，现实很骨感。成功遥不可及，挫折如影随形，甚至是接踵而来，犹如惊涛骇浪一重压过一重，令人张不开口、喘不过气，肢体变得麻木、意识陷入混沌！都说"挫折是成功之母"，的确，挫折中孕育着成功，但这孕育过程实在是太漫长难熬了！也有人说，怎么会有挫折？所有的挫折只是证明了这一条路不能通向成功而已！我常想，这是怎样的一种"自欺欺人"的心态？不知诸君是否也有同感，有时越想成功越不成功，成功的欲望愈是强烈，而挫折的进逼愈是紧迫，这是巧合还是必然？好事为什么一定要多磨呢？通向成功的路真的是太过艰难。

成功和挫折，胜利和失败，这是词义完全相反的两个词汇，代表着两种完全不同境况，它们是一对性情迥异的孪生兄弟，离散聚合，纠缠交错。这是两个极端，说它们相差有十万八千里也不为过，有的人付出了一生的努力，最终还是一无所获，但有时你不得不承认，两者的相差又是那么的微小，仿佛只有一线之隔、一步之遥，似乎再稍微使那么一点点劲、用那么一点点力，就将改写结局！这是怎样的泾渭分明、非此即彼，又是怎样的浑然一体、此消彼长啊！也许这就是让无数人心甘情愿、前仆后继踩踏着挫折、失败，向成功、胜利挺进的原因所在吧？

有位女士给女儿的一封信在网上很火，名字叫《人世间很苦，请学会接受挫折》，我读后感慨万分，这位女士了不起，敢于直面现实，敢于吐露心声！成功不常有，挫折时时在，自步入军营，再进入社会，经历的挫折太多太多了，有的刻骨铭心，那种痛苦难以用语言去表达，不愿掀起被子、不愿拉开窗帘，不愿睁眼看这个世界，不愿走进单位，不愿遇见熟人，不愿开口谈相关话题，甚至想把脑海中的一切记忆全部抹去！然而，那些画面却顽强地在脑海中反复地清晰地出现，每一个细节都不会落下，出现一次就是在我精神的伤口撒一次盐，让我痛苦不堪！

付出的心血越多，挫折后收获的痛苦就越大，毫无疑问这是成正比的，我在此妄言，那些挫折后没有痛苦感觉的，一定是没有付出，或者说是虚假付出。这就如同恋爱中的男女分手，女方突然离去，而男方却很漠然，打死我也不相信男方对女方付出过、存在过炽热的情感！有时我也痛恨自己为什么不能稀里糊涂、没心没肺地过活，既让自己的精神肉体倍受折磨，还让那些关心爱护自己的亲朋们担心？可是我做不到，为了表达感激，为了体现成熟，有时尽管外表流露出欢愉，但内心依然咀嚼着苦涩，这或许就是人与人的区别所在吧。

不是所有的挫折都让人这么难以释怀，但有两类却真是让人痛入骨髓。一类是后果极为严重的挫折。比如，红军西路军领导人李先念除工作需要外，终身不谈西路军的人和事，就连高台西路军烈士陵园举行的各种纪念活动，也是委托夫人林佳楣前往。一类是诱因极为低级的挫折。比如，金门战役失利后，指挥员叶飞失声痛哭，请求党中央给予他最严厉的处分，晚年的叶飞仍在为金门战役失利自责，始终不肯原谅自己。他们都是统领千军万马的将帅，他们都是历经枪林弹雨的勇士，即便这样，他们也没有完全超脱！但我要说，他们是真性情、真英雄！

都说触底反弹，意思是到了最坏的地步就会好转，谁说触底就一定能够反弹？大多数时候，触底就意味着结束，说白了就是完蛋！能够反弹的是少数的、幸运的。这使我想到中国历史上的两个王朝：汉与明。这是东西方史学家公认的夺取天下的手段是最光明磊落的（这是一个相对的概念），除此之外，都是充斥着上不得台面、见不得阳光的阴谋诡计。不论是汉的开国皇帝汉高祖刘邦，还是明的开国皇帝明太祖朱元璋，都是愈挫愈勇、屡败屡战，通过九死一生、艰苦卓绝的斗争，才取得最后王权争夺的胜利。从挫折中、从失败中站起来的人是值得我们发自内心尊敬的！

我想起赴部队任职时，一位集团军首长给我的谈话：到部队后要经得住挫折的考验，当领导太顺了不好，这样你才会快速成熟！只要这挫折不是致命的，你就一定要打败它！我又想起军转干部创业交流会上，一位军转老大哥的叮嘱：创业前一定要有抗击挫折的心理准备，否则的话，你享受不了胜利的果实！实践证明，创业伊始就一帆风顺的少之又少。是啊，体制内也好，体制外也好，挫折无处不在，既然避无可避，自当坦然面对！遥想伟人"自信人生二百年，会当水击三千里"的气魄，那我就与挫折大战几百回合，如此，岂不酣畅淋漓？

挫折与成功，它们是多么矛盾的一对儿，失去一方，另一方的价值还存在吗？至少是大打折扣吧，挫折的丑陋恰好反衬出成功的瑰丽！挫折好似一个配角率先出场亮相，在其层层铺垫下，成功这个主角才千呼万唤始出来，站在聚光灯下受用着观众的掌声，这与人生之戏何其相似！梅花香自苦寒来，宝剑锋从磨砺出。如果说成功是梅花的香，那挫折就是苦寒的环境，如果说成功是宝剑的锋，那挫折就是磨砺的过程，恶劣的环境、艰辛的过程成就了梅香的芬芳与剑锋的光芒，这是挫折的贡献。

感恩新疆温馨的家庭，感恩西北火热的军营。父母大恩养育我，首长大恩培养我，不仅教会了我如何做人做事，更重要的是赐予了我迎击风雨的智慧和勇气，让我精神与肉体同步强健，使我能够辩证看待人生道路上的逆境与顺境，胜不骄，败不馁，始终以负责的态度、积极的情绪、冲锋的意志，扛起自己担负的责任，完成自己扮演的角色。

酷热下的冷思考

这几天西安出了名，原因是气温蹿升，不论是空气温度，还是地表温度，都创历史新高，气象部门的每每发声都引发空前的关注，气温成为街头巷尾热议的话题。空气温度超过了40摄氏度，地表温度超过了70摄氏度，而且是久居不下，这是最可怕的，也是最让人难以忍受的。

陕西《华商报》刊登了一幅漫画，一身大汗、满面愁容的孙悟空问道："师傅，这里是火焰山吗？"唐僧没有现身，但话传了过来："徒儿，这是长安啊！"漫画标题是：地表温度70摄氏度如坐火焰山。火焰山三个黑体字已经溶化了，墨色欲滴，虽然很夸张，但很形象。

还有一个微信段子也火得很，一老汉被车撞倒，迅速站起，周围群众纷纷点赞，有的说："看，这大爷素质多高！"也有的说："瞧，这大爷身体真棒！"谁知，大爷喊道："别瞎扯了，你躺地下试试，不烫死你！"众人愕然！这事发地点不言而喻。照此推断，西安近期应该没有碰瓷的了。

我在部队工作时，每年都要到极热或极寒地域外训五个月。虽然盛夏的荒漠戈壁也很热，比如，新疆库尔勒训练基地的空气温度常在50摄氏度以上，有时直逼60摄氏度，但在太阳落山以后，气温就会逐步下降，至后半夜则异常凉爽。西安的热可怕在于，不论白天黑夜基本是一个温度，人始终处于高温之中，不能得到休整，这对人的身体伤害是很大的。

有的人说，这么热开空调啊！话是没错，可也有两个问题，第一，人不能总躲在房子里享受空调啊，总是要出来做事的；第二，这种享受如果把握不好，对身体也是有不同程度伤害的。我的一个在医疗系统工作的老大哥对我讲，近期，西安一些老年人因为使用空调不当而进医院的不在少数。

我的八十多岁的老母亲在新疆哈密也电告我说酷热难耐，联想到我的当下处境，不由得常回忆起小时候"那个没有被工业文明过分侵犯"的气候环境，并对造成酷热气温的空调和汽车产生了强烈憎恶，其实罪魁祸首不是它们，理智和情感有时很矛盾，但当我进入凉爽的屋内和车里，这种憎恶又消失得干干净净，做人真的很难。

不开空调难以入睡，但我又怕长时间开空调对身体有伤害，就采用定时功能，入夏以来，设定时间已经由最初的一个小时延长为两个小时，可就是这样，依然有时半夜会被热醒。醒时，不仅身体上是汗，而且枕巾和床单也是汗，湿乎乎的，只好擦干身子，换套枕巾和床单再睡，当然空调也要重新打开。我总疑心，我的身体素质是不是下降了？怎么能被热醒呢？

从房子里出去是需要极大勇气的，通常要在门口犹豫几分钟，这几分钟我要稳稳神、定定魂，同时也给自己打打气、鼓鼓劲。有时会深入思考，这个事需要现在就去办吗？真的很急吗？能不能拖一拖？有时会细致观察，天上的云多不多？路人的步伐快不快？期待从一些细节中得出今天的气温比昨天低，哪怕就是低那么一丁点儿的结论。

公交车站大家都在翘首等待，高温考验着每个人的耐心。倘若来的是空调公交车，喜悦会情不自禁浮现在脸上，仿佛印证了自己选择的正确，倘若来的不是空调公交车，则一脸愤愤不平，仿佛受到了很大的不公。公交车上向阳的一面座位会经常空着，长时间暴晒致使座位表面巨烫，站立的乘客都会去抢塑料拉环，不得已才去抓挂拉环的金属横杆，某次我去抓握横杆，那良好的导热性能让我心跳瞬间加速。

绿灯闪现，穿越道路的步子是那么的快速而有力量，鲜有磨磨叽叽者，这当口，头顶是炎炎烈日，完全无遮无掩，谁也不敢和太阳斗气啊。出于自我保护的本能，道路两边的路人都尽量靠近屋檐、树冠行进，恨不得把所有的身子都缩进阴影里面，以求得到片刻的遮蔽。当然如果碰上开冷气的商家没有关门，那就少不了一阵窃喜了。

年轻女士们出门，大多手持遮阳伞，这是最普通的防晒装备，还有各式各样的防晒面罩、手套，这些部位都是重中之重，必须加以认真保护。我不理解的是，为什么女士们都不穿袜子了？难道足部不是很重要？印有各种广告的团扇，似乎更受中老年女性的喜爱，我个人觉得，如果团扇上不是"无痛人流"的广告，效果会更好一些。

由于汗水太多，上妆的后果是不可控的，很多上班族女孩子只能以素颜出门了，这使得我有机会见到稀罕的真容，长时间被汗水浸泡，脸色会愈加显得白皙，稍加运动则会泛出红晕，加之湿漉的头发挽在耳后，明眸、皓齿、红唇，青春的气息和活力让人羡慕嫉妒恨。然而也有些女孩子，我就只能说呵呵了！

　　每晚我依然在马路边、操场上疾步奔走，尽管炽热的空气熏得双眼都难以睁开，尽管每次结束整个人都犹如从水中捞出来似的，然而每天的锻炼任务必须完成，这不是在锻炼肉体，这是在锻炼精神，精神不垮，肉体不垮，有的人体壮如牛，其实精神世界已经坍塌。独处时，尤要防止精神的倒退。

　　恰在此时，新闻联播报道说欧洲某些国家气温达到了37摄氏度，政府如何启动了紧急预案、发布了等级预警，工厂停工、公司停业、学校停课，等等，老百姓们也是众生百态，有的为了减少外出，而大量储备食物，有的为了降低身温，而持续泡在水里，让人大跌眼镜，牛高马大的欧洲人也太掉链子了吧？

　　夜幕降临，地铁三号线各站的进出口部位，聚集了不少纳凉的普通群众，我从言谈举止和穿着打扮分析，大多数是进城务工人员，还有就是初涉社会学生。一个事业很成功的朋友告诉我，当初他怀揣梦想进上海打拼时，为了节省开支，盛夏也曾躲进地铁口避暑。从这个角度讲，酷暑考验着每一个怀揣梦想的人！

　　在前行的道路上，我们总会遇到各种各样的环境，既有自然环境，也有社会环境，自然也好，社会也好，没有绝对的好，也没有绝对的坏，我坚信好到尽头，必然出现坏的境况，坏到尽头，必然出现好的境况，这就是辩证法。所以面对任何环境，都要保持内心的淡然，人生行事，用心在我，主命在天，前行而已，岂顾风霜？

由范冰冰逃税想到的

首先说明我不是标题党,非但不是,而且极其痛恨标题一党,极尽挂羊头卖狗肉之能事,标题能惊爆眼球,内容能气炸肚皮,浪费了我的时间,也破坏了我的心情,我常说网络乌烟瘴气,这是其中重要原因之一,以至于后来我一旦感觉标题在故弄玄虚,就干脆不去点击。

标题中出现这个名字实属无奈,因为确实要从她逃税的事说开,如果不说明源头,突然空发一通议论,有点怪今古的。说句心里话,我对这些人既无好感也无反感,既不抬高也不贬低,他(她)就是个演员,可悲的是,我们很多人搞不清剧中人物和现实人物的关系,这是盲目崇拜的根源所在。

和母亲聊天时无意中说到了范,当听到8.8亿时,她半天嘴都没有合拢,当听到范是个演员时,她就更惊诧了:"过去,我们那里剃头的、修脚的、唱戏的,这是最抬不起头来的三种职业,现在真变了!"我母亲今年八十多了,很早就到新疆支边,特喜欢说农村老家的事。我笑笑说:"妈,确实变了,还不是一般地变,变化太大了!"

现在多数评价是"范是不作不死",换句话说就是咎由自取。我对这个圈子不甚了解,但关于范我知道三个事:第一,她自称范爷;第二,她自诩豪门;第三,也是最不可思议的,她领了那个由奔驰公司颁发的所谓国家精神造就奖!这三个事件的调门可谓一个比一个高,到最后已经是无以复加了!

我最初听到她自称"范爷"吃了一惊,觉得她很脑残,什么样的人自称爷呢?除了正常的辈分上的称呼外,称爷的无外乎黑白两道,绝不是正派人家之所为!更何况她还是个女儿身,这样的自称,相当于往额头上贴了一张纸条,上书"我不是好人"!我隐隐约约觉得她可能要出事,老话说得好啊,狗狂挨砖头,人狂要收拾!

范自诩豪门，这不仅暴露出她的狂妄，也表现出她的无知。豪门可不仅仅是有钱那么简单，我估计范一定是把豪门当成暴发户了。豪门是一个家族财富、权势、学识、声望等数个因素的叠加，一个豪门的产生需要几代人、无数人的努力才能实现。就凭范的德行，别说她不是豪门，就是想嫁进豪门都难，谁敢要啊？会辱没门风的！

至于说范领取那个国家精神造就奖则已经完全迷失自我了。我父母都是从旧社会过来的人，父亲生前和母亲现在经常给我唠叨："我们都不干工作了，国家还给我们这么多退休金，你要为国家多做些事，否则我们拿这个钱不安心的！"老一辈人的思想就能纯朴到这个地步，范你何德何能去领这个奖呢？稍微有点敏感性的人都会躲开这个奖，明眼人都能看出这个奖不"地道"。

范为什么会膨胀？而且膨胀到如此地步？是钱吗？似乎是，范的确有很多钱，但也不完全是，现在有钱的人很多，没有都这样啊！所以，我认为钱只是一个方面，另一个方面是社会扭曲的风气。直白说，就是愈演愈烈的追星拜星的诸种丑态，特别是相关部门的没有底线的纵容！范等沉迷其中，已经完全不能自拔了！什么自我约束，什么自我规范，统统抛之脑后了。

去年，台湾某歌星在西安开演唱会。期间，公开辱骂警察，请注意，不是保安，而是警察。他给出的理由是维护歌迷权益，不能让警察挡了歌迷视线。这种恶劣的行径最终竟然是不了了之，让日夜操劳的警察队伍心寒啊！我不知道西安相关部门的领导们怎么想的？反正我是想不通，真想不通，这种情况还不修理他？这种"大人大量"的态度下，这个王八蛋不想狂都难了！

某位重量级演员的儿子吸毒被抓，他在记者面前毫不避讳地说，他要花钱疏通关系把儿子弄出来，如果不行，他就捐款换取儿子的自由。最后他又说，这个事给他的教训深刻，没有尽到父亲的责任，今后要好好管教！后来的报道出来了，几乎都是一样的内容，就是这位巨星怎么反省对儿子教育不够的。不客气地讲，我们娱乐界媒体的职业操守已经全面沦陷！

某网络大V在网上散布虚假信息，抹黑党和政府形象，记者采访他为什么敢这样做？我最初以为他有境外反华组织支持，结果完全不是这么回事。他说："大量的、狂热的粉丝给了我帝王一样的感觉，我什么都敢说，什么都敢写，在我心中没有法律的概念，我有那么多粉丝，政府不敢把我怎么样，之前，政府宣传机构在与粉丝的论战中数次败下阵来！"他的话还不足以让我们警醒吗？

事实上，"国家精神造就者荣誉"奖从2007年就开始颁发了，距今已经举办了10届，都是什么人获得这个奖项呢？基本上都是演艺圈的人，粗算下来有

100多人领过此奖。可见在这个别有用心的奖项面前，还有相当一部分人不知死活、趋之若鹜的。所以说，范这个事件不能简单地认为是一个孤立事件（崔徐对战把范意外地显现出来），它是一个社会现象的缩影，绝对不能小视轻视，特别是不能近视短视。

《中国经营报》报道，截至2017年8月，霍尔果斯注册的影视文化类企业多达1600家，大部分都属于"空壳"公司，也就是企业往往是在没有实际经营内容的情况下，靠转入巨额利润进行大量避税，这其中就有范的公司。相关部门明明知道，却睁一只眼闭一只眼毫不作为，这是严重的渎职！在查阅相关资料后，我真觉得霍尔果斯就是个不折不扣的怪胎，它给范等一干人众提供了疯狂的温床。

就在昨天，朋友给我发了个头条，说是网上还在组织讨论呢！标题是：公交车拒让座，老人动手扇其4个耳光！青年未还手，老人倒地身亡！你认为责任何在？我脱口而出这种事情还用讨论吗？是非曲直，一目了然！不得不说，这些年，我们国家在政治、经济、军事、科技等诸多方面有了很大进步，遗憾的是，我们的道德水准却在下滑，是直线下滑！

上帝让你灭亡，必先让你疯狂！怎么疯狂呢？上帝会给你设一个会疯、能疯的局，这个过程是不知不觉的、自然而然的，这个氛围是令人激情澎湃的、神魂颠倒的，如同大多数人一样，范进去了就没有出来。一个范的病好治，一个社会的病不好治，一个范的病伤害范一个人，一个社会的病却要伤害一代人，所以必须先治社会的病，社会的病好了，范的病也就好了。

看晨曦有感

中国人讲"一年之计在于春，一日之计在于晨"，意思是要在一年或一天开始时多做并做好工作，为全年或全天的工作打好基础。这两句都比喻人生需要珍惜时间，只是可惜很多人特别是年轻人都已经忘记了。我经常和年轻人开玩笑：你已经多久没有看到晨曦的美景了？每当看到他们迷惑的样子，我就要颇费口舌地做一番解释。他们给出的答案往往是：起不来啊！对此，我只能摇头叹息。

很多人都知道我有晚上写东西的习惯，而且写得比较晚。在惯性思维的支配下，理所当然地推断我一定是晚睡晚起的生活习惯。其实不然，我不论写到多晚，只要不过凌晨三点，早晨七点左右，体内的生物钟就会把我叫醒。起来后，如果时间宽松，我会一方面欣赏欣赏晨景，一方面活动活动身体。但如果时间比较紧，就会直接去吃早饭。缺的觉则利用中午时间补，三四十分钟即可。

我在作训部门干了18年，依然保持着比较好的健康状态，除了身体发胖，其他指标都正常。有些兄弟问我原因，我总结了三条：第一条就是心态好，没有太多的欲望，特别是没有官瘾；第二条就是爱好好，喜欢喝茶，适量饮酒，决不抽烟；第三条就是习惯好，生活很规律，该做啥就做啥，不能说因为工作该睡不睡，进而影响到该起不起，再进而又影响到该吃不吃，那就乱套了！这既是一个条理秩序正规不正规的问题，更是一个意志毅力坚定不坚定的问题。

部队非常重视一日生活制度建设，这是对其他制度（工作、训练、战备）有效落实的保证，也是锤炼官兵作风的有效途径。一日生活制度从起床开始，起床号一响，整个营区就沸腾了，置身其中你的血液也会不由自主澎湃起来！必须承认，对于背负繁重训练任务的青年人来说，一天两天短期内的早起要求容易落实，但一年两年长期的早起要求就不容易落实了。所以很多老兵在面临复转时常开玩笑说，等我回去了，蒙头大睡三天三夜！

我刚入军校时，对两件事头疼不已，一件是半夜被叫醒（叫班员）站哨，一件是早上被惊醒（起床号）出操。于是，我调动各种积极情绪来克服惰性，这其中就有晨曦的美景。慢慢地，我习惯了跑步时听小鸟的鸣叫、看朝霞的绽放、嗅花草的芳香，有时甚至故意闭上眼睛几秒钟，感受一下微风拂面的清爽。即使是寒冷的冬季也不乏情趣，伴随着早操，光线由暗变明、由弱到强，目力所及一切渐渐清晰。啊，天地间的敞亮似乎是被我唤醒的！因而，神清气爽，一整天都精神昂扬，精力充沛。

毕业后，我分配到野战部队，不论是不是担任连值班员，每天早上我都第一个奔到集合位置。调入作训科后，几乎每天都要加班到深夜，我时常告诫自己"四季更替，风物长新"，依然是按点起床坚持出操。时至今日我还记得每逢上级半年或年终训练考核，我都要通宵加班，加完班已接近起床时间，等起床号响后，我直接穿戴好战斗装具，从办公楼四楼下来，到五公里越野的起跑点集合。那时的我真年轻啊，精力充沛、斗志昂扬！

调入集团军机关后第一次出操，我特意收拾得利利索索，精细到鞋带的蝴蝶结都一般长短。我到了集合位置，来一个人就问：新来的吧？我奇怪极了，他们怎么都知道我新来的呢？早操后，一个老参谋说，你看看，有谁扎腰带？就你一个人啊！说完哈哈大笑！原来机关的要求不像基层部队那么严格，难怪一眼就看出我是新来的呢！后来，这种情况得到了纠正，集团军机关的出操与基层部队一样都正规起来了。

集团军以上机关因为人员职级跨度大、年龄跨度大，所以早操内容往往休闲运动比较多，比如，集团军机关某段时间就组织登山。大家有说有笑，不知不觉就登顶了，极目远眺，宝鸡这座古老而又年轻的城市尽收眼底，再伴随着几次深呼深吸，工作的疲惫、生活的烦恼一扫而光。这些经历给我留下了深刻的印象，以至于我当领导后，多次强调要合理搭配早操内容，特别是要穿插安排大体力课目，因此，训练伤得到了很好的控制。

我非常有幸带部队在宁夏青铜峡、新疆库尔勒、青海格尔木驻训过，切身领略了戈壁荒漠、丘陵山地、高原草甸的大自然奇幻风光。特别是在格尔木昆仑山口附近驻训，每日早操目睹朝霞映射下的、近在咫尺的玉珠、玉虚两座雪山。它们是那么的温润、那么的恬静，整个宇宙都变得庄严肃穆起来，致使我总有一种梦境般的幻觉，我真到了被誉为"万山之祖"的昆仑山了吗？撤退时，很多战士说，在最艰苦的地方留下了最美好的回忆！

抓部队早操，我最难面对的就是作训科的人员。我知道他们是最辛苦的，没有白天没有黑夜，但不抓又不行，怎么办？报请两位主官后，我采取了派代表出操的方法，就是每天只要有个把人代表科里出操就可以了。有的领导说我太放纵作训科，大多数情况下，我只是笑笑并不言语，有什么好解释的呢？理解的总是理解，不理解的总是不理解，但是在作训科干久了，参谋们身体发胖的问题确实需要解决。

当领导出早操就不光是跑步锻炼这么简单了，早上也是检查部队的一个重要时机。有的领导喜欢检查炊事班和卫生间，且有一堆理由，也不能说不对，但我很少检查这些地方，领导有分工，各负其责就行了。我还有更重要的地方要检查，比如短波电台值班间，一部400W对军区和总部，一部125W对集团军，对他们来说岗位就是战位。由于我经常检查，他们丝毫不敢懈怠，后来，这两个台站都被上级表彰为"红旗台站"。

现在对微腐败这个问题说得比较多，我不知道地方领导微腐败的外在表现是什么？但我对部队领导的微腐败表现却有一点粗浅的认知。部队领导的微腐败主要表现在两个方面：一个是不出早操，一个是不写材料，前者是肉体懒惰，后者是思想懒惰，本质上都是懒政。早操不出，材料不写，肉体僵化，思想僵化，整个人就会沦为行尸走肉！对这样的领导，也有必要经常敲打一下：既然身子不想动、脑子不想动，那就动动你的位子吧？

朋友说起一件事，也不知真假。某大城市居民嫌部队起床号太响太吵，以扰民的理由向当地政府投诉，当地政府为了息事宁人，要求部队关闭起床号，部队竟然应允了，自此以后以吹哨代替播放号音，我听得惊得瞠目结舌。这是典型的"好了伤疤忘了痛"，没有这"讨厌"的起床号，或许有一天恐怕你们这帮市井小民真看不到明天的"晨曦"了！

我离开部队到地方任职后，经常会看到青年人疯狂挤地铁、挤公交的激烈场面，有的手中食品挤掉了，有的头上的帽子挤没了，有的女孩子挤不上车甚至急得眼泪都流出来了，总之是让人揪心！偶尔我也会怒其不争，为什么不起早点呢？为什么不走快点呢？你们是否也如同我年轻时一样，有过哪怕只是一点点渴望欣赏晨曦的愿景呢？当然更多的，我也祝愿他们能够扛得住命运的考验，过上美好幸福的生活！

晨曦是美丽的，但不是哪个人都能欣赏得到的，想欣赏就要自律，就要早起，正所谓早起的鸟儿有虫吃！能够自律的人是可怕的，他（她）的每一次自律，都是一次战胜自我的过程，都是一次思想沉淀、心灵升华，都是一次凤凰涅槃、浴

希言自然

火重生，最终，他（她）将变得不可战胜！因为，最大的敌人其实就是自己！做到欣赏一次晨曦美景是平凡的，做到欣赏一生晨曦美景是非凡的，从平凡到非凡，无他，自律尔！

夜色

夜色降临，万物沉寂，昼间的喧嚣突然间消失得无影无踪，辛劳一天的人们大多都要进入梦乡，至少也要转入休息状态，然而对于已过不惑之年的我来说，夜色往往意味着工作进入了一个沉浸状态。二十多年的求学、工作历程，夜色始终伴我左右，让我感到夜色的亲切、温柔……

小时候不喜欢夜色，甚至是十分抗拒夜色的到来，因为夜色的到来，就意味着要和小伙伴们分别，不能再玩耍了。那个年代的孩子几乎都是"放养"，不像现在大多"圈养"，当然，也有玩耍的条件，没有很高的楼，没有很宽的路，没有很快的车，没有很凶的人……那迷宫似的胡同让我流连忘返，玻璃球、电池盖、烟盒、弹弓，等等，都是我们铁路子弟的至爱。

时至今日，我还记得每次出门母亲的叮嘱："天黑前要回来啊！"孩子总是控制不住自己的，在夜色还没有浓重时，总是把叮嘱抛到九霄云外。直到耳边突然响起姐或哥的呼喊（我们家六个孩子，我排行第六），才猛然意识到"大祸临头"。当然，多数情况下，母亲只是做吓唬状，并不会真的收拾我。

或许，不喜欢夜色也有认知方面的原因，人对未知的世界本能的反应就是恐惧，我小时候常在想：夜色中隐藏着什么？它长什么样子？天亮后它又会躲到哪里去？我曾经问过母亲，母亲怪怪地看着我，突然说："这孩子随谁啊？净想些乱七八糟的事！"虽然后来我不再问了，但这种"思考"却没有停止，我估计这些问题大多数孩子可能都有过。

需要说明的是，一年中有两个晚上我不仅不排斥，而且是热切地期盼，那就是除夕夜和正月的十五夜。除夕夜一是可以穿新衣服了，二是可以吃好东西了；十五夜可以看花灯，既有我们哈密铁路分局的灯展，也有哈密地区的灯展，偶尔的年份也可以看到焰火。不仅是小孩开心，大人也是开心的，因为长期的缺失，就更加珍惜短暂的拥有。

进入中学特别是高中，家庭作业逐渐多了起来，那个时候很少讲技巧，老师反复强调的就是熟能生巧，大量的练习是奠定对考场充分自信、对试题快速反应的唯一途径。怀揣大学梦想，狂做模拟试卷，最多时一个晚上做过十多套。每当脑子混沌时，我就搬个小凳在院子里坐一会儿，仰望广袤、静谧的夜空，我不止一次叩问：一分耕耘真的一分收获吗？我的努力老天能看到吗？

军校期间，为了挤出更多的学习时间，我不惜"以身试法"。某次，站岗时听英语入了神，查哨的学长走到跟前也没发现。当他没收完我的小录音机，并开始记录我的单位和姓名时，我觉得天都要塌下来了。谁知刚离开几米的他又转身回来了，"我以为你在听歌呢，看了磁带才知道原来是在学英语！小心点，别让教务参谋抓住了！"他递给我录音机时，又对我善意地微微一笑。那一晚，我觉得郑州的夜色真美！

军校毕业后，我被分配到西北某部任排长。每次查哨，在履行完查哨职责后，我都会和哨兵聊聊。夜色笼罩下的炮场一改昼间的紧张、火热，变得安静、肃穆，威严之中又有一丝神秘，火炮、雷达、指挥仪、电站按建制序列整齐停放，火炮身管基本射向直指苍穹……也许是这种氛围的感染，哨兵都爱给我这个"学生官"倾诉不愿轻易表露的喜怒哀乐。三个月后，旅里对新排长进行素质考核，"知兵爱兵"这一项，我是唯一获得满分的排长。

部队基层的工作仿佛永远都忙不完，昼间整个人像陀螺一样高速旋转，不论是身体还是头脑完全不属于自己，就只能寄希望于夜晚。于是期待夜色的降临，熄灯号响起的时刻，即是我心花绽放的时刻，那些扔在连部的、机关下发的、久未被人触碰的军事杂志都是我的宝贝。我要做的，就是高效阅读，连队俱乐部的熄灯时间只能推迟一个小时，我无数次地想，什么时候我能支配熄灯的时间啊？

我是幸运的，第二年就被选调进旅机关，而且是作训科这样的核心部门。之后，我又陆续被调入集团军炮兵指挥部、集团军作训处、军区军训和兵种部、总参炮兵局，再从总部机关回到军区、集团军、旅，每次调动上级机关只有一个理由：我们需要一个写材料的人。如果有人问我机关工作给我最深的印象是什么？我会不假思索地说加班，那是一种近乎疯狂的，超乎想象的加班（特指作战、训练部门），与此相伴的是无数个漫漫长夜。

伏案工作久了，总要站一站、动一动，我喜欢站在窗前凝视宇宙间这漆黑的大幕，倘若这大幕上缀有星月则更美。说来很巧，我所工作的科（处）大多是在楼层高位，比如，旅作训科在办公楼四楼，集团军作训处在办公楼九楼，军区军训和兵种部在办公楼十楼，所以我有幸可以凭借有利条件来观察夜色，或者说是欣赏不同地域的夜色，那种夜色中隐约透露出的城市巨变更能震撼我的内心，这是奋斗者特有的视角。

夜是那样的空灵、那样的深邃，在夜色中有很多像我一样的人在努力地工作、学习和生活，不因夜色降临而停止，每个人的动力不一样，但对未来幸福的追求是一致的。他们大多是平凡人，他们的努力也许引不起任何人的注意，也许最终都会付之东流，但他们没有放弃，依然执着地朝着既定目标前行，日复一日，年复一年，我能体会这其中的迷茫、困惑和孤独、无奈。我也常在这样的夜色中祝福他们，也算是自我勉励吧。

我在任装甲旅副旅长、防空旅参谋长时，经常加班到深夜才回宿舍，从办公楼到宿舍的途中要经过一个哨位，起初，哨兵给我敬礼，我还礼。某次，我经过时，哨兵敬礼时突然说道："首长，请注意身体！"我心头一热，泪水瞬间就涌上了眼眶。夜色较重，我不能看清他的脸，但这句夜色中的问候我会永远记得。有时，我们真的不能懈怠，更不要说偷懒，因为我们背负着太多的责任和道义。

四级领率机关、近18年光阴，让我对夜色有了不同的感受。夜色消解了我的烦躁，不以物喜，不以己悲，控制自己的情绪才能更好地演好自己在社会中的角色；夜色抚平了我的伤痛，真正明白了"没有迈不过去的坎"的含义，男人更应以强大的内心来应对生活的磨难。当然，夜色也见证了我的成长，伴随着痛苦和欢乐，在顺利与坎坷的交错中，我成长、成熟，青涩的印迹逐渐褪去。在我极度疲惫之时，经常会感到浓稠夜色中有熟悉的眼眸在注视着我，给我力量、让我温暖！

退出现役后，我进入了北京华如科技股份有限公司，虽然身处民企，但仍然保留着很多服役期间的工作习惯，特别是静夜思考、阅读和写作。在某个夜晚，我也会接到电话，不用看电话号码就知道肯定是我曾经带过的参谋们。他们能吃苦、肯钻研，是军队未来的栋梁，我看好他们，也为曾经任他们的领导而自豪。夜色中通话，让我们的距离突然间变得很近。

这个世界很有意思，你相信什么，就能听到什么，你相信什么，就能看到什么。比如，你相信潜规则，就会发现无数潜规则；你相信不公平，就会发现无数不公平；而你相信努力，就会发现努力真有回报。

希言自然

典型与先进

典型，先进，先进典型，这是我在部队工作时常听大家说的三个词，由于意思比较接近，很多时候就互用了。那么，它们到底是不是一回事呢？如果不是，分别又是什么意思呢？相互间有什么内在关联吗？带着这些疑问，我开始了我的分析活动。

第一步，查阅相关资料。

先说典型，《汉语辞海》给出的答案是：

①具有代表性的人或事。②有代表性的。③即"典型人物""典型形象"或"典型性格"。

再说先进，《汉语辞海》给出的答案是：

①前辈。②首先仕进。③犹先行。④位于前列，可为表率。

最后说先进典型，《汉语辞海》中没有明确答案，但共性的认知是：

就是处于最前列，最能成为榜样和表率的人，有时是个体，有时是集体。

第二步，思考已有素材。

首先，在对象上，典型既可指人，也可指事，还可指物，前提是有代表性；先进主要指人和事；先进典型主要指人。

其次，在性质上，典型既可以是正面的，也可以是反面的，而先进和先进典型则都是正面的。

第三，在来源上，为了便于比较，此处只研究三者均指人这一共性特点。典型是在一定基础上，或者说具备了一定的条件，为了某种需要，进一步加工创造出来的，内力作用小，外力作用大，属于合成材料；先进是自发产生的，虽被发掘但没有进行加工创造，完全依靠内力作用，没有外力作用，属于天然材料；先进典型是自发产生的，被发掘并进行了一定的加工创造，主要依靠内力作用，一

130

定程度上借助外力作用，属于环保材料。

第四，在影响上，同样，为了便于比较，此处只研究三者均指人这一共性特点。典型产生的影响不仅是当下，而且可能超越时代，先进产生的影响仅在一定范围，先进典型产生的影响具有某种永恒的性质。

最后，在关系上，同样，为了便于比较，此处只研究三者均指人这一共性特点。典型一定是先进，但先进未必是典型，典型和先进都有可能成为先进典型，但典型成为先进典型的难度显然要比先进成为先进典型的难度大得多，这是因为典型产生的过程中加工创造的成分多，先进成为先进典型的基础虽然扎实，但必须有外部强烈的需要。

发掘先进、树立典型，这是基本的工作方法，自古有之。这其中最经典的莫过于历朝历代统治者们不遗余力地树立关羽这个先进典型了。

关羽生前虽然战功卓著，但他的政治地位并不突出。汉献帝曾封他为汉寿亭侯，那是一个很低的爵位。他的官最大做到前将军，但和他处在同一级别上的还有张飞、马超、黄忠等人。关羽死后，被追谥为壮缪侯，这是他在当时所获得的最高荣誉。生前并不显赫的关羽在死后千余年间地位直线上升，由侯而公，由公而王，由王而帝，由帝而圣，完成了创纪录的四级跳，创造了中国历史上绝无仅有的奇迹。

长期从事三国历史文化研究的蔡东洲教授在《关羽现象探源》写道：关羽崇拜的因素是多方面的，但其根源是关羽的忠勇信义。最具有代表性的有两件事：一是挂印封金过五关斩六将千里寻主的"忠"，一是华容道冒死释放曹操的"义"。关羽形象既体现了封建统治者推广的忠义，又体现了庶民百姓乐见的情义，基于两方面完美的结合，从而使他不断受到权势者的推崇和嘉封，在民间也受到百姓的无限敬仰和赞誉。

我们再来看一个例子，虽没有关羽这么经典，但也能很好地说明"由先进到典型、再到先进典型"这个道理。

最近央视历史大剧《于成龙》在热播。于成龙是康熙皇帝树立的高级干部典型（正二品），被誉为"天下廉吏第一"（当然，于成龙不仅是廉吏，也是能吏）。于成龙清廉到什么程度？有两个例子可以说明：一个是康熙十七年，他升任福建按察使，走的时候只有一捆行囊，路上他就吃萝卜干来替代干粮；一个是康熙二十三年，于成龙在两江总督任上去世，他的木箱里只有一套他穿过的官服，除此之外什么都没有了。史书记载，大街小巷都是祭奠他的哭声！

康熙在位期间，特别重视整顿吏治，发展生产。他曾多次讲道："每念民生之休戚，由于吏治之贪廉"。到康熙晚年的三十多年里，大批不称职的官吏及时受到处理，有1500多人因"才力不及"和"浮躁"被降职调用，1500多人因"不谨"和"罢软无为"而被革职，2600多人因老病而"休致"，500多人因贪酷被惩处，也有700多人因廉洁能干受到表彰。于成龙的表现给康熙挣足了面子，可谓是康熙政治改革中涌现出的一面旗帜，能被康熙树立为典型也就不难理解了！

封建社会如此，革命战争年代、社会主义建设时期亦是如此，我们党将许许多多、各个领域的先进人物树立为典型，不但激励了那个时代的人们，也激励着今天的人们，时间证明，那些先进典型是过硬的、经受住了历史的考验！特别让人感慨的是领袖在面对先进典型时，能够有所区别做出批示，比如，刘胡兰是"生的伟大，死的光荣"，雷锋是"向雷锋同志学习"，前者是赞誉，后者是要求，这在本质上反映了这位伟大的马克思主义者的深邃的辩证唯物主义思想。

发掘先进、树立典型是工作的客观需要，本无可厚非，但一定要实事求是，绝不能搞生搬硬造，或者揠苗助长，这样不但不能达到预期效果，反而适得其反贻笑大方，因为群众的眼睛是雪亮的，因为在时间面前一切伪装都要剥落。这里特别想说一点，组织培养典型不能一味地宠着哄着，这个世界没有完美的人，先进典型也是如此，对于典型存在的问题，该批评就要批评、该教育就要教育，绝不能搞迁就照顾，这恰恰是对典型人物的关心爱护，这样才能确保典型的示范引领价值持久不衰。

盛名之下，其实难副。根据我同一些所谓先进典型交流的情况看，他们名不符实地被确立为先进典型，被动接受各种荣誉，特别是在大众面前亮相，实际上内心是很别扭的，见到熟人都不好意思，理不直、气不壮啊。但也有一类先进典型，阴差阳错被推到聚光灯下，时间久了竟然入戏了，甚至入戏太深出不来了，时不时地给组织摆谱要大，达不到目的就胡搅蛮缠，此种情况在转业复员安置过程中并不鲜见！

我们有些领导干部在树立典型时经常犯两种错误：一是妄定指标，包括时间和数量，而且还层层下达，哪个层级都不能缺，这样的典型不用说，肯定是假典型，更不用说是先进典型了，说不定连个先进都不是；二是偏离主业，这些年我们军队的先进典型为什么遭人诟病？这里不说文艺和体育，毕竟人家还有两把刷子，我只想说说那些基层的党的创新理论学习先进个人（群体），他们能有多少理论功底？我呸！真是太和平了，没有训练为战，只有表演为看！

近日，一份拟表彰的100名改革开放杰出贡献对象名单正在公示。我理解，这是国家要树立一批先进典型！奇怪了，没有任正非，却有柳传志。这是让我们学习谁啊？联想都不是中国企业了，他已经表明了自己美国企业的身份，并且已经在干亲者痛仇者快的事了啊（5G标准投票事件）！而华为坚定地走实业报国之路，走科技兴企之路，深耕细作，厚积薄发，是不折不扣的一家掌握关键核心技术、具有极强创新精神的中国企业啊。那些拟定名单、审定名单的人，你们脑子里进水了不成？

发掘先进难，树立典型更难，这是一件非常敏感、非常重要的工作，因为广大群众在高度关注、因为辐射效益会持久作用，所以先进找的准不准？典型定得牢不牢？不是一两个人的事，不是一时半会儿的事，这是关乎全局、决定方向的政治大事。我常想，是否有必要也对先进典型展开一番打假，让他（她）们无处遁形，也让领导们无颜以对！真实的典型鼓舞人心，助推事业，虚假的典型冷落人心，迟滞事业！宁缺毋滥，这应该是树立先进典型的基本态度，这才是对本人负责、对单位负责！

规矩

从小到大的印象中，我的父母很注重给孩子们立规矩，而且是不论年龄大小，不会因为你的年龄小，就娇惯你，也不会因为你的年龄大，就迁就你。五哥建武，都快五十岁的人了，吃饭时有饭粒或者菜叶掉在桌子上，母亲的脸一拉，他马上知趣地夹起来吃了，多数情况下，还要给母亲陪个笑脸，表明认错的态度。关于家里的规矩，记忆最深的是三个方面，一是待客，一是吃饭，一是过年。

先说待客。客人到家里来，孩子们要马上放下手头的事，起立面向客人站好，根据父母的介绍，向客人问好，然后哥姐们就会自觉地倒水，谈话时，孩子们要么到隔壁，要么到户外，总之是要回避的，即使是写家庭作业也要停下来。客人走时，孩子们都要跟随父母送到门口，如果天黑，父母会指定我们其中一个拿手电筒照亮，直到客人走到大路上。

再说吃饭。一般人都知道吃饭的规矩多是怎么上桌啦、怎么夹菜啦、怎么放筷啦，我们家除了这些，还有一堆的规矩，比如，盛饭时，要低于碗平面，取馍时，要掰开拿一半（那个年代家里做的馍都大），饭吃到嘴里，两腮不能鼓起来，咀嚼不能出声音。用我父母的话说，这些都是饿死鬼托生的样子，没出息！吃饭过程中，父母不问话，孩子们是不能随便说话的，更不要说拌嘴了。

最后说过年。贴春联不仅要内容正确、位置合适，而且要大声念出来，这样才能确保福气真正进入家中。新衣服必须是除夕夜过了零点才能穿，过了零点后都要睡觉了，还怎么穿啊？那就抱着睡。初一要很早起来，先是全家集合，从大哥开始，顺次向父母问好，父母对我们提出希望，然后给一点压岁钱，结束后，大家就开始按分工忙乎，有的放鞭炮、有的摆糖果、有的煮饺子。

就在这些规矩的"束缚"中，我们兄弟姊妹不知不觉地长大了，形成习惯了，也没有觉得有什么别扭，一切都很自然，相反，还赢得"老高家孩子懂事""老高家孩子有出息""老高家一定会出人的"等等赞誉。

后来考入了军校、分配到部队、选调到机关，经历了一些事，结识了一些人，特别是在领帅机关工作的日日夜夜，在吃苦受累中，在进步晋升中，见识增长了，眼界开阔了，对规矩的理解和感悟就更深刻了。

很多人对我说："建成，你这个人就适合在军队干！"

我反问道："何以见得呢？"

他们的答复惊人的一致："你适应部队这个特殊的群体，这种适应不是被动的、强迫的，是一种真正的、完全的适应，或许开始你有那么一点点不适应，但很快你就会融入这个群体，这种融入快速而自然，毫无违和感！"

有的还开玩笑说："我敢打赌，你上辈子一定是军人！"

我当然要配合一下："是啊，是啊，让我想想前生是谁啊！对了，应该是闻鸡起舞的祖逖吧？"

话音未落，说者和听者相视大笑！

我在军校的同学，既有和我一样从地方考入的学生，也有从部队考入的战士，成分比较复杂，思想也比较迥异。见学连骨干的确定必须很谨慎，否则不但达不到自我管理的目的，可能还会激化某些矛盾。我是地方生中第一批当选见学连骨干的，当中队首长给我谈话时，我都惊住了，让我当班长？让我去管理老兵？这不是开玩笑嘛！

待我卸任见学连班长，走马上任见学连指导员后，我的第一任班长戴兵——三十八军的一位老兵，给我讲了这样一番话：我积极推荐你，当然还有其他老兵也推荐你，首先是看中你的原则性，原则性和灵活性都要有，但原则性一定是第一位的，没有原则性，不能谈灵活性；其次是看中你的自律性，你入伍时间不长，但你所表现出来的、发自内心的对条令条例的尊重和遵从，让我们这些老兵诧异和感动。原则对公对外，自律对私对己，那还有什么干不好的呢？

刚毕业时，同期毕业的兄弟不适应野战部队的诸多要求，牢骚话比较多，实事求是地讲，这些要求有的确实是土政策、土规定，没有法规制度作支撑。后来，这些牢骚话传到了营首长那里。教导员专门集合我们进行教育，他讲了很多，其中一句深深地印在了我的脑海里：部队是用来杀敌的，讲的就是令行禁止，哪有那么多的道理可讲？哪有那么多的思想要做？当兵打仗、带兵打仗，就是守规矩、听命令！教导员叫李钊飞，陕西人，我很想念他！

我在连队的时间很短，满打满算也就半年时间，后来就调入作训科了。我能很快调入机关，一方面是自己素质还可以，另一方面是自己形象还可以，这个形象就是懂规矩、有分寸。因为经常到机关帮助工作，所以和机关的人员比较熟，但不论什么时候，我都规规矩矩，比如，进办公室前，该打报告打报告，途中遇到，该敬礼就敬礼，参谋干事助理员下来检查工作，该怎么汇报就怎么汇报。我常提醒自己，不能因为熟就忘乎所以，不知道自己姓什么了！

作战值班责任大、压力大，在作训科也好，在作训处也好，我坚决克服侥幸心理，严格落实值班员职责，经受住了各种各样的考验，圆满地处理了突发紧急事件、完成了首长交办事项。但也有一些参谋，因为五花八门的原因，比如，上岗延误、交接混乱，再比如，私占电话、擅离岗位，还比如，办件迟缓、事项遗漏，不得已离开了作训岗位，甚至是离开了作战部队。或许发生这些问题，有一些客观因素，但从根子上讲，都是主观因素，都是思想放松的结果，这是毋庸置疑的。

身处领帅机关要经常接触首长、陪同首长，有的机关人员和首长一经接触就被首长认下了，重点培养、重点使用，有的机关人员和首长一经接触也被首长认下了，却是放弃培养、放弃使用。先不说工作质量如何，就说作风养成，没大没小、自由散漫的我见过，阿谀奉承、狐假虎威的我见过，初次见面就厚着脸皮和首长攀老乡、拉近乎的我也见过，形形色色让人无语。有的首长私下对我讲，这样没规矩的人，坚决不能用，他的职务越高，对部队的危害就越大。

我在作训科工作时，老科长张武胜就给我说，当参谋不要写假材料、虚材料，材料好不好首先要看真不真，一个是真材实料，一个是真情实感。我觉得这就是老科长给我立下的材料规矩，多少年来一直坚守，不敢有丝毫逾越。我当作训处副处长时，参谋给集团军首长呈文件，首长会问高副处长看过了没，我当旅副旅长或是参谋长时，参谋给军政主官呈文件，他们会问高副旅长或者参谋长看了没。每当参谋回来告诉我，我的心里暖暖的，这是对一个老机关的最高褒奖啊！

我到旅里任职后，形势任务、岗位职能都在倒逼我，使我对现存的各种规矩考虑得更多了。有些规矩我们要持之以恒坚守，有些规矩我们要当机立断摒弃，还有些规矩我们则要与时俱进完善，否则就是一个领导干部的严重失职！这其中机关建设若干规定、手机使用管理规定、教练员队伍考评规定等，都是我亲自带领相关人员在深入调查研究的基础上制定的，符合部队实际，也深受包括首长在内的广大官兵的认可，能以法规的形式将我的想法、官兵的意志固化下来，我感到很欣慰！

我带部队在青藏高原驻训时，基于对昆仑山历史文化的了解，以及对部队官兵性格情绪的把握，特意制定了"十条禁令"：严禁对山吼叫、严禁随地便溺、严禁山谷内鸣笛、严禁私自碾压草场、严禁惊吓抓捕动物……数月之后，驻训任务完成得圆圆满满、顺顺利利，反观其他兄弟部队，多多少少都有安全问题发生。这可不是有什么神灵护佑，也不是我们点子正运气好，这些看似与安全没有关联的规矩，使官兵在心理上产生了足够的警觉，进而恪守了他们的行为举止。

很多兄弟都说我军旅生涯走得比较顺，与大多数人相比是这样，这其中有两个因素，一个是我遇到了好首长，用工作实绩来对我，在那个年代是很不容易的，一个是我严守规矩，在规矩面前没有非分之想，当然长期坚守其实也是不容易的。所以我每当想起小时候家里的一切规矩，就特别感谢父母，他们没有什么高深的文化，就是觉得应该这样，上一辈人就是这样要求他们的啊，所以他们也这样要求自己的孩子，不经意间却给我培养了一个建功军旅的好品质。

当下，很多年轻人被"自由""自我""自在"这些词汇所迷惑、所欺骗，强调个性独立、鼓吹内心解放，追求张扬、渴望放飞，誓言打破一切条条框框。但事实情况是，新鲜劲总会过去，长此以往，他们不论是对自然环境，还是对人类社会，都失去了敬畏心，找不到方向感，也找不到归属感，哪里有幸福指数可言？现在很多有识之士提出做人做事要有仪式感的问题，我想这不是心血来潮，这是对放纵的反思，就是要重建规矩，就是要回归传统。

我的部下经常来看我，几乎所有人都在说，感谢部队给他们立下的好规矩、养成的好习惯，正是因为有了这些规矩和习惯，到了地方后，实实在在地促进了能力的提高、助推了工作的开展。也有的感慨地说，经常看到一些年轻人一天到晚百无聊赖，想想自己如果没进部队，没有部队的培塑，真不知自己现在是什么样子。我以为，人是社会动物，具有社会属性，而规矩恰是社会属性的鲜明特点，换句话说，人是需要规矩的，这是他的属性所决定的。

身处大时代变革的今天，我们都要正确认识和对待规矩，不要躲避规矩，规矩无处不在，没有规矩不成方圆；我们也不要讨厌规矩，规矩是"双刃剑"，约束你也是保护你；我们更不能对抗规矩，在规矩面前每个人都很渺小，规矩分分钟能让你体会到痛彻心扉的感觉。

接受规矩从改变心态做起，生命虽短，但也不需这么着急，底线必须坚守、人生不能越界！我有理由相信，拥抱规矩、感恩规矩，你所期待的最美好的东西，都将在不经意间出现在你的面前！

读万卷书，行万里路，这是快意人生最形象最生动的刻画和描述。用脚丈量世界，用眼观察景物，用心感悟人生，把短暂的美好，化作永恒的记忆……

第三部分

没有忆苦，怎会思甜？

——参观大邑县刘氏庄园博物馆有感

从大邑县安仁镇[1]刘氏庄园博物馆回来后，心情一直很沉重，一同前往的辛姐和李哥（姐夫）亦是如此，一个问题始终在我们的脑子里盘旋，刘氏庄园博物馆的功能应该怎么定位？诚然，一般博物馆的功能按主次排序有四：保存（保护）文化（自然）遗产、提供休闲场所、辅助课堂教育、交流专业信息。但对于刘氏庄园博物馆来讲，还能泛泛地套用以上的顺序功能吗？是不是应该考虑一下它的个性差异呢？

正因为刘氏庄园博物馆与其他博物馆之间的巨大差异性，所以去参观刘氏庄园博物馆之前一定要做做功课，否则的话，不但看不清、听不明，还有可能思维跑偏、情感漂移，进而会导致丧失起码的政治立场和应有的价值取向！

第一，刘文彩到底是个什么样的人？

一般人都认为刘文彩就是一个大地主，其实他不仅是大地主，更是一个商人，而且是手中有枪、手下有人的有深厚军方背景的官商。仗着家族在四川军界的势力，刘文彩先后担任四川烟酒公司宜宾分局局长、叙南（叙府是宜宾的别名）船捐局长、川南护商处长、川南禁烟查缉总处长、川南捐税总局总办、叙南清乡中将司令等职。1927年至1931年，刘文彩多次派兵镇压抗捐暴动和川南革命，大

---

[1] 安仁镇：又称安仁古镇，距成都市41公里、双流国际机场38公里、大邑县城8公里，处于成温邛高速公路和川西旅游环线上。安仁古镇历史悠久，早在唐武德三年（620年）就建安仁县（早于大邑建县50多年），隶属于剑南道邛州，据《太平寰宇记》载由"取仁者安仁之意"而得名，当时的县治就在今天的安仁镇，因古为"安仁"县治，故得名。安仁镇是国家级重点镇、中国历史文化名镇、成都市十大魅力城镇和成都市十四个优先发展重点镇之一。中国博物馆协会授予安仁古镇"中国博物馆小镇"的称号。

肆捕杀农会会员和共产党人，其中有不少我党的领导干部，比如中共四川省委特派员梁戈、宜宾中心县委书记孔方新等。1933年夏，刘文彩脱离军政界回到老家安仁镇，他用盖有关防的空白官契在华阳、新繁、温江、崇庆、大邑、双流、邛崃等七县，豪夺田产12000余亩，开始过起了残酷剥削农民的恶霸地主生活。为了扩张势力，刘文彩还于1941年建立了袍哥组织公益协进社，稍有点常识的人都知道，旧中国有三大黑社会组织，北方青帮、南方洪帮和西南袍哥，所以他还是黑社会老大。刘文彩的一生有多个角色，毫不夸张地讲，每一个角色都是臭名昭昭、罪恶累累。

第二，民国时期大邑县农村生产关系是什么样的状况？

民国27年（1938年），大邑县雇农3990人，占有土地400亩，平均每人0.1亩，贫农164558人，占有土地132245亩，平均每人0.8亩，地主15025人，占有土地236186亩，平均每人15.7亩，地主阶级仅占比11.33%，而其他自耕农、半自耕农、佃农和雇农占比高达88.67%。大量土地集中在少数地主手中，地主利用土地所有权，不仅对农民收取高额地租，发放高利贷，还以各种名目征收捐税。大邑县农村地租的基本形式有纳租金法、纳租谷法、分租法、帮耕分租法以及铁板租等，交纳完地租农民基本上所剩无几，至于交不够地租的只能卖儿卖女卖气力（无偿干活）了；高利贷利息很高，年利率一般在100%以上，若到时还不了钱则本利加翻谓之"利滚利"，还有利息三天加一次的"场场利"，借贷人常常因此破产流离；苛捐杂税名目繁多，据文史资料室收集的旧税票，参考当事者之回忆，认定确实可靠的有44种，故民谣讽刺：自古不闻屎有税，而今只剩屁无捐。所以，地主阶级与农民阶级的矛盾，在民国时期达到了极度尖锐的地步。

第三，为什么要建立地主庄园陈列馆（刘氏庄园博物馆的前身）？

1951年，安仁作为第五批土地改革的试点乡，有人建议把刘文彩公馆分给农民，但西南局书记李井泉不同意，他指示刘家的公馆不要动，也不要分，集中起来搞展览，教育后代。有一段时间，庄园作为西藏军区干部学校的校址，客观上起到了保护作用。1958年9月，四川省文化局文社（58）字第79号函指示说："为了用具体而生动的事实说明旧中国几千年来封建地主阶级对农民进行残酷的压迫和剥削……决定将该庄园（新旧公馆）保留，设立地主庄园陈列馆。"10月22日，中共大邑县委员会、大邑县人民委员会联合发出《关于在我县安仁公社成立"地主庄园陈列馆"的通知》，1959年11月8日，陈列馆正式开放，全称"四川省大邑县地主庄园陈列馆"。之后数易其名，分别是"四川省大邑阶级教育展览馆""四川省大邑地主庄园陈列馆""大邑刘氏庄园""大邑刘氏庄园博物馆"，其间，还被国务院公布为第四批全国重点文物保护单位之一、被共青团中央命名为第三批全国青少年教育基地之一、被国家旅游局评为国家AAAA级旅游景区、被国家文物局公布为国家三级博物馆。的确，刘氏庄园的内涵很丰富，我并不反对适应时代的发展，从多个角度进行发掘，但什么是根本？这个问题必须搞清楚，不能本末倒置。需要说明的是，刘氏庄园代表的不仅是刘文彩一个人的罪恶，而是一个阶级的罪恶！不懂得历史，又怎么珍惜现在？从某种意义上讲，倘若刘氏庄园教育的核心功能得不到巩固和加强，那它就失去了存在的最为宝贵的价值。

刘氏庄园整个建筑群占地7万余平方米，房屋545间，始建于清朝末年，民国末年完成，系中西合璧，富丽堂皇的庄园民居建筑群，全国罕见。这么大的规模，如果事无巨细逐一观看，时间难以保障，精力也难以接续，所以我们突出重点，着重参观了"庄园文物珍品展"和"刘氏庄园博物馆"两个单元，"刘文辉公馆"只当了一回匆匆的过客，至于其他"小姐楼""刘氏祖居""刘湘公馆"则没有涉及。但我想，只要在成都工作，我还是会抽出时间再来参观的，因为它能帮助我更加热爱今天的生活。

"庄园文物珍品展"向人们集中展示了庄园现存众多收藏物中的珍品，包括瓷器、玉器、银器、象牙雕刻、书画、家具、交通工具、服饰以及老照片等。这些文物从不同角度反映了刘氏家族（不只是刘文彩一人，而是整个家族）的赫赫权势及富贵豪华的生活情态，是刘氏家族疯狂扩张、大肆豪夺的实物见证。庄园收藏物与庄园建筑一样，均属重要的历史文化遗产，它们承载着罪恶阶级逝去的背影，携带着一个时代的珍贵信息及其特定的价值，将恒久地留存在人们的记忆之中。

2700多件文物珍品中，被誉为"镇馆之宝"的国家一级文物——太平天国南京天王府使用过的8把紫檀木百宝玉石如意太师椅给我留下了极为深刻的印象，不仅是它昂贵的材质、精美的工艺，还有它传奇的经历。

紫檀为木中极品，有"寸木寸金"之誉，因其质地坚硬细密，色泽雍容华贵而倍受世间珍赏，据说在明清两代，唯有皇室贵族方能使用。整套座椅系上等紫檀木与优质大理石巧妙结合制成，共八椅四几，其纹理细腻，光润如玉，采用螺钿嵌镶技法，满饰人物、鸟兽、花草等图案，另嵌有200多颗碧玺、翡翠、玛瑙、珍珠等各色珠宝，可谓巧夺天工之作。

曾国荃攻陷天京（今南京）时，这套紫檀木座椅被其部将鲍超抢回了四川奉节老家。1935年，刘文辉（刘文彩的六弟）40岁生日，国民革命军第24军师旅级军官购买了座椅作为寿礼送给了刘文辉。其后，刘文辉长女刘元恺与原24军参谋长伍培英结婚，座椅又成为"添襄陪嫁"。临近解放时，24军准备起义，为避免胡宗南部抢劫，座椅被包装掩藏送回伍培英的大邑老家。1949年新中国建立后，当地人民政府接收了这套座椅，1958年，作为珍贵的历史文物与艺术杰作被刘氏庄园博物馆永久收藏。

东西是好东西，可也让追逐者费尽了心思，我们不难想象这套名贵座椅在辗转运输过程中，拥有者的殚精竭虑，他一定是坐卧不宁、寝食难安的！我相信他拥有这套名贵座椅的痛苦时间远远多于喜悦时间，因为害怕失去，况且又是在那样一个动乱的年代，拥有这样的名贵座椅无异于怀揣一个定时炸弹。不论是谁，一旦背上物质的包袱是很辛苦的，表面的风光也难掩内心的焦灼，到头来都是一场过眼烟云。

"刘氏庄园博物馆"的亮点在于它的建筑风格，既继承了中国封建豪门府邸的遗风，又掺和吸收了西方城堡和教堂建筑的特色。布局上，以四合院为单元，这在讲究儒家礼制伦理的社会，便于家庭成员尊卑、长幼、男女、主仆住所的区别安排。我们边走，我边向姐和哥讲解院落的布局，虽然我没有来过，但这是基本常识。

"懂古代建筑常识的人，一看《西厢记》这名，就知道是讲女孩子的事的。因为女孩子地位低下，所以只能住西厢房，而男孩子地位较高，则要住在东厢房，男尊女卑思想在这方面表现得非常明显。"

"主人携正室一定是住北屋，面南背北，大门则设置在南边。当然如果有多个妻妾，且比较钟爱，那就另建庭院，免得争风吃醋。"

细细一看，果真如此，东厢住着他的儿子，而西厢住着他的妾室和女儿！

"奇怪，五姨太王玉清怎么住的是北屋？三姨太凌君如怎么住的是西厢？"

"也不奇怪，这表明刘文彩喜欢五姨太，相当于越级提拔吧。"

王玉清是个很苦命的女人，25岁的大姑娘被50岁的刘文彩强娶，解放后在成都一家童鞋社工作，2003年去世。据接触过她的人讲，老人很少讲话，大多数时间都是独自沉默。旧社会过来的人必定是旧社会的思想，一个地主小老婆的标签就把她压垮了！

居室的装修和陈设自然是十分的奢华，可以说达到了那个时代最高水准，上海的大立柜、宁波的大花床、法国的梳妆台、英国的搪瓷盥洗用具……说刘文彩过着帝王一般的生活毫不为过，就连抽个大烟也要分冬天抽烟室和夏天抽烟室，专属餐具上都标有制作款识"刘星庭监制"，而所谓"星庭"，正是刘文彩的字。刘文彩是有名的大烟枪，常年吸食鸦片，身体很虚弱，为了补身子，他不仅每天要喝上等的燕窝，而且还经常喝人奶，并且要求是年轻的健康的产妇，这邪恶的行为我看到过的有正史记载的，只有慈禧一位，刘文彩腐朽糜烂、骄奢淫逸，不知导致多少嗷嗷待哺的婴儿遭了殃！人在做，天在看，自作孽，不可活！

令我惊讶的是，刘文彩这么一个心狠手辣的地主恶霸，家中竟然建有佛堂和经室，专门用来供奉佛像和诵读经文。有些老人回忆刘文彩手里总是持有一串佛珠，即使是在干着伤天害理的坏事时，也不时捻动着珠子，刘文彩自称自己是信佛的，时常念叨"一串念珠，还将富贵修来世，千声佛号，但愿菩萨发慈悲"。这真能把人的大牙笑掉，看看他干的事，再听听他说的话，天下还有这等厚颜无耻之徒，我算是见识了！可转念一想也就释然了，再狂妄的凶徒也懂得"抬头三尺有神灵"，礼佛也好，讲经也好，都是在掩盖他内心的惶恐和怯懦。

大型泥塑群像"收租院"是刘氏庄园所有看点的核心之核心、关键之关键。收租院位于刘文彩公馆的西北角，是一大一小的两个四合院，四合院中间，各有一个天井，四周是宽敞的围廊，大院和小院各有一道铁门通向庄园外，大院另有一道铁门通向公馆内。每到秋收季节，金灿灿、香喷喷的黄谷收获后，刘文彩就会发出"催租令"，于是，成百上千的佃户推着、背着、挑着自己一年辛辛苦苦的劳动所获，汗流浃背、络绎不绝地走进那道阴森森的铁门，向刘文彩交租。收租院，反映出旧中国社会最底层人民的苦难深重的生活，是少数人压迫剥削多数人的最好见证。

"收租院"这一作品创作于1965年，整部场景共114个人物，全长118米，分为送租、验租、风谷、过斗、算账、逼租、反抗等七个部分。雕塑家们创造性及艺术化地再现了旧时代农民向地主交租时生动而悲惨的情景，深刻地反映了旧中国半殖民地半封建社会农村经济关系和阶级关系，是旧中国农村的真实写照和艺术缩影。在这里，泥土似乎被赋予了生命，众多人物形象个性鲜明，刻画入微，神形兼备。作品一经完成，即轰动了全国，被誉为"雕塑史上的一次革命"。在全国第四次文代会上，周扬在报告中把"收租院"泥塑列为新中国成立以来两大艺术创造成果之一，另一为天安门广场的"人民英雄纪念碑"浮雕。

"收租院"不仅在国内赢得了5亿人民的喜爱，而且在国外也赢得了国际友人的广泛关注。我觉得在所有的评价中，智利画家万徒勒里的评价最准确最到位，他说："资产阶级宣传说，艺术是超阶级的，为阶级斗争服务的艺术是劣等的艺术。但是，世界上所有的伟大创作都是为阶级斗争服务的，都是先进阶级创造出来的。你们的道路很正确。艺术为政治服务是一个很重要的问题。艺术一定要为一定的思想服务。你们现在正在从事一项很重要的工作——为革命而工作。你们是着眼于全世界的，这一点你们已经达到了很先进的水平。"这段蕴涵着深刻哲理、闪耀着智慧光芒的论述让我思索了许久。

现在有一股歪风邪气，要给刘文彩翻案正名，理由是刘文彩也没有那么坏，他还出资办了"文采学校"（今天的安仁学校）。这个观点根本不值得驳斥，我不否认他办了学校，但凭这能给他歌功颂德吗？与他做的恶相比，这点善太微不足道了吧！所谓"没有大义，谈何小节"呢？为什么有些人只看芝麻，不看西瓜呢？是别有用心煽风点火？还是随波逐流人云亦云？在大是大非面前，我们的立场必须坚定，试想，假如给刘文彩翻案正名，我们对得起死去的烈士们吗？我们对得起被压迫的群众吗？人民政府的合法性还存在吗？

辛姐说："不能想象人们来刘氏庄园是欣赏珍宝，抑或是放飞心情，如果那样真是一种悲哀！"

李哥说："教育必须是旗帜鲜明的，不能遮遮掩掩，否则，教育者和被教育者都会陷入迷茫之中！"

红色江山来之不易，在所有的执政党中，中国共产党是最有底气的，也应该是最有底气的，因为我们的红色江山是打出来，是从最庞大、最残暴、最顽固的敌人手中打出来，纵观全球哪一国、哪一场革命有中国革命这样壮阔、这样彻底？为了红色江山永久稳固，为了人民群众长远幸福，教育不能有一丝一毫地放松，类似刘氏庄园这样的教育阵地必须坚守，须知这是一场没有硝烟的、隐蔽的、持久的生死较量！

千年古堰话神奇

日有所思，夜有所梦。去都江堰的头天晚上，做了一夜的梦，梦到了中学课文，都江堰、赵州桥、刘家峡……梦到了语文老师，杨玲元、李素萍、李光瑞……醒来后许久，梦境依然在脑海中萦绕。那时的学习内容是昂扬的，那时的教学态度是较真的，今昔对比，感慨万千，积极？颓废？进步？倒退？我不敢妄言，让世人去评说吧！但实事求是地讲，"四个自信"中的文化自信工作亟待加强，特别是纠治虚假文化自信问题，已经到了刻不容缓的地步。

都江堰市是成都市下辖的一个县级市，是名副其实的历史文化名城，其历史可上溯到新石器时期，距今已有4500多年了，名称从湔氐道、都安县、江源县，到汶山郡、盘龙县、导江县，再到灌州、灌县，最后是都江堰。之所以最后以都江堰命名，我猜是因为都江堰水利工程之名气，这种改名之风解放后曾经风靡一时，比如，将徽州改为黄山，虽然发展了旅游业，并提升了当地的基础设施建设，但也造成历史文化的割裂和地名的混乱，引起舆论的广泛争议。1994年都江堰被国务院命名为中国历史文化名城。

一般人们谈到中华民族的性情，都会想到勤劳和善良，但我觉得如果能补上勇敢和坚韧，那就更全面、更准确了。中国古代的神话最能说明这一点，比如女娲补天、精卫填海、夸父逐日、后羿射日，等等。这些神话让我热血沸腾、激情澎湃，诸君，请问还有比补天、填海、逐日、射日更勇敢和坚韧的行为吗？老外能有这样战天斗地的神话吗？须知，神话虽然超越现实，但它是现实的映射！老子说："天地不仁，以万物为刍狗！"中华民族是敢于抗争的，哪怕你是神！

这种勇敢和坚韧的性情突出表现在与水的斗争方面。在与水斗争的伟大实践中，中国古代产生了三位治水的杰出人物，分别是大禹、鳖灵和李冰。他们的治水理念一脉相承，那就是治水当疏而不宜堵，因为他们都深知治水必须"顺从水性、利用地形"，无坝引水是他们治水成果的鲜明特征。堰是较低的挡水构筑物，作用是提高水位，便利灌溉和航运。坝是拦水的构筑物，作用是调节流量，用于防洪和发电。所以到都江堰旅游，千万别问："大坝在哪里呢？"那将是怎样的尴尬啊？

岷江发源于阿坝自治州松潘县，穿流成都平原，是成都平原的母亲河，但在修建都江堰之前，却是经常洪水泛滥、河流改道，川西民众苦不堪言。公元前276年，秦昭王任命李冰为蜀郡太守，他合理地利用了地形、河势等自然条件，乘势利导，因地制宜，历时18年，率众建成了由鱼嘴、飞沙堰、宝瓶口、总干渠等组成的分水、排洪、引水、输水"四位一体"的都江堰渠首工程。史书记载，他利用10年时间，亲自进行勘察和研究，准备工作非常缜密，我想，一个浮躁的人，即使你有很高的专业水平，也很难成就一番事业。

鱼嘴，因其形如鱼嘴而得名，它昂首于岷江江心，将岷江分为内外两江，内江是人工引水，主要用于灌溉，外江是岷江主流，经过新津、彭山、眉山、青神、乐山、犍为，于宜宾注入长江。飞沙堰，位于鱼嘴分水堤末端的侧向溢流堰，因泄洪排沙效果好而得名。宝瓶口，人工凿开玉垒山岩体的进入口，是内江灌区的天然引水"咽喉"。总干渠，创建都江堰时新修的一条人工河，是整个都江堰灌溉网络的总输水道。李冰的设计和规划是超越时代的、超乎想象的！领导干部应该是某一领域的专家，即使不是专家，至少要做到尊重知识、尊重专家！

都江堰水利工程有四个部分，第一就是上文说到的渠首部分，第二是骨干河渠部分，第三是库、湖、塘、池蓄水部分，第四是支、斗、毛渠灌溉部分。游人到都江堰参观，观看的只是位于都江堰城西玉垒山下岷江出山口的渠首部分，以及附近的相关景观。因为有了都江堰，成都平原成为旱涝保收，不知饥馑的"天府之国"。目前，都江堰的灌溉面积已达6个地、市，36个县（市）1500万亩，并发挥着工业、农业、养殖业、旅游业等综合功能。李冰主政，是川西人民之幸，用好一个干部造福一方百姓，反之祸害一方百姓，要想我们的事业永葆青春，必须严格把住干部的调配关口！

在维护都江堰工程，治理水患中出现了不少著名人物，西汉的蜀守文翁，蜀汉的武侯诸葛，唐代的高俭、章仇兼琼，宋代刘熙古、赵不忧，元代吉当普，明代施千祥、卢翊，清代阿尔泰、强望泰、丁宝桢等。为了铭记他们护堰治水的丰功伟绩，2001年，都江堰市人民政府在景区入口处专门修了一条"堰功道"，将历来12位治水功臣的尊像铸立于大道两旁，供人们瞻仰！我为都江堰市政府的决策点赞，那些为老百姓做过好事的人，我们不能忘记，应该采取恰当的形式去纪念、去歌颂，这既是告慰先人，也是勉励后人。

历代治水者逐渐总结出"三字经""六字诀""八字格言"等治水经验，制定了"旱则引灌，涝则疏导"等一整套管理制度和维修方法。我仔细品味"三字经""六字诀""八字格言"的具体内容，强烈感受到历代治水者们实事求是的宝贵精神。比如，八字格言"遇弯截角，逢正抽心"，前者是说要在河道锐角处，用筑堤回填的方法除去锐角，使河道成为直线或弧线，后者是说要在较直的河床中间进行深挖深淘，把淤塞垒高的沙石挖去搬走，使河床变深。这是用浅显的大白话讲深刻的大道理的典范。

从本质上讲，这些治水者都是官员，并不是水利专家，但他们在治水实践中无一例外地成长为优秀的水利专家，至少说优秀的治水领导者，这其中当然有某种情怀，比如对君王的忠、对百姓的爱（李冰治水就是受命治水），但更重要的是对客观规律的尊重，对客观规律的运用，这里的客观规律就是水性、地形的特点。领导要有水平，水平从哪里来？水平就来自对客观规律的认识和掌握，这既是治水之要，又何尝不是我们的处世之道呢？

除了渠首工程，其他景观可以区分为两个半部分，即一山一园加一桥，一山为玉垒山，山上主要看玉垒阁、二王庙，玉垒阁位于玉垒山顶峰，海拔865米，据说李冰曾在这里居高临下查看水情地势，为了纪念这一事件，后人修建了玉垒阁；一园为离堆公园（是李冰当年开凿宝瓶口时从玉垒山虎头岩游离出来的"离山之堆"，故名离堆），园内主要看堰功道、伏龙观，伏龙观前殿正中，有李冰石像，衣襟刻着"故蜀郡李府君讳冰"，是1974年迁建安澜索桥时从河中发掘出来的非常珍贵的文物；一桥为安澜索桥，安澜索桥建于岷江之上，与鱼嘴相距不远，是我国著名的五大古桥之一，也是世界索桥建筑的典范。华夏文明光辉灿烂的印迹可谓是无处不在，我就想不明白，为什么有些人非要跪舔老外，是因为你掌握的知识太欠？还是遗传的奴性太重？

这里重点介绍一下二王庙。二王庙里不仅供奉有李冰夫妇的塑像，还有二郎神君的塑像，原来李冰没有儿子，在古代"不孝有三，无后为大"啊，于是民间就善意地将二朗神君这样一个神通广大的神指定为李冰的儿子，为李冰治水增添了一丝神话色彩。有意思的是，二郎神君的老家就是灌江口啊，这难道是巧合？我查了资料，原来灌江口还真是二郎神君的道场，看来，老百姓给李冰选儿子也是思虑周详的。每年6月24日和6月28日分别是李冰和李二郎的生日，这个时候老百姓都要从四面八方赶来参加庙会，纪念李冰父子。群众的眼睛是雪亮的，对于父母官，他们既要听其言，还要观其行的，那种说唱型、走秀型、两面型的领导干部必然会遭到群众的唾弃。

都江堰的地位是崇高的，清同治帝赐书"西川第一奇功"，渠首工程1982年被国务院列为全国重点文物保护单位，2001年被联合国教科文组织列入世界文化遗产名录，2018年国际灌溉与排水委员会将都江堰水利工程列入世界灌溉工程遗产名录。李冰的地位也是崇高的，考古表明，纪念李冰的活动从东汉就开始了，唐太宗褒封其为"神勇大将军"，后蜀封其为"大安王"，宋封其为"广济王"，元封其为"圣德广裕英惠王"，清雍正帝封其为"敷泽兴济通佑王"。截至目前，共有52个国家69位首脑前来都江堰视察参观，这是李冰的巨大殊荣，也是我们每一个中国人的殊荣。

我没有当过主官，曾经有过当主官的梦想，坦率地说，我很羡慕某些主官，羡慕他们拥有公共资源，废寝忘食带领群众实现自己的抱负，也很憎恨某些主官，憎恨他们挥霍公共资源，装腔作势愚弄群众满足自己的私欲。从我自身经历的切身感受来讲，一个领导最大的幸福就是能实现自己的抱负，这既是岗位要求，也是情感驱动。为什么就不能把个人抱负和群众福祉相联系呢？

我们总是感慨"世态无常、人走茶凉"，其实，茶凉也好，茶热也好，并不取决于局外观众，而是取决于局中饮者。有的人还没走，茶已经凉了，有的人走了很久，茶仍然滚烫，只是太多的人因为久在局中，看不透罢了。

爱恨交织的成都火锅

我因为工作原因，去过两次成都，也因此吃了两顿火锅，两次吃火锅的时间不同、地点不同，汤锅的样式、底料的种类也有很大的差异，在感受到美味的同时，也被这种特殊的美食折磨得求生不能、求死不得，现在想起来仍然有些发怵，那种盯着时间数字闪烁，期待痛苦早点过去的煎熬，令我终生难忘。这两次火锅都是同战友一起吃的，前后是两拨人，人不同，提议却是惊人的相同，都说："到了成都，你不吃火锅怎么行？那就等于没来嘛？"盛情难却，我只好答应。

成都的火锅肯定是十分好吃的，如果不好吃，怎么会有那么高的评价？那么大的名气？一个人可能评价错误，千百人的评价是绝对不会错误的，短时间可能评价错误，千百年的评价是绝对不会错误的。火锅对于成都，好像是一张名片，当然代表成都（亦可说四川）的名片是很多的，比如，麻将、川剧、蜀绣，等等。但从全国范围来看，其影响最大的当之无愧是火锅，虽然质量良莠不齐，当然未必是人为因素，也有材质方面的问题，其他特色物产也好、文化也好，主要还是在四川当地影响大，波及面儿远不及火锅。

说心里话，我长期在陕西工作，吃饭口味还是算比较重的，特别是对于两种味道适应能力超强，一个是辣，一个是酸，哪次吃饭不来点辣子和醋水？特别是吃面食时，虽然店家已经放了辣子倒了醋，但我还是会整上一大勺子油泼辣子，再均匀地浇上几勺醋，然后才美美地享用。我也听很多四川籍的战友说起四川的麻和辣，很是不以为然，吓唬谁呀？吹牛皮呗！可是到了成都吃过火锅才知道，战友的话并非虚言，我那点道行真是说不出口、拿不出手啊！

成都火锅店的名字都很奇特，比如，小龙翻大江、大龙坎、小龙坎、川西坝子、蜀九香、老码头，等等，越琢磨越觉得这些名字起得好、起得妙，从字面到发声都把蜀地特征体现得淋漓尽致。我们没有去这些店，因为战友说，去这些名店排队太耽误时间，我能想象得出那拥挤的场景。但战友也说了，在成都不管是不是名店，只要你开得起来，并且坚持得下去，一般来讲，味道是不会差的，否则在成都这个环境里就是死路一条，因为竞争太激烈了，大街小巷都是火锅店。

第一次吃火锅是冬天，在江汉路，店名叫袁老四，名字也是够特色的。为什么选这个地方？主要是因为距离战友的工作单位比较近，力荐此店的战友还讲了一个趣事，某次感冒发烧，久拖不愈，吃了一顿袁老四结果啥事没有了，所以他对这家店是情有独钟。袁老四的店面就像是一座老宅子，仿古的木质门窗桌椅，做旧的壶杯碗碟，再加上老板店员老式的衣帽鞋裤，古色古香，韵味十足，在此起彼伏的川音叫喊声中，置身其中吃火锅有时光倒流的感觉。

吃火锅首先要选锅，大家让我选，我客气地让战友定。大家意见不是很统一，有的说，既然吃，就要来点正宗的，至少也要个中辣的，有的说，建成刚来，有个适应过程，这次先来个微辣的，最后，点微辣的一方意见占了上风。我心说，有这么夸张吗？我又不是没吃过火锅？而且很多火锅店还是连锁的，不就不相信这其中的口味能有那么大的差距？可能还是为了照顾我，最后上了个鸳鸯锅，外围大锅是麻辣的，中间小锅是三鲜的。

因为是第一次到成都吃火锅，各种丰富的食材一下子就把我吸引住了，这是北方没有办法相比的，很多别说见，就是听也没听说过，特别是一些禽类畜类的内脏经过处理，再经火锅一涮，味道真叫一个好。有四川籍的战友告诉我，过去四川穷，人们不舍得把动物内脏扔掉，就处理干净食用，久而久之，就习惯了，并且成了美食。我过去对动物内脏挺排斥的，总觉得不干净不卫生，但这时却没有丝毫抵触情绪，往锅里下是手脚麻利，往碗里捞是动作敏捷，真是不亦乐乎！

我们是从晚上九点半开始吃的，开始吃麻辣锅还比较自如，大约一个半小时以后，招架不住了。成都人吃火锅的节奏是很慢的，这种闲情雅致在各个方面都有体现，吃也不例外。长时间的高温沸煮，先前飘浮在汤面上的一层辣椒和花椒，现在已经完全看不见了，全部沉到锅底了，也就意味着底料的麻辣味道全部释放出来了，鲜红鲜红的汤汁在沸腾翻滚，好像在向我示威。我想找台阶下，就故意问店员："你们什么时候关门歇业？""慢慢吃，我们通宵营业的。"回答让我崩溃。在战友的闹腾下，结束时已经快凌晨一点了。

麻辣锅是吃不了了，那就吃三鲜锅吧！即便如此，头上在冒汗，身上也在出汗，内衣已经粘到了身上，我脱掉羊毛衫，这才感觉好受一些，可嘴里仍然好像有一团火在燃烧，即使是喝进去的白酒在嘴里也没有了感觉，"有没有冰镇的什么喝的？"我是从来不喝冰镇类的东西，因为对胃不好，现在已经管不了那么多了，不知不觉中竟然喝了五六瓶冰镇酸梅汤，这才把那股烧劲压下去，后期，麻辣锅里的东西我是一筷子都不敢动了，这也是能把烧劲压住的原因之一吧！大伙都在笑我，笑就笑吧，我不能打肿脸充胖子。

当晚在新华宾馆住下，睡前虽然肚子有点不舒服，但不明显！凌晨四点钟，肚子开始疼痛，而且越来越剧烈，我躺不住了，开始坐着，后来坐也坐不住了，就在房间里不停地走动。那是一种五脏六腑绞在一起的疼痛，我想叫喊，可是不能叫喊，我想吃药，可是没有药吃，大半夜啊！那种感觉一来，唯一的意识就是冲进卫生间，我觉得我要挂了，坚持，坚持，一定要坚持住，我不住地鼓励自己！数次卫生间之后，我的身体完全瘫软了，下体像有一把火在炙烤，意识也开始迷糊起来，朦朦胧胧之间，天亮了。

第二次吃火锅是夏天，在上东大街，店名叫蜀大侠，名字是不是也很有特色？这就是地域特色，这就是文化底蕴。选择这个地方主要是我们那天在春熙路闲逛，刻意找，不如偶遇巧。有了第一次的痛苦经历，起初我是不同意吃火锅的，但架不住战友的反复劝说，我意志动摇了。但因为有了第一次的教训，我也学乖了，提出了两条，一是中午吃，这样就可以避免把战线拉得很长，也不至于后期锅里的汤越煮越麻、越煮越辣；二是不喝酒，第一次吃火锅伤得那么厉害很可能和喝白酒有关系，吃辣锅、喝白酒把对胃的刺激效果叠加了。战友们是满口答应，我的心这才踏实了一些。

为了错开吃饭高峰期，我们有意识地去得晚些，一点半才赶到店里，眼前的景象让我大吃一惊，店外挤挤挨挨地坐满了排号的人。我们取了72号，问了店员，得知刚排到30号。既来之，则候之吧！等的过程也挺无聊，就和身边的一个小伙子拉起家常，我问他："四川人就这么爱吃火锅吗？"他的回答很简洁："不吃火锅那还叫四川人吗？"我无语，就去观察店内环境，发现这个店是以三国人物为主题的特色火锅店，墙壁上悬挂着众多三国人物画像和各种造型冷兵器，关羽和张飞尤其突出，难道这两位英雄也爱吃火锅？

好不容易排到我们了，可能是在等待过程我动了些心思，心理上产生了微妙的变化，他们建议要一个纯麻辣锅，因为大众点评对这种锅底评价很高，我没有反对，不能让别人把自己看轻了。我的想法是，抓紧时间吃，不等锅里的麻劲和辣劲完全出来，我就吃饱了拍屁股走人，当然即使这样，也只能要微辣，这个底线是必须守住的，我知道自己几斤几两重。锅端上来了，表面上是厚厚一层辣椒和花椒，我的心"咯噔"一下，怎么感觉比袁老四的还多了许多？心理作用、心理作用……我不停地告诫自己。

等到汤一沸腾，我急切地把爱吃的鹅肠啦、毛肚啦、黄喉啦，一股脑地往锅里下，本来他们还想说哪个先下、哪个后下，排个一二三顺序的，仿佛是受到我的情绪感染，大家兴致一下子起来了，纷纷站起来动手，之前等待的郁闷也一扫而光。捞了两锅之后，怎么感觉饱了？不行，不能亏了自己，我要吃得慢一些，尽量把在袁老四那里没吃到的，争取在蜀大侠都吃回来。我瞥了一眼邻桌，真是羡慕嫉妒恨哪，四个小姑娘要得比我们几个大男人都多！看着她们纤细的小腰，真想不通她们怎么吃得完？更想不通这个吃法，她们怎么保持的苗条身材？

这吃的节奏一慢，事情就坏了，红油在持续高温下很快就把辣椒和花椒都煮透了，渐渐地浮在表面的调料都下沉了，那股可怕的麻劲和辣劲越来越明显了，但随着这种麻和辣，一种香味隐隐约约出来了，让人欲罢不能。经过一番思想斗争，还是没有顶住美食的诱惑，再吃一会儿，就再吃一会儿，再把其他几样没有吃过的菜品尝一尝。为了中和这种麻辣味道，我让战友要些馒头或是花卷，他们大笑，我才反应过来，这是成都，没有这种面食的。我想今天没有喝白酒，应该不会闹肚子吧？这样安慰自己。思想一放松，就要付出沉重代价。

额头上满是汗珠，桌子上不知什么时候已经有了一大堆擦汗的纸巾，小抽屉里的纸巾都被我用完了，嘴里也开始冒火，即使是含着冰镇的酸梅汤，这口腔内的热度也丝毫不见下降，不知什么时候，两条裤腿也都被我撸过了膝盖，这个不雅的动作以前我是最讨厌的。我能感觉到背心后面已经湿透了，胸前也有一丝痒痒的感觉，那是汗水在往下流；嘴里没有冰镇酸梅汤时，我不自觉地就将舌头伸出来透气，这一定很难看，狗热的时候不是也这样降温吗？但我没有选择；鼻子里怎么也像有团火，每每向外呼气，鼻孔内就像是一股热浪通过，所以慢吸快呼，尽可能让鼻子舒服一些。

我的筷子经常是不自觉地伸进锅里，马上触及锅里的红油却停顿下来，什么也没有夹就收了回来，我真的已经失去了插进汤里去夹东西吃的勇气，大家笑我："你这是虚晃一筷啊！"不管大伙怎么说，我是不吃了，到此为止了，美食诚可贵，健康价更高啊！我环顾四周，看着不紧不慢，很有章法的本地吃客，特别是一想到他们要的可能是中辣，甚至是特辣火锅，就禁不住想：难道你们真是铜胃铁肠？抗得住这种要命的刺激？但当我看到还有几个孩子在津津有味地吃着火锅，就明白了，人家这是千锤百炼、从小培养啊！

实事求是地讲，在成都吃火锅对我这样的菜鸟来说，与其说是享用美食，不如说是自我虐待更加准确，这就是我们常说的痛并快乐着！我不是美食家，不想也没有能力去研究四川人对麻和辣的极致追求的深层次含意，但火锅这种极为有趣的吃法，始终让我感到人与人之间的平等、友善和宽容，特别是那种不怕鬼神不信邪、积极向上的乐观情绪令我动容。以我的岁数和体质，可能这辈子也适应不了这种索魂追命般地麻和辣，但我仍然一如既往地喜欢火锅，正所谓恨之深、爱之切！

南疆行思录

南疆是新疆南部的简称，以天山山脉为界，以北的地区叫北疆，以南的地区叫南疆，哈密市例外，既不是南疆，也不是北疆，而是东疆。注意，千万不要惯性思维，新疆可没有西疆这个地理概念，因为天山的西端已经伸入邻国哈萨克斯坦了。

南疆主要包括巴音郭楞蒙古自治州（州府为库尔勒市）、阿克苏地区（区府为阿克苏市）、克孜勒苏克尔克孜自治州（州府为阿图什市）、喀什地区（区府为喀什市）、和田地区（区府为和田市），一共是五个地（州）。说来惭愧，我生在新疆、长在新疆，活了大半辈子，最南也就走到库车县（属阿克苏地区），多数情况下，到南疆只在库尔勒市区活动。

这次南疆之行，因为工作的原因，主要去了阿克苏市、喀什市，以及阿克苏地区所属的温宿县和喀什地区所属的疏勒县、塔什库尔干塔吉克自治县(2市3县)，虽然地点比较少、时间也比较短，但给我留下了深刻印象。总的感觉是，不到南疆，等于没到新疆，想了解新疆，先要了解南疆，南疆所展现出来的极具特色的地域文化（建筑、饮食、服饰、习俗、宗教、语言……），较好地体现出地道的、纯正的新疆韵味。

疆域赛瀚海

初来新疆的人，对新疆或许有多种感觉，但"大"肯定是第一感觉。之所以产生这样的感觉，就是在进疆或出疆的过程中，连续乘坐几十个小时的火车或汽车后，仍没有到达目的地，此时，又有几人能不感慨新疆的疆域辽阔呢？真的就像那句老话说的，不到新疆，不知祖国之大啊！

为了真切地看到南疆风貌，我没有选择飞机，而是坐火车从乌鲁木齐到喀什，途径吐鲁番、库尔勒、阿图什、阿克苏等较大城市，总长度为2000多公里，列车员告诉我时，我的第一反应是我没有听错吧！望着列车员忙碌的身影，我的心中升腾起对中国铁路的敬意！

我特别想说的是，这不是全球国际间的旅行，也不是在中国境内省际的旅行，这是在中国一个省，而且主要是在这个省的南部旅行，我还想说的是，如果要走到目前铁路的尽头和田市，还有近500公里的里程。不管多么遥远，将来有了时间，我一定要全程地坐一次，不给人生留下遗憾！

我坐汽车从喀什地区的疏勒县县城到塔什库尔干塔吉克自治县县城，里程是300多公里，如果到县城边缘，也就是红其拉甫口岸，则还有120公里的里程。这条国道314线基本上是直的，总体呈南北走向，这就是新疆一个地级行政区划的容量。而中国最大的县级行政单位，就是南疆巴音郭楞蒙古自治州的若羌县。

新疆人说出个远门，数百公里路程很正常，新疆人说玩个自驾，千把公里路程很正常。外地人初到新疆来，不论是坐火车，还是坐汽车，都要有心理准备，要调解好自己的情绪，否则会很容易上火，欲速则不达啊。当然，如果新疆能尽快修好高铁，那就另当别论了。

历史上的南疆比今天还要大，克孜勒苏克尔克孜自治州的克尔克孜族实际上就是吉尔吉斯斯坦的吉尔吉斯族，塔什库尔干塔吉克自治县接壤的国家其中之一就是塔吉克斯坦，都是塔吉克族，说白了，这些国家原来都是我们新疆的。对中华民族伤害最重的国家有两个，我们不但要记住日本，还要记住俄罗斯。

令人遗憾的是南疆虽然面积很大，但适宜人居的地方所占比例很小，主要原因是缺水。有专家建议，将雅鲁藏布江的水引到新疆来，让戈壁变绿洲，我不懂水利，希望这建议是符合科学的，既为发展新疆，也为教训恶邻。有了水，内地的移民工作就好做了，只要汉族人口达到一定比例，新疆就能真正地稳定下来。

古城换新颜

阿克苏地区、喀什地区历史久远，最早可追溯到秦末汉初。阿克苏是维吾尔语，意为"白色的水"，喀什全称是"喀什噶尔"，也是维吾尔语，意为"玉石集中之地"，两个地区特点鲜明，一个是水资源丰富（冰川水），一个是玉石储量巨大（昆仑玉）。

阿克苏地区辖1市8县，其中，库车县、拜城县一带就是龟兹古国，乌什县一带为尉头古国一部，温宿县一带就是温宿古国，拜城县一带就是姑墨古国；喀什地区辖1市11县，其中，叶城县、塔什库尔干塔吉克自治县一带就是蒲犁古国，英吉莎县一带就是依耐古国，疏勒县和喀什市一带就是疏勒古国，莎车县一带就是莎车古国，巴楚县一带为尉头古国一部，西汉西域36国，阿克苏和喀什两个地区占到了8个。

在南疆活动的数天，遍布市县乡的鲜艳国旗和巨幅标语始终在我视野之内，不仅政府部门、执法机关、教育机构悬挂，商贸市场、施工现场、宗教场所也悬挂，在宗教场所悬挂的国旗旁"爱党爱国"四个大字格外显眼；标语大致可以为分三类：有歌颂党恩的，有宣传社会主义核心价值观的，最多的还是教育民族团结的，比如，"汉族离不开少数民族，少数民族离不开汉族，各少数民族之间也相互离不开""天山雪松根连根，各族人民心连心""各族人民要像石榴籽一样紧紧抱在一起""分裂动乱是祸，团结安定是福"等。这样的教育形式在新疆是符合实际的，也是很有效果的。

越深入南疆，汉族人的身影越少，走在街上，满耳是节奏欢快的民族歌曲，还有好似在吵架的民族群众间的交谈（语速快、音调高）；举目四望，街道两边基本上都是伊斯兰风格建筑，也有一些建筑做了伊斯兰风格装修，大多数群众都身着民族服饰，特别是女性表现尤为明显，头巾、长裙、首饰是标配，民族地区特有的气味不时飘进我的鼻孔，没等我细细分辨，"艾孜热特路""阔纳乃则尔巴格路"等路牌又映入我的眼帘，我给周珊姐发微信：恍惚间仿佛到了中东！

虽然南疆地处祖国一隅，但身居市区县城并不感到落后，基础设施完备、生活物资齐全。支教老师旷运茹告诉我，她毕业于喀什大学，经过17年不懈努力，喀什大学已经发展成为一所多民族、多学科、多形式的综合性、应用型现代化大学。我在塔什库尔干塔吉克自治县县城吃完饭，那个塔吉克族女服务员用生硬的汉语问我："现金？还是微信？"当时把我惊讶得都没有缓过神来。陪同我的王振哥告诉我，马上这个帕米尔高原小县城就要修飞机场了！厉害了，我的国！中国速度，为你骄傲！

南疆地区发展这么快，离不开国家政策的扶持。国家为了发展新疆，采取了"对口帮扶"的方法，阿克苏地区6个市县由浙江对口帮扶，喀什市由深圳对口帮扶，这其中还有一些专项帮扶，遇有重大困难，国家再拨专款，如此，能发展不快吗？你在新疆旅游，会经常见到"某某省（市）援建"的字样。今年，塔什库尔干塔吉克自治县发生"5·11"地震后，国家下拨了大量抗震资金，不仅修复了居民住房，还扩建了许多的公共设施，这是施工工人告诉我的。末了，他说，共产党对新疆太好了!

胜景誉神州

阿克苏境内的诸多古国中以姑墨国势力最大,所以今天的阿克苏也称姑墨。在阿克苏市内有一个"姑墨亭",其实它不是一个亭子,而是一片仿古建筑群,里面又划分为很多区域,比如,国学馆、书画院、乐器坊……西域36国广场、"历史足迹"图文展两个场区,我认为最值得看,也看得最为认真,特别是全面了解了这一地域的宗教演变历程(由信仰佛教转变为信仰伊斯兰教),这一过程是极为血腥的,想快速了解阿克苏的前世今生到这里来好了。

"五岳归来不看山,神木园归来不看树",虽然有点夸张,但反映了天山神木园在阿克苏当地人心中的地位。"天山神木园"在温宿县境内,位于天山托木尔峰南侧前山区,它的奇特在于园林外围是戈壁荒丘,而园内却是已存活千年的百余棵古树。古树的千奇百怪的造型,诸如"奥运五环""腊榆双飞""一箭穿心""马头树""通天门"等,的确让人百思不得其解,以至于让我数度驻足不前。新疆的很多景观,奇就奇在不可复制,独一无二。

喀什市区有三大看点:艾提尕尔清真寺、喀什噶尔老城、香妃墓(简称寺城墓),都反映了伊斯兰教的宗教文化和教众的生活习俗。寺为明朝中期始建,墓为明朝末期始建,这两处景区较好地保留了建筑群落的原貌,不仅具有很强的观赏价值,还有很高的研究价值,我尤为推崇它们的彩绘和镂雕工艺。城虽然修建很早,但基本毁坏殆尽,现在呈现给游人的景观绝大多数都是人民政府修复的,在曲曲折折的老街里走走也是别有情趣的。要说明的是,墓里面埋葬的其实是宗教领袖阿巴克霍加和他的族人(所以也叫阿巴克霍加麻扎,麻扎即为坟墓)。爱美是人类的天性,每个民族都有其独到的审美标准和表现形式。

过了盖孜检查站也就意味着进入了帕米尔高原风景区了,该景区有"万山之祖,万水之源"的美誉。沿途我看到了众多的高原湖泊,最知名的是白沙湖和卡库里湖,湖面就是一面镜子,那么明净、那么静谧,数对新人在拍婚纱照。我还看到了帕米尔高原的标志和代表——慕士塔格峰,这个名字是维吾尔语,翻译过来就是"冰川之父",海拔7509米,围绕主峰两侧发育出许多较大规模山地冰川,呈放射状分布格局,山下建有慕士塔格冰川公园。高原湖泊、高原冰峰,太奇幻、太壮美,真是让人不可思议。

塔什库尔干县城是帕米尔高原景区的核心,这个县紧邻巴基斯坦、阿富汗、塔吉克斯坦，境内中巴红其拉甫口岸通中亚、中塔卡拉苏口岸通过西亚，故有"一县邻三国，两口通两亚"美誉，而且中巴友谊路（其实就是国道314线）穿县而过，大大小小的中式、西式宾馆有十几家，我在县城转悠时，看到两个外国游客团队上来，一队身材高大、金发碧眼，显然是西人，一队身材矮小，贼眉鼠眼，显然是倭人。县城虽小，国际范儿很足。

县城游牧民族的特点很鲜明，城区中心矗立着驯鹰猎人的雕像（我估计是城标），街道两旁特别是十字路口处都有爱护野生动物的石刻，有雪豹、金雕、灰狼……另外，在一些公众场所张贴着塔吉克族谚语，比如，"宁喝朋友的开水、不喝敌人的奶茶""聪明的鹰不和狐狸打交道"。县城内有两处景区，一个是石头城遗址，始建于汉代，由城墙、城门、寺院遗址、居住遗址组成，是中国三大"石头城"之一；另一个是阿拉尔国家湿地公园（也叫金草滩国家湿地公园），是国家一类保护湿地，总面积10万亩，是帕米尔高原游牧文化保留最好的地区之一。

热血写春秋

我是铁路子弟，对铁路系统有着深厚的感情，尽管离开铁路二十多年，但这份情感没有丝毫减弱，我觉得铁路人身上有很多极为宝贵的品质，突出表现为无私的、坚定的奉献意识和执行操守，当然还有很多品质可圈可点，但这是最为核心的。南疆之行，这种品质让我再次感动。

阿克苏火车站、喀什火车站的运行车间均属库尔勒车辆段管辖，我后来得知，库尔勒车辆段一直管辖到和田。我很有幸进入到这两个车间，看了他们的工作和生活环境，并与部分干部职工进行了零距离接触，我登上列车，列车驶出车站许久，我的内心都不能平静，甚至有再去看看的冲动。

阿克苏车间的管理人员叫佟伟，哈密人，工作地点距家约1400公里，喀什车间的管理人员叫吴志刚，库尔勒人，工作地点距家约1000公里，这个距离就已经决定了他们在家庭与单位、生活与工作中只能挑一头，他们与其他领导一起，带领下边的兄弟像钉子一样扎在南疆，在平凡的岗位干出了不平凡的业绩。

两个车间不论是院里还是楼内，都是秩序井然，茂盛的爬山虎旁有责任人信息的标示牌，办公楼前点名区地面上画有每个职工的定位线，部队多年的领导习惯让我留意起两个车间的厕所，确实是无积水、无异味、无污渍。再看工作人员，进出精神饱满、行动迅捷，一切都显着章法、一切都透着精神，支撑这一切的不就是严谨的作风、过硬的养成吗？正如阿克苏车间激励标语写的"让标准成为一种习惯"！

阿克苏车间"党员之家"的展柜里放满了奖牌和奖杯，我印象比较深的是2017年的"先进党支部"（乌局党委颁发）、2015年的"青年文明号"（乌局团委颁发），喀什车间办公楼我没有进去，估计也有很多奖项，吴志刚主任讲的一句话至今还在脑海里翻腾："铁路人的人生轨迹，就是铁道延伸的轨迹，铁道延伸到哪里，我们的足迹就到哪里！"这朴实的语言恰是铁路人坚守南疆的铮铮誓言。

南疆之行，事情突然、决定仓促，本无成功之把握，但在朋友、同学的倾力帮助下，不仅完成了既定任务，并有诸多意外收获。我深深感到，人在社会，定要先做人，尔后再做事，特别是作为一个市场人员必须牢记：推销的本质是让对方接受自己的融入，所以先推销自己，再推销产品，倘若推销自己受阻，那再好的产品也会被人拒之千里！

新疆手记之天山

 说到新疆，人们会马上产生很多联想，但我敢肯定地说，浮现在脑海中最多的一定是天山，说天山是新疆的代名词一点也不为过。这几年，在形容某地风光时，爱用"大美"一词，我想，只有新疆、青海、西藏配得上"大美"这两个字，就新疆而言，这大、这美，天山占了很大的分量。

 我们通常说的天山，指的是我国境内的东天山，长达1760公里，占天山总长度的四分之三以上，横亘新疆全境，跨越了喀什、阿克苏、伊犁、博尔塔拉、巴音郭楞、昌吉、乌鲁木齐、吐鲁番、哈密9个地州市，占新疆全区面积约三分之一，将新疆大致分成南北两部分，南边的叫南疆，北边的叫北疆。

 2013年6月，中国境内天山的托木尔峰、喀拉峻－库尔德宁、巴音布鲁克、博格达4个片区以"新疆天山"名称成功申请成为世界自然遗产，成为中国第44处世界遗产。可见，天山不仅在中国这个小家庭有较大的影响力，就是在世界这个大家庭也有较大的影响力。

 天山是世界七大山系之一，刚才说到了中国境内的东天山，西天山则横跨哈萨克斯坦、吉尔吉斯斯坦和乌兹别克斯坦国，东西天山全长2500公里。还好，最高峰托木尔峰（海拔7435.3m）、第二高峰汗腾格里峰（海拔6995m），第三高峰博格达峰（海拔5445m）都在新疆境内，这让我欣慰不少。

 天山在新疆各族群众心中有着崇高的地位，楚河、锡尔河、伊犁河均源出天山，其中，伊犁河是中国水量最大的内陆河，还有塔里木河，由发源于天山的阿克苏河、发源于喀喇昆仑山的叶尔羌河以及和田河汇流而成，当然，不知名的河流就更多了，正是因为有水，才有了新疆的牧业、农业。从这个意义上讲，天山养育了新疆各族人民。

 新疆的风景名胜很多，大多数都和天山有关，至少前面提到的9个地州市的风景名胜几乎都和天山有关，有的被群山环抱，代表景点有天山天池、天山大峡谷等，有的在天山北麓，代表景点有新源那拉堤草原、博乐赛里木湖等，有的在天山南麓，代表景点有克孜尔千佛洞、天山神木园等，真不敢想象，如果没有天山，新疆将是怎样的单调和乏味？

天山是个超大聚宝盆，据说共有野生动植物3000余种，"天山雪莲"就是其中之一。这种新疆特有的珍奇名贵中草药生长于天山山脉海拔4000米左右的悬崖陡壁上，被奉为"百草之王""药中极品"。我一个同学的父亲常年喝雪莲药酒，每顿饭一小杯，现在已经八十多了，眼不花、耳不聋，一年头到不生病。

从小到大我的感官就被"天山"牢牢占据，市里随便走走，天山照相馆、天山商贸城、天山食品厂……家里随便看看，天山牌电池、天山牌暖壶、天山牌毛巾……此外，搞个文体活动是"天山杯"，颁个荣誉称号叫"天山之子"，写个宣传标语为"天山雪松根连根，各族人民心连心"。多年后，某次和分配到新疆某部的军校同学交流，才知道他所在的部队号称"天山雄师"！

天山对我来说不是抽象的、陌生的想象，而是具体的、熟悉的存在。初中时代，每年暑假学校都会组织部分师生去天山开展一系列现地教学活动，印象最深的就是生物老师教我们辨别各类物种，多数情况下我的心思是不专注的，就盼着哈萨克牧民经过，这样我们就有机会骑马了，学生的欢笑、老师的惊呼在群山间回荡……

天山的雄浑壮阔给了武侠小说大师们无限的创作空间，不论是鼻祖梁羽生，还是宗师查良镛，他们笔下的天山派人物形象丰满、武功招法精妙，让人不忍释卷，《七剑下天山》就是罕有的上乘佳作，只可惜被同名影视作品给糟蹋了！最让我得意的是偌大的天山派没有一个大奸大恶之徒，这一点，就连少林、武当这两大门派也比不了！

在新疆生活过的人对天山有着特殊的感情，这其中尤以兵团人为最。1993年3月18日，戎马一生的王震将军走完了传奇的一生，在生命弥留之际，他给中央写信，要求把他的骨灰撒在天山，永远为新疆人民站岗……统帅如此，部属亦如此，"生与天山结邻，死与天山做伴"，这是230万兵团人精神风貌的真实写照！

致敬天山！

致敬生产建设兵团！

新疆手记之独库公路

　　这两年新疆的独库公路（也叫天山公路）热翻了天，为什么这样说呢？因为都被冠以"中国最美公路"的赞誉了。是不是最美？我不好说，但随便上网查一查，铺天盖地的"美篇"，让人眼花缭乱的同时，不禁有些心驰神往。

　　美篇多是照片，涵盖了不同季节、不同路段的所有景色，一些主要的景点更是全方位、多角度展现，其中也不乏豪车、美女（估计被美颜过），至于文字则少得可怜，仅仅是交代一下本次出行的时间、地点、人物、背景，以及出行的载体和装具。当说到感受，翻来覆去那几个词：不虚此行、美不胜收、人间仙境……也有夸张的，比如，无法呼吸、死了也值、来生再约……

　　独库公路全长560多公里，修筑了近10年，横亘天山山脉中段，一头是北疆的独山子，一头是南疆的库车，打通天山山脉中断这一天堑，为什么北疆选独山子？南疆选库车？这是基于什么样的考虑呢？这就必须要把这两个城市的特点做个介绍，包括两个方面，一个是地理位置，一个是发展状况。

　　独山子是克拉玛伊市的一个区，地名来源于区境内的独山，因不与其他山体相连，独立于戈壁中而得名。独山子地处天山北麓，准噶尔盆地西南边缘，南屏天山，北隔312国道与奎屯市毗邻，西以奎屯河为界与乌苏市相接，东与沙湾县接壤。

　　清光绪年间，独山子就开始开采石油，在维吾尔语和哈萨克语中，称独山子为"玛依塔克"和"玛依套"，意思是"油山"。2008年，我陪军区首长到驻独山子某部检查工作，部队领导汇报单位所用燃料全是独山子政府免费提供的天然气，可见该区油气资源有多丰富！

　　库车是隶属于阿克苏地区的一个县，在维吾尔语中"库车"意为"十字路口"。库车是南疆四地州（指阿克苏、克孜勒苏、喀什、和田）的东大门，是连接南北疆的交通枢纽和五地州（指巴音郭楞、阿克苏、克孜勒苏、喀什、和田）交通要道，同时也是历史上著名的丝绸之路重镇和西域军事重镇。大家都知道的西域都护府，就设在这里，只是那时叫龟兹（大部分在库车县，一部分在拜城县）。

特殊的区位优势自然就蕴藏着巨大的价值，这个价值是多方面的，那个年代首先考虑还是巩固国防。事实上，最早提出修筑独库公路的就是新疆军区司令员杨勇，战争年代走过来的将帅们都有极强的危机意识。当然，除了国防，还有政治、经济、民族等多方面因素的考虑。激发这种价值，需要有外力的拉动，如此，即可对南疆产生全局性、多层次的辐射作用。

于是，一条不可思议的公路将都处于天山中段的、隔山邻近的、一座新兴工业城市和一座传统农业城市连接到了一起，南北疆路程由原来的1000多公里缩短了近一半（原来要东绕乌鲁木齐或西绕伊犁河谷），说白了，党中央就是要直接而快速地给南疆腹地注入发展活力，这是绝对的大手笔，中国共产党人的卓越战略规划能力、坚定末端执行能力，可以肯定地说，全球其他任何国家或地区政府都望尘莫及。

事实证明，这一战略的实施是完全正确的，自"十五"起，随着一系列诸多大型工业项目相继上马，包括南疆铁路的修通，至"十一五"，完全形成了"一山挑两城"的建设格局，有力地拉动了新疆经济的发展（对天山腹地乌苏、尼勒克、新源、和静等地资源也进行了开发和利用）。所以说，修筑这条公路意义深远、意义重大，只是今天那些沉浸在异域美景、忙于拍照的驴友们又有几人能够明白？

修筑这条公路是毛主席亲自批准的，动用的是军委工程兵第四工区力量，他们整体从湖北宜昌移防新疆，投入兵力13000多人。这是一支光荣的部队，组建以来，先后有9个单位荣立集体二等功，43个单位荣立集体三等功，162个单位受到省部级以上表彰，232名官兵为祖国的国防和交通事业献出宝贵生命，700多名官兵受伤致残。不论是战争年代，还是和平岁月，奉献最多的、牺牲最大的始终都是军人！

独库公路翻越哈希勒根、玉希莫勒盖、拉尔墩、铁力买提四个冰达板（海拔均在3000米以上），跨过奎屯河、喀什河、巩乃斯河、巴音敦楞河、库车河等五条主要河流，超过一半以上的地段都在崇山峻岭、深山峡谷之中，280多公里的路段都是在海拔2000米以上。我下车细看，一边的悬崖峭壁上处处都是明显的钢钎的凿痕（另一边是深沟幽壑），与其说是修筑出来的，不如说是开凿出来的。

1983年9月独库公路终于建成通车，但由于地质条件太复杂、太恶劣，塌方、雪崩、水毁等灾害多年危害着公路，所以对公路的维护保养任务非常艰巨。行进过程中，不时看到道路养护工人在清理掉落的碎石，尽管设有大片大片的护网，我忍不住向他们叮嘱要注意安全，他们向我微笑致意！到达哈希勒根隧道口时，我下车驻足停留了好一阵子，这是独库公路最高的隧道，海拔3390米，我用这种方式表达我对公路建设者、养护者的敬意！

军校毕业后我被分配到21集团军某部，恰好部队受领了开挖兰（州）西（宁）拉（萨）国防光缆缆沟的任务。每天是长约20米、宽0.6米、深1.5米的挖掘任务，一天下来吃饭的力气都没有，每天早上，要承受巨大的痛苦，才能让僵硬的四肢伸展开来。我们排一个叫贾善国的山东战士，因为炎热而违抗命令脱掉了上衣，结果背部被高原紫外线灼伤，皮肤大面积溃烂，那种惨状我一生都无法忘记！因为懂得才理解，没有"身受"怎么会有"感同"？

过了"老虎口"（一个形如虎口的隘口），很快就到了"守望天山路"纪念碑，这是一个很有象征意义的标志性建筑物！碑前聚集了很多人，但没有一人去看纪念碑碑文，都在抢最佳的拍照位置、都在做最佳的拍照动作，利于构图、利于光线的位置当然少，于是就有了此起彼伏的争执。我独自默默注视着碑文，脑海里浮现出修筑公路那气壮山河、波澜壮阔的场面……路是躺下的碑，碑是竖起的路！路也好，碑也好，都在用无声的语言讲述着这些无名英雄的事迹！

独库公路的修筑是那个火热年代新疆社会主义全面建设的一个缩影，中国共产党人用自己特有的智慧、勇气和能力，领导各族人民在较短时间内改变了新疆贫穷落后的面貌，这其中，人民军队（军委工程兵、军委铁道兵、生产建设兵团等等）发挥了不可替代的、中流砥柱的作用，这一点不容置疑，且须牢记！独库公路不仅是美丽的路，更是英雄的路，愿后来人不仅欣赏到它的惊艳，更感受到它的伟岸！

致敬独库公路！

致敬人民子弟兵！

新疆手记之乔尔玛烈士陵园

我到一个地方一般情况下要看三个地方：博物馆（院）、烈士陵园、大学校园。表面上看，这三个场所没有什么瓜葛，但其实却有着千丝万缕的关系，博物馆丰富我们的头脑，烈士陵园涤荡我们的灵魂，大学校园点燃我们的梦想，了解过去、感恩当下、展望未来，这就是暗含的内在逻辑！

出发前，王成突然扔给我一条烟。我疑惑地问他："干吗？你知道我不抽烟的！"他很郑重地给我交代："你去了烈士陵园，按照康西瓦[1]的规矩来，要给每个烈士都敬上，168位一个都不要落了，另外，要和陈班长聊聊，他喜欢和当兵的人聊，在那个环境下，他很孤独的！""放心吧，我是代表我们两个人去看！"我用力握了握王成的手！

从独山子出发到乔尔玛有一百多公里，乔尔玛过去是伊犁哈萨克族自治州尼勒克县的一个牧民点，现在已经是乔尔玛镇了，横贯天山的独库公路与通往伊宁的伊乔公路起点在此交汇（向南去库车，向西去伊宁）。从乔尔玛开始，正式进入了风景如画的天山腹地，这里山峦耸峙、河谷狭长、云雾缭绕、风景幽深，然而我无心欣赏，此行目的只为瞻仰陵园和凭吊烈士，以及拜会守墓老兵陈俊贵！

乔尔玛烈士陵园不是一下子修建起来的，1984年1月，新疆维吾尔自治区人

---

[1] 康西瓦：维吾尔语的意思是"有矿的地方"（矿地）。康西瓦在新疆和田地区皮山县赛图拉镇东端，在新藏公路425—437公里处，位于昆仑山与喀喇昆仑山交会点的正北方向。康西瓦是一片茫茫的大戈壁滩，夹在喀喇昆仑山的群山之中，是个交通要道。康西瓦烈士陵园：下219国道右拐不到2公里上坡就到，是为在1962年中印战争中牺牲的战士修建的，这里长眠着为祖国的和平而牺牲的烈士们，其中包括中印战争中牺牲的78位战士和以后在雪域高原为国防建设牺牲和病故的27位战士。坐落于昆仑山下，面向喀喇昆仑山，巍峨雄伟。

民政府、乌鲁木齐军区在乔尔玛修建了天山独库公路烈士纪念碑，缅怀为独库公路工程献身的官兵。因为有这个碑，后来陆续将外地的168位烈士遗骸迁移至此，至2006年尼勒克县政府扩建了基础设施，完备了基本功能，形成了今天的乔尔玛烈士陵园。

实事求是地讲，与我先前去过的烈士陵园相比，乔尔玛烈士陵园显得有点"寒酸"，受地形条件限制（一边是河，一边是山）规模很小，满打满算也就是个中学足球场面积。除了烈士纪念碑还有点气势，其他一切设施都是缩小版的，譬如纪念馆，类似一个两侧略有延伸的独立房，而且那个年代的痕迹很重，譬如陵园入口，很像那种老宅子的对开铁门。

烈士纪念碑后就是墓地，这里一共安葬了168位革命烈士，职务最高的是副师级，叫李黑土，河南人，牺牲时57岁，最小的叫王爱林，新疆人，牺牲时只有18岁。不论职务高低，墓的规制都是统一而简洁的，墓碑上部鲜红的五星极为醒目，这是烈士墓碑特有的标志。一排排整齐的墓碑在山坡上竖立，让我突然想起了列队的官兵！

姚虎成副营长，陕西汉中人，平时干活就是拼命三郎，经常担负突击队队长的角色（突击队主要是爆破和排险，极为危险），因为雪崩牺牲；李善国指导员，湖北武昌人，身先士卒带领官兵打"飞线"（人被悬吊空中，在悬崖峭壁上施工），爱人来队也不休息，因为塌方牺牲。作家李斌奎根据他们的事迹，写出了小说《天山深处的大兵》，后来改编成电影《天山行》，20世纪80年代轰动一时。

再说一个烈士的事迹吧！一个四川新兵在"老虎口"施工，突然塌方，一块巨石压在了他的身上，只有头露在外面。当时没有机械，只有钢钎，战友们使劲撬，但是撬不动，又想用炸药，但人和石头在一起，石头碎了，人也死了。战友们急得大哭，他却劝大家别费劲了，把我和石头一块炸了吧，别误了施工进度。谁能忍心这么做呢？就这样，战友们眼睁睁地看着他气息越来越弱，直至死去……

这个雪山环抱、几乎是与世隔绝的烈士陵园牵动着新疆内外、军地两界众多人的心！这其中，既有这些烈士的因素，一个烈士就是一个家庭，一个烈士就是一帮战友，更有老兵陈俊贵的因素（1978年底入伍），自1986年起，他为战友守墓（最初是在新源县兔耳根乡），这一守就是三十多年，他是一个传奇、一座丰碑，很多人来烈士陵园只为见陈俊贵一面，我的同学王成也是因为慕名而与他相见相识而相交。

说起来，我和陈俊贵还有点缘分，当年他入疆修路分配的单位是二营五连，我毕业履职分配的单位也是二营五连。军人对曾经工作、生活的单位是极有感情的，而且职级越低时这份感情就越深厚，我在集团军、军区工作时，但凡回到临夏，就一定找个机会到五连的楼道转一转，宿舍里的架子床坐一坐、俱乐部里的连史看一看……有时也会忍不住、没事找事地和连队的战士聊几句。

1980年4月6日，上级派陈俊贵和班长郑书林、副班长罗强、战士陈卫星给被大雪围困的40多公里外的部队送信，没想到四人被困在了冰天雪地里。生死攸关之际，班长将仅有一个馒头让给了陈俊贵，结果班长和副班长牺牲，陈俊贵和陈卫星被牧民救下，但陈俊贵腿部冻残，陈卫星脚趾冻掉。陈俊贵1984年底复员后回到辽宁老家后十分思念班长，放弃了县城的工作，带着妻子和刚出生不久的儿子重返天山，为班长等168位烈士守墓……

守墓的过程非常艰辛，一家人在墓地边的地窝子里住了九年（直到1995年，当地政府为其落户那拉提乡，才从地窝子里搬出来），一边守墓修墓，一边开荒种地，饥寒、贫穷、孤独，时刻威胁着这一家人，陈俊贵的爱人孙丽琴坦言曾两次自杀，因为实在撑不下去了。和大多数人一样，我也始终在想一个问题：在当代中国社会发生急剧变化，人们的人生观价值观已经趋向多元化的大格局下，到底是什么支撑这位老兵的痴情守护？

得知我是王成的军校同学，他异常高兴，把我拉到他的家里——陵园门口一侧的几间平房，给我介绍他的近况，主要意思是昔日战友、各级领导、四方群众对他很关照，大儿子已经复员工作了，二女儿现在正在北京当兵，小儿子高中毕业后帮着打理陵园，他很满足，也很感激！非常遗憾我和陈俊贵的谈话时间太短了，来找他的人太多了，我只能要了他的电话号码和他分开。

房子里满是大大小小的照片，墙壁上、桌子上、窗台上都是，既有黑白的，也有彩色的，时间跨度很大，有党和国家领导人，有军委总部首长，最多的还是他和战友、战友亲属、外地游客的合影。房屋的一角堆了几个大纸箱子，小儿子说那是陈俊贵平日里采的草药，家里人用不完，经常送给战友和游人，他还专门强调"很管用的"。我能想象这其中的辛酸，特殊的生存环境把他变成"神农氏"了。

陈俊贵生活境况的真正好转，得益于武警交通二总队副政委党益民在2009年写出了《守望天山》一书，这本书用白描的手法，全景式地介绍了陈俊贵的事迹。该书获"北京文学奖"和"徐迟文学奖"，八一电影制片厂根据此书拍摄了同名电影。陈俊贵本人也被评为"全国道德模范""感动中国人物"！现在，陈俊贵是尼勒克县乔尔玛镇烈士陵园的正式在编职工。

虽然如此，但无情的岁月、特别是恶劣的自然环境对陈俊贵身体的侵害是十分明显的。尽管他的精神状态不错，却也无法遮掩那种历经磨难后的沧桑，脸膛黝黑中泛红，那是常年被高原紫外线照射的症状，牙齿稀疏且发黄，那是常年饮用融化的雪水造成的，还有，他已经严重谢顶。另外，他的腿伤随着年纪的增长也经常发作，要靠喝酒才能压得住那股疼劲。

从陈俊贵家中出来，我就进入陵园瞻仰，人不多，陵园里显得格外幽静，参观纪念馆、致敬纪念碑、凭吊烈士墓……一切结束后，但那个问题却在我脑中挥之不去！在浮躁的现实社会中，生活像万花筒般急速旋转，每一个不甘寂寞的生命都在努力地演绎着自己的"精彩"，或"秀"或"晒"，陈俊贵的坚守让我在迷蒙的现实事像中仿佛看到一道亮丽的明光！

我的人生曾有三段时光很苦闷，第一段时光是军校毕业伊始到部队的头一两年，原因主要是环境的艰苦，尤其是少数民族地区的闭塞，个人愿景与平台现状相差太大；第二段时光是任职机关副处长的后期，有实绩却得不到提拔使用；第三段时光是进入正团的第三年直至离开部队，空有抱负却无法实现，所幸我没有放弃追求，更没有被残酷的环境击垮。坚守助我突围，并使我一步一步成熟。

我希望有一天，能带着孩子再来一趟这天山深处的乔尔玛烈士陵园，我想让孩子认识这位胸怀大义、情满天山的老兵，我想让孩子知道什么是贫苦不失尊严、艰难不失光彩，我想让孩子明白越是外部喧嚣越要保持内心宁静、要勇于用一辈子时间去做一件正确的事，我还想告诉孩子你无法拥有一个完美的人生，但你可以创造一个无悔的人生！

致敬乔尔玛烈士陵园！

祝福老兵陈俊贵！

难忘塔城之行

严格地讲，我在塔城仅停留了一天半时间，时间短暂，但印象深刻；我去时已经是九月中旬，温度最低为8℃，天气是清冷的，内心却是温暖的。由于工作繁忙，我一直没有动笔，这份深刻、这份温暖在心中积聚多日，以致后来产生了不安，甚至愧疚，仿佛不把此行的感受记录下来就对不住塔城，对不住好友，所以我决定不再拖延，尽管我没有生花的妙笔。

塔城是新疆塔城地区的区府，全称叫"塔尔巴合台"，这是蒙语，意思是"旱獭出没的地方"（这当然不是指现在），"丝路净土、康养天堂、油画塔城"是塔城的美誉。古龙说过：一个人的名字可能起错，但绰号一定不会错的。一个地方的名字可能起得不合适，但它的美誉一定是准确而形象的，不用我介绍，你能想象塔城的天有多蓝、云有多白，空气有多纯净、环境有多优美。

塔城是美丽之城

我说塔城美丽，既是说市容之美，更是说市民之美，仅有市容之美，城市是生硬的，倘若加上市民之美，城市就生动了。塔城不大，整个城市干净整洁，主要道路宽阔平坦，早期建筑多有俄罗斯风格，塔城是以汉族、哈萨克族为主体的，多民族混居的一个城市，不论是哪个民族，哪个区域，都是那么热情，那么友善。在塔城我有两次问路的经历，令我难以忘怀：

第一次是问一个汉族阿姨"城墙遗址"怎么走？她听了我的问话，眉头立刻皱了起来，这是啥情况啊？知道还是不知道啊？搞得我一头雾水！我小心地问："阿姨，您犯难吗？"她听我这么问，就笑了："不犯难，我在想怎么过去最省钱，我不想让你打的，浪费钱！"听了她的解释，我恍然大悟。之后，她详细地把先坐哪路公交？坐到哪个车站？再换乘哪路公交？等等，一一给我交代清楚，然后才离开。

第二次是问一个少数民族女孩"红楼博物馆"怎么走？我一般不找少数民族问路，主要是怕语言不通。问这个女孩纯属偶然，当时她从对面走来，穿着挺时尚，我没看出是少数民族。还好，她会说汉语。她告诉我："红楼博物馆就在前头，直走就行！"之后就擦身而过。没想到，一会儿她又追上来了，"啰哩吧嗦"地给我做了一番补充说明。原来，这条街叫红楼街，有很多建筑物与红楼博物馆外观很相近，她怕我找错了。

不仅是问路，其他方面亦是如此。因为我是初次到塔城，友人焦涛很想让我品尝一下塔城的美食，带我去了一家俄式餐厅。俄罗斯老板娘见我们人到齐了，就建议将预订的五人菜量换成四人菜量（一人临时有事没来），餐厅是根据客人数量提供定制饮食。在我们没有提及的情况下，她主动建议减少菜量，确实是为客人着想。可能是焦涛采纳了她的建议，她高兴地为我们讲解起羊腿面包的做法，这道菜可不简单，上过央视《舌尖上的中国》节目。她的质朴让我心情大好，胃口大开。

现在的城市特别是一些大城市，程式越来越重、节奏越来越快，一切都是硬硬的感觉、一切都是匆匆的状态，除了欣赏自我，很少关注他人，个别有识之士甚至发出了"大城市已经成为人类情感的荒漠"的惊呼。人们已经很难让自己的内心沉寂下来，更极少人用自己的善意容让周边，很多美好的东西悄无声息渐行渐远，只是大多数人还没有意识到，但在塔城这些美好的东西都得以完好地保留。

塔城是繁荣之城

塔城没有工业（生态超好的原因所在），经济支柱主要是农牧业，这得益于耕地面积大、水资源丰富、光照充足等良好条件，区内驻有新疆生产建设兵团农七、八、九、十师所属的36个农垦团场，这个体量在新疆其他地区是很少见的，其原因就是1962年初夏的"伊塔事件"的影响。较大的兵团规模既保证了北疆社会的稳定，又推动了当地农牧业的发展，老一辈革命家的政治设计是多么高明啊！

塔城与哈萨克斯坦共和国接壤，著名的巴克图口岸离塔城市区只有12公里，巴克图口岸作为陆路通商口岸已有250年的历史，目前，它已成为我国连接俄罗斯及中亚各国最便捷的口岸，被誉为"中亚商贸走廊"。我专门到巴克图口岸看了看，装满货物的重卡来来往往，过境观光的游人也是熙熙攘攘，对有的哈萨克族群众来说，过境如同串门（通婚比较普遍），似乎办理手续并不是很复杂，一派欣欣向荣的气象。

因为边贸发达，塔城有很多俄罗斯及中亚商品专卖店。我也进去逛了逛，比较吸引我眼球的是格鲁吉亚的红酒、俄罗斯的伏特加，好喝不好喝我不知道，但瓶子造型真是好看，以及中亚诸国的蜂蜜、奶制品，站在店里，浓郁的奶味直往鼻孔里飘，真诱人啊！同行的马小龙告诉我，俄罗斯和中亚的东西工艺一般，但材质却是货真价实，很多到塔城的人都会带一些送给亲朋好友。

看一个城市有没有活力关键是看夜晚，具体地讲，就是灯亮不亮、人多不多。次日夜晚，经过一番图上作业，我专门挑了几条主要街道，不紧不慢地逛了起来。虽然不如昼间喧闹，但在一些主要的购物、餐饮场所依然是灯火通明、人声鼎沸，尤以"塔城美食城"为最，从衣着打扮看，有相当一部分是外地游人。由于接近"十一"国庆，临街的商铺已统一插（挂）上了国旗，在彰显繁华的同时，也给城市增添了几分喜庆。

一个城市的繁荣昌盛，离不开一批敬业奉献的人。焦涛是一名老电信人了，多年来一心扑在工作上，经常是数月回不到乌鲁木齐的家，国庆假日期间同他通电话，得知他正在加班写单位的对接会材料；吕润波大哥都已经退休了，但他志存高远，坚持每天自学五个小时以上，顺利通过了国家环评师的考核，他说："人在小城市，心有大格局！"焦涛和吕润波都是塔城人拼搏进取的缩影！

塔城是光荣之城

1969年3月的东北珍宝岛保卫战，以我方胜利、苏方失败而告终，但苏联当局并不甘心接受这样的结果，随后在西北方向寻衅滋事，1969年的6月和8月，塔城边境相继发生了"塔斯提流血事件"和"铁列克提武装冲突流血事件"。为了进一步深入了解这段历史，也为了缅怀在两次流血事件中牺牲的烈士，我决定到塔城烈士陵园去一趟。哪有什么岁月静好，只是有人替你负重前行！

从伊宁路（东西走向的一条主路）拐入一条巷道（如果坐1路公交车，可以在烈士陵园站下），大约走十几分钟，就来到了塔城烈士陵园，塔城烈士陵园其实是塔城第一公墓的一个局部，主要由三部分组成：革命烈士纪念碑、纪念馆、墓园。从新旧程度看，纪念馆新建不久，可惜的是没有开馆，不能获得更多的有价值的信息。墓园内部分烈士的墓前摆放有水果、点心等祭品，有人惦记着这些烈士让人感到欣慰。

瞻仰完纪念碑，我逐一开始看墓园里每位烈士墓碑上的生平介绍，都是来自五湖四海，年龄均不大，最高职务是代理连长，还有一名翻译军官，令人遗憾的是个别烈士连照片也没有留下。两次事件，苏军均是偷袭，所以战斗初期，我边防官兵仓促还击，伤亡数量较大。历史学家在评价沙皇俄国对我国的侵略时，用了三个极端：极端贪婪、极端无耻、极端残暴。我认为，用在苏联边防部队身上也是很准确的。

我特别要提一下孙龙珍烈士，她是个女同志，江苏人，1959年支边到新疆。"塔斯提流血事件"中，她为保卫国家领土，捍卫民族尊严，把个人生死置之度外，带着六个月的身孕参加战斗，不幸中弹牺牲。看着烈士英姿勃发的照片，我的心情久久不能平静。生活在当下的我们，可曾想过这样的安全环境是怎么来的？这两个事件在当时，可都是轰动全国的，现在又有多少人能够记得？

朱立辉告诉我，著名的"小白杨哨所"就在塔城地区的裕民县。20世纪80年代初，锡伯族战士程富生将母亲交给的10棵小白杨带到塔斯提哨所栽种，但由于缺水最后仅存活了一棵，战士们视这棵树为宝贝，将洗脸刷牙的水省下来浇灌。1990年总政歌舞团到新疆采风，创作了歌曲《小白杨》，后经阎维文演唱，一夜传遍大江南北。现在塔斯提哨所已经成为新疆新时期爱国主义教育基地。我在原兰州军区工作时，曾经陪首长到边防检查工作，边防官兵的革命乐观主义精神至今仍激励着我。

忘记等于背叛！教育应有基础和专业之分，对于前者，不是想接受不想接受的问题，也不是想选择不想选择的问题，而是必须接受的，没有选择的，而且要反复灌输、强行固化。牢记过去不是为了增加仇恨，而是为了更好建设明天。今天台湾也好，香港也好，持"独"观点年轻人所暴露出来的幼稚，就是对历史缺乏认知，进而对自身缺乏定位，以至于自以为是、骄狂蛮横，我们要吸取这个教训。

由于环境的改变，也或者是工作的调动，我们身边的朋友总是在不断地离去，这往往让我们伤感不已。但与此同时，又总会有一批新的朋友进入我们的视野，譬如这次塔城之行，正是这种不间断地、持续地，似乎又有某种规律性的事件地反复发生，使我们的生活精彩不断，每一个新朋友都是你认识这个世界的一个窗口，每一个新朋友的到来都将引领你进入了一个崭新的领域。所以，不必为老朋友的离去而伤感，正所谓"莫愁前路无知己，天下谁人不识君"，一切随缘，自在欢喜。

孤独的格登碑

　　去瞻仰格登碑实属偶然，说来惭愧，作为一个新疆人，我之前竟没有听说过格登碑。还是在和李和大哥聊天中，他突然说起了格登碑。"建成，我看过你写的文章，特别是一些游记，寓情于景，情景交融，我建议你抽点时间去看看格登碑，相信你会有很多感触！"李和大哥在我心中有很高的威望，他的建议是要听的，就这样，我去瞻仰了格登碑！

　　格登碑之所以叫格登碑，是因为它位于格登山上，也叫格登山碑，两者都是简称，简称反映出来的信息量太小，很难引起人们的关注。其实，格登碑全称是"平定准噶尔勒铭碑"，亦称"平定准噶尔勒铭格登山之碑"（勒铭就是镌刻铭文，比喻建立功勋）。行文至此，读者心中是否已经隐隐感到了此碑的不同凡响，以及它所承载的历史厚重感？

　　我想，即使是不熟悉清康雍乾三朝历史的普通群众，也不会对"准噶尔"一词感到陌生，因为大量的影视作品都涉及这段历史。由于路途遥远、交通不便，平定准噶尔部叛乱的难度相当大，前后持续了70多年，由于清朝统治者意志坚定，手段强硬，在付出了巨大代价之后，最终平定了叛乱，确立了近代中国统一的大格局。这是中国历史上的重大事件！

　　出了昭苏县城向西南方向行进，途中经过新疆生产建设兵团农四师76团，大约60公里后就到了格登山，看上去并不险峻巍峨的格登山因为石碑的存在而声名远播。"格登"是蒙古语"凸起的后脑骨"之意（因山形拱起如脑骨，故名）。格登山之役是清朝政府平定准噶尔上层贵族叛乱活动的最后决胜之地，在此立碑其意义也就不言而喻了。

　　乾隆二十年（1755年）2月，清军进军伊犁，讨伐准噶尔部达瓦奇，达瓦奇退守格登山负隅顽抗。5月14日夜，翼长阿玉锡、章京巴图济尔噶尔、宰桑察哈什三巴图鲁率22名精锐骑兵，夜袭达瓦奇大营。史料记载，当时是漫天大雪，由于出其不意，一举击溃叛军。达瓦奇南越天山逃到乌什，被乌什阿奇木伯克霍吉斯擒献清军。

格登山一战宣告了准噶尔割据政权的彻底覆灭，结束了祖国西北边陲长期分裂割据的局面，对维护祖国统一、捍卫领土完整、反对民族分裂有着重大意义。为了纪念，或许也有震慑的考虑，乾隆二十四年（1759年），这位皇帝命令"来春于伊犁格登山刻石记功"，并亲自撰写了碑文，这也是边疆地区非常罕见的乾隆皇帝御笔之一。

乾隆二十五年（1760年）春，格登碑立，碑高2.95米，宽0.83米，厚0.27米，碑额镌刻盘龙图案，碑额的正面刻"皇清"，背面刻"万古"，碑座是日出大海的浮雕图案，碑身正面刻汉文和满文，背面刻藏文和蒙文，汉字共210余字，主要记载了乾隆年间，清军平定准格尔部首领达瓦齐叛乱、收复伊犁的伟大战役。现在格登碑已经是国家级文物。

初上格登山，目力所及光秃的山顶上只有一座亭子，原来石碑就在这座卓然独立的亭子之内。亭子为八角琉璃瓦盖顶的砖石建筑，趋前观望，亭子四围均为铁栅栏门紧锁，亭内石碑为巨型花岗岩石，昂然耸立，虽经风雨侵蚀，碑文漫漶斑驳，但仍旧精神饱满，毫无颓丧之态，很有威仪四方的肃穆庄严。站在它的面前，你不能不被它感染和震撼。

格登碑是历史碑、英雄碑，也是边陲碑、国界碑。格登碑正面面对的是哈萨克斯坦的一个小村庄——松柏山庄。中哈两国是以苏木拜河为界，河床大致呈"S"形。河上的小桥是会晤站，是中哈两国会晤的简单通道。正是这块石碑，确立了昭苏县这1.12万平方公里甚至是更多的地方是中国的国土，它是一块真正意义上的护国碑！

我注视着碑亭缓缓绕行，觉得有很多话想给它说，也觉得它有很多话想给我说，是什么呢？来瞻仰格登碑的游人不多，在格登碑前匆匆拍完照片之后，主要精力就放到对面哈国的村庄了，似乎在热议对面公民可能的、悠然的生活方式。此时的格登碑突然变得是那么的孤独、落寞！我不忍直视，便将头扭转过去。

格登山北面，距离格登碑大约200多米有一座边防哨楼，哨楼顶部飘扬着一面鲜艳的五星红旗，在蓝天白云的映衬下，显得是那么的醒目，那么的神圣，那么的自信，那么的亲切！我想，在那哨楼里一定有锐利的目光注视着对面发生的一切，这恬静的乡下美景定然影响不了他们的警惕！

格登山南面，山脚下的一处较为平坦的开阔地，边防战士正按照兵种专业的区分，严肃认真地组织训练，动作制式规范，体现出良好的单兵素质。没有一丝风，骄阳当头，身着战斗装具的战士们肯定已经湿透了。脑子里永远有敌人，肩膀上永远有责任，眼睛里永远有任务，胸膛里有永远有激情！

格登山西面，面对哈国的山坡上，如果用军事术语讲，就是正斜面上，用大小均匀的石子摆着"种地就是站岗，放牧就是巡逻"十二个大字，石子用白灰刷过清晰夺目，我的精神为之一振！这边防连队操枪弄炮的战士，这生产建设兵团屯垦戍边的职工，哪一个人不是一座令人肃然起敬的格登碑呢？

有时候我们太习惯拥有了，觉得一切都是正常的、应该的，以至于忘记了珍惜，忘记了感恩！包括对这安全环境的拥有，我们像呼吸空气一样肆意享受，可曾想过一旦失去的严重后果？我再次凝视格登碑碑文：格登之崔嵬，贼固其垒；我师堂堂，其固自摧。格登之崔嵬，贼营其穴；我师洸洸，其营若缀……

不应被遗忘的伊犁将军们

认识伊犁将军们是从参观惠远古城开始的。惠远古城位于新疆伊犁霍城县，主要景点有伊犁将军府、惠远钟鼓楼、惠远文庙三处。

惠远古城的命运非常波折。旧城于1763年（乾隆二十八年）开始修建，历时三年完成。1871年（同治十年），沙俄侵占伊犁，将旧城基本拆毁。1881年（光绪七年）左宗棠率军收复伊犁，次年，也就是1882年，在惠远旧城以北15公里处仿照旧城修建了新城。乾隆帝钦赐城名为惠远，意为"皇恩浩荡，惠及远方"！

别看现在的惠远古城貌不惊人，1883年新疆建省前，它可是新疆的政治、军事、经济、文化中心，说白了就是新疆的省会，建省后省会迁至迪化（乌鲁木齐的前身）。史书记载，当时的惠远城内大街小巷商铺林立、百货云屯，市肆极为繁华，有"小北京"之称。

1762年清政府在伊犁设置了伊犁将军，为满足驻军、办公的需求，所以最高统治者决定修建惠远城。设将军也好、建城郭也好，这一系列动作背后的考量，就是伊犁特殊的地理位置（与境外联系的主通道、与沙俄角力的主战场），必须确保中央王朝对这一重要而又敏感地区的牢牢管控。

伊犁将军是清政府1759年平定大小和卓叛乱、重新统一天山南北后，设置的新疆地区最高军政长官，统辖新疆南北两路，包括巴尔喀什湖（今在哈萨克斯坦境内）以东、以南，额尔齐斯河上游，天山南北两路，直至帕米尔等地的军政事务。伊犁将军之下，设都统、参赞大臣、办事大臣、领队大臣等职，分驻天山南北各地，管理本地军政事务。

清朝将军以驻防地名为号，即盛京将军、吉林将军、黑龙江将军、乌里雅苏台将军、伊犁将军、绥远将军、江宁将军、凉州将军、西安将军、宁夏将军、荆州将军、杭州将军、福州将军、广州将军。其中，伊犁将军为正一品武官（其他为从一品），权力是最大的。新疆建省后，伊犁将军主要负责北疆防务，辛亥革命后，伊犁军府建制被取消。

150年间，共有33人、48人次提任过伊犁将军之职，总的看，这些伊犁将军们都有不俗的表现，为抗击外敌入侵、保卫祖国边疆做出了突出贡献。比如长龄两次出任伊犁将军，分别于道光五年、道光十年两次赴南疆平乱（叛乱背后都有沙俄的支持），并且都取得了成功，联想到他身后那个虚弱的帝国，不禁让人感叹！

我在国防大学上学时，教员曾组织我们围绕"国力式微、吏治腐败，军队是否就一定会打败仗"这个议题和同学们展开讨论。我是唯一一个持否定意见的学员，当时我举了左宗棠收复新疆的例子，当然我也深知没有中央政府这个强有力的后盾，军队要想打胜仗，将帅的内心有多么的苦！从左宗棠抬棺入境这一举动我们可见一斑！

让我惊讶的是这些出身行伍的伊犁将军们，不论是战略思想，还是战略实践，都是极其高明的。他们综合运用军事、政治、经济等多种手段，比如，在军事上修建了"伊犁九城"，形成了完整的防御体系，在政治上分化敌对集团上层，最大限度争取各方面力量，在经济上发展以屯田为主的多种生产，提高百姓的生活水平，巩固了祖国的边陲。

张文木先生说："英雄的高度即民族的高度。"这不由使我想到，战后日本政要们将一堆有战无略的"二百五"供奉为"靖国神"，这些"二百五"和政要们的战略思想和战略实践还不如我们清国的一个边疆大吏，如此狭隘的胸怀、如此短视的眼界，这样的偏执民族能有出息？这样的弹丸岛国能有前途？打死我也不相信！

伊犁将军职位显赫，但能够出任的原因却是十分复杂，有一种情况是我没有想到的，就是在内地任职犯了错误，改任伊犁将军，很有戴罪立功的味道。但不管怎么说，这些人的能力是硬杠杠的，比如前面提到的长龄，就是在山东巡抚任内因事被夺职。事实上，惠远古城还和一位民族英雄有关系，那就是林则徐，他曾居住于此两年之久，领导百姓开通水利。

一个人在顺境中能够做一番事业是不足为奇的，倘若在逆境中能够做一番事业那就另当别论了。现在人们在评论一个成功人士的卓越与否，已经不单单地看他事后的成就了，而是把他事前的条件与事后的成就结合起来，如此更加客观。我想说的是，世界上只有一种真正的英雄主义，那就是认清生活的深渊之后，依然热爱生活。

最后两任伊犁将军的命运非常奇特。先说广福，他两次任伊犁将军，第一次是光绪三十一年（1905年），第二次是宣统元年（1909年），宣统三年（1911年）正月，授杭州将军，但因辛亥革命爆发，滞留伊犁。再说志锐，他接广福的班出任伊犁将军，在任时努力开拓，试图有所作为，是年十一月，辛亥伊犁起义爆发，被枪决示众。戏剧性一幕出现了，滞留伊犁的广福被起义者推为伊犁临时政府都督。

读史至此，不胜唏嘘！中国人常说"势利"和"势力"，这两个词基本意思是一样的，就是有势才有利，得势才得力。你若在大势上，这个"利"就会养你；若不在大势上，这个"利"多一分都伤你。所以人一生要追求祖国大势，不要追钱。傍大腕远不如傍国运，与祖国共命运，与人民同沉浮，才是人间正道。正所谓"运来天地皆同力，运去英雄不自由"。

乾隆二十六年至三十一年（1761—1766年），清朝从凉州（今甘肃武威）、庄浪、热河（今河北承德）、西安抽调满洲、蒙古八旗官兵，编设满营；从辽宁抽调锡伯官兵，编设锡伯营；从张家口外察哈尔八旗（今内蒙古自治区锡林郭勒盟）抽调官兵，编设察哈尔营；从黑龙江抽调鄂温克、达斡尔官兵，编设索伦营。以上各营皆携眷移驻。此外，招抚原新疆厄鲁特蒙古流散人众，并迁移早期归附清朝后安置在热河的部分厄鲁特达什达瓦部众，编设厄鲁特营。同时，从陕西、甘肃等地抽调绿营官兵携眷移驻伊犁。

满洲、蒙古、锡伯、达斡尔、鄂温克、汉、回等各民族官兵，从家乡西迁而来，扎根祖国西北边疆，世代生息繁衍，所以说新疆是各民族的新疆。我在疆外工作多年，已经不知有多少次被人说不像新疆人，我都予以了坚决的纠正，绝对不能将个别少数民族认为是新疆人，其他民族就不是新疆人，这是一个极其错误，又是一个极其危险的认知！

我是新疆人，或者说准确一点我是疆二代，我生在新疆、长在新疆，对新疆有浓厚的感情，每每研读新疆的历史，我都禁不住背上发凉、头上冒汗，晚清的新疆真是命悬一线啊！没有被分裂出去，实乃中国之大幸！如果真的分裂出去，安全上我们失去了战略屏障，发展上我们失去了丰富能源……总之，是太多太多，不敢想象。

感谢古往今来无数的仁人志士，正是他们不屈不挠、艰苦卓绝的斗争，使得我们国家统一、主权独立、领土完整。古人如此，今人亦是如此，我不禁想起了在伊宁县喀什乡塞皮尔村驻村的曹彦梅主任、在伊吾县前山乡石磨沟村担任"访惠聚"工作队队长的陈玲局长、在莎车县阿拉买提乡吾斯塘村支教的夏力老师……他们既是平凡的又是伟大的，无数的他和她正汇聚起新时代推动新疆发展的滚滚洪流!

　　我们从古以来,就有埋头苦干的人,又拼命硬干的人,有为民请命的人,有舍身求法的人,……虽是等于为帝王将相作家谱的所谓"正史",也往往掩不住他们的光耀,这就是中国的脊梁。让我们拂去历史的灰尘,让伊犁将军们的光辉形象留驻在我们的心中,因为他们"死生,命也,成败,天也,苟利社稷,不敢不竭股肱以为门墙辱",当为我辈所景仰!

东疆忠魂耀千秋

　　说到哈密的人文景观，我个人认为应首推哈密回城。回城有两部分构成，一部分是哈密王府（也叫回王府），一部分是哈密王陵（也叫回王陵），回城已经毁于战火，现在这一片区域叫回城乡，一听就知道是沿袭了旧称。王府和王陵相距很近，徒步即可达到，参观时非常方便。我上中学时参观过哈密王陵，乙亥春节，在许新杰大哥的陪同下，我又参观了哈密王府！

　　为什么哈密王又叫回王呢？乾隆二十四年（1759年）平定大小和卓之乱后，西域重入清朝版图，称为"西域新疆"，后简称"新疆"。新疆分为南北二部分，天山以北的蒙古准噶尔部故地为"准部"，天山以南的叶尔羌国故地为"回部"，回部与准部相对，并称"南回北准"。准部和回部的称呼由来已久，1759年只是将其以官方的名义正式确定下来。

　　回部的具体范围界定：天山以南，昆仑山以北，玉门关、阳关（甘肃）以西，帕米尔高原（中亚）以东，回部与南疆是完全不同的地理概念。回部不设郡县，而是划分为以大城市为中心的九个辖区，即喀喇沙尔（今焉耆县）、库车、阿克苏、乌什、喀什噶尔（今喀什市）、叶尔羌（今莎车县）、和阗、吐鲁番、哈密。所以，哈密王也叫回王。

　　第一代回王额贝都拉是一个很有政治远见和家国情怀的维吾尔族领导人，康熙三十五年（1696年），他抓住康熙皇帝御驾西征的历史机遇，毅然摆脱准噶尔部归附清政府。这在当时绝对称得上是一了不起的壮举，对于额贝都拉来讲，准噶尔部就是家门口的恶狼，弃暗投明肯定会遭到疯狂报复。尽管有风险，但也要做出抉择，因为这是民族大义，这是人心所向，历史证明，他的抉择是正确的！（对这段历史感兴趣的读者可以阅读拙作《孤独的格登碑》）

　　毛主席曾说："什么叫领导？领导和预见有什么关系？预见就是预先看到前

途方向。如果没有预见，叫不叫领导？我说不叫！"在毛主席看来，一个领导必须具备预见的能力素质，否则他就不是一个合格的领导！从这个意义上讲，额贝都拉是一位合格的领导，我相信，他的抉择不是一种投机行动，而是经过深思熟虑之后的审慎行为。

由于他的归附，使得战争的天平开始向清政府一边倾斜。因为哈密的地理位置太重要了！哈密位于新疆东部，是内地进疆的要道，自古就是丝绸之路的咽喉，有"西域襟喉，中华拱卫"和"新疆门户"之称。清政府有了哈密，就相当于建立了桥头堡阵地，对疆内的各种分裂势力采取军事行动进可进、退可退，攻守自如。试想一下，如果没有哈密在手，中央王朝对疆内的历次平叛行动又怎能成功？

康熙三十七年（1698年）秋额贝都拉奉诏进京，康熙皇帝封其为哈密回部"一等扎萨克达而汗"（意思是哈密回部的最高首领），代表清王朝坐镇哈密，从而开创了233年的哈密回王史。这其中还有一件趣事，额贝都拉给康熙皇帝准备了羊角、鹿皮、甜瓜等诸多贡品，但康熙只对甜瓜感兴趣，品尝之后龙颜大悦，赐名哈密瓜。哈密之名，正始于元朝，哈密瓜之名，则始于清代。

第二年额贝都拉返回时，从京城请来了汉族工匠设计修建王府和回城，毕竟身份变了，有了较高的政治地位，也必须有与之相衬的城郭和府邸，城与府费时7年方竣工。这里我们重点说说王府。王府土墙高台，琉璃瓦顶，飞檐斗拱，园林交错，是当代新疆境内规模最大，最有特色的一座宫廷建筑，有"西域小故宫"之称。可惜的是1931年，驻哈密省军竟为了寻找财宝，将王府"付之一炬，夷为平地"，今天我们看到的王府都是依照留存的图纸仿建的。

王府最大的特点就是把各民族的建筑风格有机融为一体，主体建筑是汉民族的风格，其他还有满、维、蒙等民族的风格，比如屋顶，有中式八角攒尖顶、有满族式曼陀罗顶（中心辐射状）、有伊斯兰式的穹隆顶、有蒙古式盏顶。我在回王大殿、宣礼楼等建筑物间漫步游览，毫无生硬违和之感，千百年来各民族共同孕育和繁荣了华夏文明，你中有我，我中有你，各民族就像石榴籽一样紧紧抱在一起！中华民族相亲相融这是历史的趋势，没有人能够阻挡！

回王陵修建较晚，是为纪念七世回王伯锡尔而修建的。同治五年（1866年）冬，阿古柏的走狗马真率大军攻陷哈密，伯锡尔被俘。史书记载："郡王大骂逆匪，我世受国恩，岂肯从逆？突夺旁立贼匪长矛刺毙贼匪两名。"叛军恼羞成怒，将他以及妻子、部下全部杀死。清政府追封他为和硕亲王（清朝宗室爵位共分十二级，和硕亲王是最高封爵），为其建立祠堂！我阅读至此，禁不住泪下，遥想当年新疆危矣，如果没有像伯锡尔这样的爱疆保疆人士，后果真是不堪设想！

从一世回王额贝都拉算起，到九世回王沙木胡索特共9代，历代哈密回王对清政府忠心耿耿，反对分裂势力及外来侵略，被清政府封为"回疆八部之首"（哈密、吐鲁番、阿克苏、库车、和阗、叶尔羌、乌什、拜城）。特别是四世回王玉素甫参与平定达瓦齐叛乱和大小和卓叛乱，"具著劳绩，著加恩赏给郡王品级"，画像被列入了紫光阁。这也从一个侧面反映出回王的家风非常好，既有开拓创新者，又有传承接续者。

这其中还有一位女英雄，由于八世回王默哈莫特患有先天性软骨病，他的母亲迈里巴纽代行政务，同治十二年（1873年）叛匪白彦虎攻破哈密回城将其劫持，她身处敌营一身正气、大义凛然，托人给默哈莫特带话"世受皇上天恩，不敢做叛逆之事"，直至光绪三年（1877年），才被清西征大军前敌总指挥刘锦堂解救。《西域杂述诗》作者萧雄赞叹："福晋亦巾帼丈夫也！"

迈里巴纽的事迹应该大书特书，特别是当下新疆正在经历一场前所未有的社会变革。我在和新疆的一些驻村干部交流中，多次提到要重视农村妇女思想解放的工作，要帮助她们自立自强，切实提高她们的地位，先是家庭地位，后是社会地位，彻底砸碎她们身上的民族的、宗教的枷锁，这对于做好新疆的稳定工作和经济工作都有重要意义。

哈密九世回王中只有二世郭帕因在位只有3年、八世默哈莫特因病未能进京朝觐清朝皇帝外，其余7位全部都去北京朝觐过清朝皇帝。六世额尔德锡尔和七世伯锡尔各朝觐4次，九世沙木胡索特朝觐次数最多，达6次，他还在北京当值两年，天天上朝参政议政。可以说，这个家族的血脉已经完全融入中华民族这个大家庭之中了。尊重历史的最好方式就是去深入学习、真正明白，如此，一切谣言就不攻自破了。

回王拥有军政合一的权力，所以历代回王的功绩不仅体现在军事斗争中，还体现在生产建设中，比如，末代回王沙木胡索特注重发展农业，请来吐鲁番的工匠，在哈密大规模修建坎儿井；再比如，他注重兴办教育，修建了号称新疆五大书院的"伊州书院"，拿出资金办义学（不收钱），使当地人接受了教育！总之，历代回王的功绩是全方位的，对哈密的影响是深远的。

历史是一面镜子，总给我们无限的遐想和无尽的启迪！"中国核司令"程开甲说："我这一辈子最大的幸福，就是自己所做的一切，都和祖国紧紧地联系在了一起！"一个人、一个家，放进历史的长河中去看，是多么的渺小，多么的微不足道啊！只有把自己的命运和祖国的命运紧密相连，才是有价值的、有意义的，也只有这样，才有可能干出一点成绩、得到一丝慰藉！

致敬平型关

平型关古称瓶型寨，金时称瓶型镇，清时称平型岭关，后来把"岭"字省略了，就称平型关了。因为1937年9月25日的一次战斗，一次在中（抗击）日（入侵）两国军队间的极不平凡的战斗，几乎是在一天之内所有中国人都记住了平型关这个名字。从此，平型关这座冷兵器时代的普通关隘，就和光荣、英雄、伟大等一系列美好的词汇永远联结到了一起。

平型关在山西省大同市的灵丘县，大同是山西最北的一个地级市，与河北、内蒙古接壤，自古就以边塞、边关、边城著称。历史上有名的"燕云十六州"，燕指的是幽州，也就是今天的北京，云指的是云州，也就是今天的大同。借着到大同办事的机会，我和王嘉严（他是作训参谋出身，有着极好的战术素养）决定去一趟灵丘，寻访平型关战斗遗址。

我在国防大学读书时，曾经赴陕北青化砭、羊马河、蟠龙三地，现地聆听教授们讲授这三个著名的战例。那次教学实践给我留下了极其深刻的印象，相对于室内教学来讲，现地教学更为生动形象，最大的好处就是研究者能够穿越时空，身临其境地理解指挥员当时的思维活动。事实上，作战筹划好了，战斗已经胜利了十之八九。

我们从大同市出发，先后经过大同县、浑源县，最后到达灵丘县白崖台乡。途经的浑源县旅游资源极为丰富，天下闻名的北岳恒山就在浑源县境内，此外，浑源特色小吃浑源凉粉享誉晋北，喜欢美食的朋友不要错过。行进路线总体走向是西北东南，山路曲折，加之往来于河北山西的大车很多，我们走得很慢，不到180公里的路程，用时将近4个小时。

日军占领大同之后，兵分两路向雁门关、平型关进攻，企图进逼太原，我八路军115师为配合国民党友军正面作战，在战区长官阎锡山的统一调度下，对敌第21旅团（旅团相当于我们的师）的辎重部队进行伏击作战。一些别有用心的人说，八路军打仗避难就易，这是恶意诋毁。这次伏击作战是平型关战役的重要组成部分，平型关战役又是太原会战的重要组成部分。

平型关战斗的地点其实并不在平型关，是在平型关东北方向，西桥沟一带的一条东北西南走向的狭窄沟道内进行的，距离平型关还有5公里。林彪打仗一贯谨慎，这个地点是他亲自斟选的，由于是八路军东渡黄河后与日军的第一仗，不论是武乡的八路军总部，还是远在延安的党中央，都是高度重视，这从当时往来的电报可以得到证实。

从北向南行进，首先会看到一处早期的战斗遗址纪念园，规模不大，主要由半圆形广场、红旗漫卷雕塑、战斗经过浮雕墙、数间展览室组成。再往前走，陆续会有乔沟战斗遗址观景台、老爷庙战斗遗址观景台，最后到达核心区域战斗纪念馆。纪念馆前为将师广场，广场中央立有当时指挥战斗的师旅团指挥员群雕，纪念馆后为烈士陵园，再往后，也就是最高处矗立着平型关大捷纪念碑。

战斗准备和战斗发起，一切都按照预想进行。24日夜，115师各部隐蔽进入伏击地域，25日7时许，日军进入预伏阵地，战斗打响。第343旅第685团截击敌先头部队，即"拦头"；第686团实施中间突击，分割沿公路进攻之敌，即"斩腰"；第344旅第687团断敌退路，即"断尾"；以师直独立团和骑兵营阻击敌人增援；以第688团作为师预备队。但是打着打着，双方都感觉不对劲了。

今天，很多人谈起平型关战斗都会觉得很轻松，其实不仅是平型关战斗，很多战斗让人感觉不到战争的残酷性，胜利来的是太轻松了。你看地雷战、地道战，还有白洋淀上的雁翎队、铁道线上的飞虎队，不仅机智勇敢，而且是风趣幽默，反观日本军人是那么的愚昧胆怯。这种情况现在是越来越离谱，一部又一部抗日神剧横空出世，连没有军事常识的普通老百姓都看不下去了。

地形是有利的，布阵是科学的，官兵主体是久经沙场的红军血脉，师旅团指挥员经验丰富，战斗中又都是靠前指挥！但谁也没有想到，这场伏击战竟然打了六个多小时。我估计双方指挥员都有点懵了，都在猜测对手是谁？这是国民党军队吗？这是辎重部队吗？怎么会有这样的战斗力？当时的指挥员哪里能想到，他们都遇到了前所未有的强劲对手。

伏击战讲究的是速战速决，一旦打成胶着状态，设伏的一方就很可能陷入被动。乘着日军陷于混乱状态，八路军迅速发起了冲击，广大指战员顽强地拼杀，打完子弹就用刺刀，刺刀断了就用枪托，枪托折了就拣起石头当武器。685团2营5连连长曾贤生率领全连炸毁日军汽车20多辆，最后拉响了剩下的一颗手榴弹与敌人同归于尽。686团3营第9连，干部战士几乎全部阵亡，全连只剩下10余人。这是一场血战，是意志的搏斗，也是毅力的考验。

我们专门去了乔沟战斗遗址观景台。从观景台上往下看，沟宽两三米，两侧山体比高不大，估计最多也就十几米，但坡度很陡，几近垂直，攀爬非常困难，巧的是就在战斗前一天，老天爷下起了雨，在火力的压制下想攀爬上两侧湿滑的崖壁，是绝无可能的。这样凶多吉少的道路日军都敢走，充分说明日军领导层太骄狂了（至少第5师团和第21旅团的指挥官如此），已经被前期的胜利冲昏了头脑。

观景台上有几个当地村民，我们很自然地就聊了起来：

"小孩，八路军打鬼子的事知道吗？"

"知道，我懂事起，大人就给讲！"

"叔，这片地形改变过吗？"

"没有，政府没有要求，但村里人都约定了，要保护好，让后来人都能看到！"

"大姐，来这里参观的人多吗？"

"多啊，林彪的女儿来过，杨成武将军也来过，就连日本人也组团来祭拜呢，很多是当时参战日本兵的后人！"

"日本人来是什么态度？"

"来道歉，来忏悔，都不想打仗，打仗苦的是老百姓！"

"阿姨，你高寿啊？"

"我今年79了，打仗第二年出生的，唉，出生晚了，早出生几年就好了，就能帮上忙了！我爸妈讲，当时全村人都帮忙的，干什么的都有！"

我们就这样聊着，毫无间隙，夕阳照在身上有一种暖暖的感觉。如果不是天色渐晚，我们不得不赶回去，真想和他们多聊一会儿。

战斗第二天，也就是9月26日，朱德以八路军最高长官的身份向蒋介石电告了战况，蒋给予此战以很高的评价，并签发了嘉奖令。一时间，全国各地的祝贺电报向雪片似的飞向八路军总部，这场胜利就像在漆黑的夜空划过的一道闪电，极大地振奋了长久低落的民族士气。平型关大捷打破了日军不可战胜的神话，这是历史的评价，是对以115师为代表的八路军指战员的最高褒奖。

战后，朱德总司令亲率八路军总部工作组赴115师进行作战总结。这次作战对我军的高级指挥员触动很大，我作战精锐对敌辎重部队伏击，以损失600余人的代价才取得歼敌1000余人的战果，与装备优势之敌硬碰硬，我们确实是碰不起啊！很多人不知道，当时参战的115师官兵每人只有两颗手榴弹和100发子弹。这时，党内、军内对毛主席的"独立自主的山地游击战争"的论断才有了更加深刻的认识。这以后，游击战以崭新的面貌登上战争舞台。

平型关战斗中齐聚了一大批我军杰出的军事指挥员，115师师长林彪、115师副师长聂荣臻（相当于政委）、343旅旅长陈光、685团团长杨得志、686团团长李天佑、344旅旅长徐海东、687团团长张绍东、688团团长陈锦绣（1938年牺牲）、独立团团长杨成武、师政训处副主任肖华。现在一说起世界上的知名将帅，很多人就会搬出西方的一长串名单，我觉得评价一个指挥员，不仅要看他是否打了胜仗，更要看他是在什么样的条件下打了胜仗，如此是否更加客观公允？

历史昭示未来。时光已经过去80多年了，但115师战前动员会上的一段话仍令我们振聋发聩："中华民族正在经历着巨大的考验！我们共产党人，应该担当起，也一定能够担当起这救国救民的重任！"

犟——河南人的符号

——游郭亮村挂壁公路有感

4月16日是我们军校同学毕业20年聚会的第三天，原本要回西安的，可是身家在河南的同学们硬是拽着不让走，考虑到同学的热情和工作的日程，我选择了去新乡市辉县的郭亮村（新乡距郑州也就一小时左右的高速车程，往返比较快捷）。

去郭亮村看看，特别是到挂壁公路现地看看，是我许久以来的想法，我甚至通过网络提前做过作业，也是因为这个原因，还把《举起手来》这部电影多看了几遍，但一直因为诸种因素的干扰没有成行，没有想到因为同学聚会了却了这桩心愿，而且有昔日同学相伴，兴趣自然是高涨，即使是下了小雨也丝毫不影响心情。

郭亮村位于万仙山景区的腹地，海拔1200多米的悬崖之上。为什么村子会在太行深处这样一个险峻的环境中扎根？据说这个村子始建于西汉末年，当时王莽建立"新"王朝，这期间爆发了大规模的农民起义，农民领袖郭亮战事失利后，退守太行山，欲借太行山绝壁固守，可惜最后兵败山西，从此，郭亮驻扎的山寨便以郭亮村的名字流传至今。这个说法我认为是比较靠谱的，战乱年代人们为躲避战祸而集体隐匿山林是常有的事。

几百年来，村民都是通过崖壁小路进出村子，由于非常险要，六七十年代几乎每年都有村民跌落悬崖摔死。为了改变这种状况，当时的村支书申明信带领村中壮劳力组成凿洞突击队（因为是十三人，所以一些媒体称之为"十三勇士"），在没有任何机械的情况下，通过一锤一锤地砸、一钎一钎地凿，历时五年（1972年3月9日开工，1977年5月1日通车），打秃了12吨钢钎，打烂了8磅重的铁锤4000个，硬是在110米高、1250米长的绝壁横面上，以25度斜面凿出了人工隧道。

这里面要说明两点，一是除了"十三勇士"，当时上至70岁的老人，下至十几岁的娃娃都轮流到隧道里清理石渣，所以这个伟大的工程是全体村民的劳动成果；二是当初这条路叫"郭亮洞"，并不叫挂壁公路，由洞到路，反映的不仅是工程呈现的状态，也说明了工程进展的艰辛。挂壁公路的美誉很多，如"太行明珠""世界第九大奇迹""世界最险要的公路之一"，等等，挂壁公路带火了郭亮村，郭亮村带火了万仙山。其实，到万仙山的游人大多是为看郭亮村，到郭亮村则为看挂壁公路。

车快到挂壁公路时，我提议下车步行，得到了大家的一致同意。我们缓缓向上走去，令我意外的是，不仅仅是我们几个步行，还有很多游人在步行，从这些游人身着的户外行头和所持的摄影器材来看，应该是有一定社会地位，或者说有一定文化层次的，难道他们和我一样，也想采取这种徒步的方式表示对创造者的敬慕？初春四月的太行山间，细雨伴着轻风，还是比较阴冷的，但这一切仿佛与游人毫不相干，游人的脸上充满了惊异和兴奋，偶尔发出"啧啧"的赞叹声。

挂壁公路这个名称是从紧临悬崖这个角度来命名的，一个"挂"字，把路的险状描述得生动传神，如果从内部形状来看，称之为"洞路"也是很贴切的。因为是"洞"，所以内部并不很宽敞，特别是一些弯道处，我们要紧贴一侧，否则就容易被旅游巴士撞上，基于此，这条公路是上行的单向行驶公路，下山则要走另外一条道路。虽然是"洞"，但并不黑暗，每隔一段距离，路的左侧就全部凿开，从对面的山顶看过来，就好像每隔一段距离有一根石柱在支撑着上面的山体，这样既解决了采光的问题，又解决了坍塌的危险。

公路内处处可见人工作业的痕迹，不论是路面、侧墙（主要是右侧的墙体），还是洞顶，都有很明显的凿痕，有的部位没有，但从裸露的表面看，应该是在开凿过程中，整块石头开裂了，此外，因为石质山体，蓄水能力比较强，我看到，侧墙有水源源不断地渗出，在路面上汇成了小水流，我们在行进过程中，偶尔也会被顶部的渗水打中脑袋，从这些表象可以很容易地联想到当时开凿的艰辛，不仅仅是肉体的极度劳累，还有生命的随时丧失。我轻轻地触摸那些凿痕，内心根本无法平静。

突然间，我想到了安阳的红旗渠，这两项伟大的工程是多么的相似啊！都产生于特殊年代，都耗时很长（红旗渠1960年2月开工，1969年7月完工），都是和太行山的石头作斗争（准确地说是南太行的石头），都难度很大，都是没有任何机械，都是手工作业，都产生了久远的影响，都成了中国人，甚至是全人类的精神财富，这还不是最令我震撼的，最重要的是它们都是由同一个省份的人民完成的，这是巧合吗？这种巧合为什么会出现在河南？难道是上天对河南人民的考验？

"建成，在想什么？是不是在想河南人民真伟大？"同学看我出神发呆，就调侃我。

"啊？对，河南人民真犟！"我下意识地脱口而出。

"你啥意思啊？"这位河南籍同学不太高兴了。

"你别误会，我用这个犟字，没有丝毫贬损河南人的意思，其实恰恰是褒扬。这种犟就是咬定青山不放松地执着，就是自信人生三百年的豪情，这种百折不挠、永不言败的犟，应该令我们，乃至全世界人都肃然起敬。"我的话，不仅吸引了同学，也吸引了周边的游人。

或许是受到我讲话的启发，同学中当地人说："对了，美国的凯迪拉克汽车的广告就是在这里拍摄的，那老外说了，只有在这里拍，才能把这款汽车的精气神拍出来。"语气中很是自豪，正所谓，谁不说咱家乡好！"你看，我们国家的挂壁公路把老外都征服了，不远万里到中国来拍广告，真是有面子啊！""不论是东方人，还是西方人，对高尚情怀的敬重那是一样的，这就是精神的力量！"游人中也有人附和。于是，围绕这条公路的蕴含的精神因素，大家你一言、我一语地聊开了。

河南人的犟是有传承的，老一辈有犟的血性，新一代同样有犟的基因。我在集团军机关工作时，某次下部队检查，在一个连队看花名册，竟然发现一多半班长是河南人。我觉得这是在搞团团伙伙，就叫连长指导员来问话，结果两位主官没有一个人是河南人。我很奇怪，就问为什么任命那么多的河南籍班长？他们的回答既统一又简洁，那就是这帮河南兵真犟，是项项争、样样拼，军政素质很好，用他们利于推动连队全面建设。

我又想起哈密老家（我的祖籍是河北定州，我在新疆哈密出生长大）的一对周口籍的夫妻俩。这对夫妻是20世纪90年代末期到哈密的，就在离我们家不远的地方租了一间只有9平方米的临街房子开了个便民菜店。20年过去了，他们从一无所有，到现在不仅买了商品房，还供女儿上了大学，这期间吃了多少苦，不敢想象啊！有一次休假，我和男的聊天，他说："出来了，就是累死也要混出个人样来，不能让人看扁了。"女的说："我们河南穷，都是逼出来的，但是我们志不穷！"看，犟在每一个河南人身上都打下了深深的烙印！

是的，河南人的犟，跟他们所处的环境有很大关系。河南地处中原，土地肥沃，物产丰富，所以说，得中原者得天下。很多成语，比如，问鼎中原、逐鹿中原，说的就是这个意思。但这也给河南百姓带来了深重的灾难，电影《1942》就是历史长河的一个缩影。为了生存，河南人需要这种犟劲，因为有了这种犟劲就有了承受一切艰难困苦的勇气，也因为这种犟劲支撑起了河南人的团结、质朴和担当，那种不了解历史人云亦云，非议河南取笑河南的做法，是多么的幼稚和可笑啊。

爱因斯坦说过：一流人物对时代和历史的意义，往往道德品质更甚于才智成就。以申明信村支书为首的郭亮村村民是不是一流人物我不去妄加评论，但可以肯定地说，如果他们不修建挂壁公路，他们的才智成就，无论把地种得如何好，无论钱挣得如何多（只是一种假设），也不会对时代和历史产生任何意义，然而挂壁公路的修建，则扭转了一切，可以当之无愧地说，他们的道德品质对时代和历史产生了巨大而深远意义。

特殊年代需要犟，当下时代也需要犟，为了生存需要犟，为了发展也需要犟，实现中华民族伟大复兴的中国梦时时、处处都需要犟，犟就要事不避难、义不逃责，犟就要敢为人先、勇于创新，犟还要干干净净、坦坦荡荡，犟不仅是一种精神、一种品质，更是一种勇气、一种责任，犟不应该仅仅是河南人的符号，也应当成为全体中国人的符号。

嵖岈景区诉衷情

1994年我就读郑州高炮学院时，同学少部分是高三应届毕业生，大多数则是野战部队战士，他们素质硬、作风好，是我学习的榜样、追赶的目标。军校数载，他们给了我太多的关心和帮助，使我这个菜鸟能够快速成长进步，在我的眼中，这些老兵既是我的同学，更是我的老师。毕业多年，对他们的思念从未停止过。沿袭部队的传统，我一般都叫他们班长，关系特别要好的也叫大哥。

七月到郑州出差，我联系了转业多年在驻马店市工作的张鹏飞，他是从新疆某野战部队考上军校的战士，电话里我能感觉到他的惊喜。由于时间较短，我们商定了边游览边谈话的方式，地点就定在了距驻马店高铁站较近的遂平县嵖岈山风景区。之前，我并没有听说过这个景区，做这个决定，就是因为景区有"AAAAA"国家级旅游区这个牌子。张鹏飞还讲了很多，可是由于我心情比较激动，基本上都没有听进去。

高铁上，我抓紧时间做了一下功课。首先要搞清"嵖岈"是什么含义？因为这两个字太少见了。原来嵖岈有两个意思，一是高峻，二是山名。叫嵖岈的山有两座，一座在山东平度县，一座在河南遂平县；其次要搞清嵖岈山有什么特点？零散地看了一些资料，才知道原因有二，一是自然景观奇特，山势嵯峨、怪石林立，二是居者名号响亮，明朝嘉靖年间，吴承恩在此居住，写成了《西游记》。

见面后，我们也不做更多的客套，立刻驱车赶往景区。

"哥，给你添麻烦了！"我歉疚地说。

"建成，你胡说什么呢，知道什么叫同学加战友吗？"还没等我回答，他就给出了答案："同学加战友那叫兄弟！"

"哥，我错了，你别说了，这天本来就热，你再这么一说，我心里就更热了！"我打趣道。

"建成，说心里话，你来我是真的高兴，毕业一晃都二十年了，这一辈子你还能来几次啊？"他很动情地说。

"哥，你这么忙，天这么热，确实是让你辛苦了！"我说。

"没事，我昨天把假都请好了，今天的任务就是陪你！嵖岈山景区我也有几年没去了，借这个机会也去看看！"他宽慰我说。

在景区入口处，我注意观察此山，确实不够高大（海拔只有786米），整个山体是由花岗岩石形成的，远远望去，就像一座细致、奇巧的山石盆景，难怪嵖岈山有"中原盆景"和"北方石林"之美称。这使我想起西部天山、昆仑山的雄浑、壮阔，两相对比，完全是不同的风格。嵖岈山景区可游面积达52平方公里，从平面图上看，景点非常多，为确保不耽误返程时间，我们选择了一条串联了主要景点，且行程较短的环状山路。

"建成，你写的文章我都看了，特别是一些游记写得真好，情景交融，真实自然！"他夸赞道。

"哥，我感到写游记大致有三个层次，第一是写景，第二是抒情，第三是悟理！景要写得细致，情要抒得真切，理要悟得深刻。如此，一篇游记就是上乘之作！"我谈了写游记的感受。

"对了，这次我们哥俩登嵖岈山就很有意义，你应该抽时间把它写下来！"他对我提建议。

"嗯，要写下来，文字的力量就在于此！"我答道。

谈话中，我们开始了登山之旅！

可能是天气热，也可能是工作日（星期五），景区的游人并不多，这与我的预想有很大区别，当然我是巴不得人少点，人少清静，清静利于交流。由于游人少，景区内的小摊小贩也很少，在其他景区充斥着的浓烈的商业气息，我在这里没感受到。一路上，鸟鸣灌耳、山风拂面，奇特的巨石、幽深的洞穴、清澈的山泉相继入目，好一派自然风光，难怪吴老先生把创作地选在嵖岈山啊！

"建成，你发展得挺好，干吗要离开部队呢？你的离开让我们这些做哥哥的很吃惊！"他们是真关心我的。

"哥，我没有营连主官经历，再干也很难有上升的空间，现在政策也不错，干脆转身撤退吧！"我解释道。

"虽然是这个道理，但总感到遗憾，我们都盼着你调副师呢，你有这个实力的！"他仍在给我打气。

"谢谢哥的肯定，我已经很幸运了！同学中比我优秀的太多了，特别是像你们这种从野战部队考来的老兵，你、戴兵、付谨瑞、刘晓东、黄忠建、皮建华、谈文华……军政素质多强啊！只是你们运气不好，否则都会走上更高的领导岗位！"我笑着说。

嵖岈山景区既是名著《西游记》的诞生地，也是电视剧《西游记》的拍摄地，西游味道非常浓厚，沿途播放的乐曲是电视剧《西游记》主题曲和插曲，路边垃圾箱的造型也是唐僧师徒四人的形象，店铺张挂的照片基本上是西游记剧组的拍摄花絮，特别是那些景观的名称，要么是《西游记》中的地名，要么就是和"猴"有关系，让我真有一种进入《西游记》、到了花果山的感觉。嵖岈山景区有那么多的美称，现在看来少了一个，应该叫"石猴故里"。

"建成，我感觉毕业后，地方生中你的素质提高特别快，是不是和当参谋有很大关系？"他问道。

"是的哥，长期在领率机关、首长身边工作，深受环境的影响，各方面都在发生着改变，而这其中进步最大的是思维！"我深有感触地说。

"其实，我也有当参谋的机会，但当时认识不够，总觉得基层主官重要，错过去了，这一错，就再也没有机会了！"他十分惋惜地说。

"其实，哥你的这种想法，现在部队中仍然很有市场，应该得到纠正！"我无奈地说。

嵖岈山石头多，土壤少，而且越是高处土壤越少，所以山脚下的植被还是比较繁茂的，随着高度增加，植被越来越稀疏，令人惊异的是，虽然树木少，但有部分树木根就扎在石头里，形成了树包石或石包树的自然奇观。有些山顶的巨石上，孤零零地挺立着一棵树，就像一名哨兵在警惕地观察远方的敌情，这真是太难以想象了。与此同时，失去树荫的遮蔽，我们也完全暴露在太阳的直射下了。

"建成，你给我讲讲现在的军队改革，到底进行到什么地步了？"他关切地问。

"哥，你都离开这么多年了，还在关心部队的建设呀？"我反问他。

"看你说的，一日为兵，终身是兵，当兵的哪能不关心国家大事，军事类的节目那是必看，你别看我脱了军装，有一天如果国家需要我，我二话没有上战场！"他的话让我肃然起敬。

随着高度地增加，花岗岩全部裸露出来，造型千奇百怪，景区给这些巨石起了生动的名字，比如石猴望月、母子相依……但我除了"观音送子"还能看出点味道，其他真的没有感觉。我惊异的是这些奇石、巨石、险石之间或支撑、或挤压、或叠加……没有一点土壤来帮助稳固，仿佛稍微有个作用力，它们就会坠入翻滚跌落，大自然的鬼斧神工让我叹为观止。

"对了哥，你到地方多年了，给我讲讲地方工作的情况吧？"我很想了解他的工作特点。

"地方的工作节奏总体比较慢，不像部队干什么都风风火火，我对年轻人经常说，倘若不是特别紧急的事，就让子弹先飞一会儿，利用飞的时间，全面分析，深入思考，确保工作质量。"顿了顿，他又说："当然，这其中，学习是不可或缺的！"

"是啊！是啊！欲速则不达，一方面要把握好工作规律，一方面要强化自身能力，只是可惜，我们个别军转干部，心思既不在研究规律上，又不在强化素质上，只是一味盯着位子，怎么可能干好工作？"我很感触地说。

"建成，你记着，人这一辈子不论到哪里，都要努力工作，尊严是自己赢来的，绝对不是乞求来的，实力决定一切！尽管我不懂你们华如科技公司的事，但道理肯定是一样的。"他似乎在激励我。

山势更加陡峭了，山路也越来越窄，台阶完全不规则，此时登山已经变成了爬山，是手脚并用地真爬，我们上身尽可能前倾，确保重心前移，而且为保持精力集中，我们也减少了谈话。通向山顶没有迂回道路，几个"一线天"是必须要通过的，我俩侧着身体，小心翼翼一小步一小步向前挪，彼此的呼吸都能清晰地听到，总算过去了，看看即将到达的山顶，我们都松了一口气。

"哥，想老部队吗？离开后回去过吗？"我问他。

"怎么不想？特别想，也想回去看，总是因为这样那样的原因，最终没有成行，现在战友都没有了，领导又不认识，就不去了！"他很失落。

"现在一改革，移防的移防，换番号的换番号，我去年才出来的人，都有点发懵！"我苦笑着说。

"我们那个时候真苦，摩步师所属的兵种团体能要求特别严，五公里武装越野那是常态，单杠大回环能做下来的人一抓一把，现在这些课目都取消了！"他有点想不通。

到最高处了，向远方眺望，再向山下俯视，得到了完全不同的感觉，真是"不识庐山真面目，只缘身在此山中"啊！在一望无际的平坦开阔的中原沃野上，嵖岈山就这样不可思议地坐落着，泛黄的花岗岩与周边青绿的农作物形成鲜明反差，难道这山是从天上掉落人间的？山脚下几个湖泊平静地表面因为折射了阳光，而发出绚丽的色彩，就好像是镶嵌在大地上的墨绿宝石。

"哥，你觉得军转适应地方环境难吗？你适应地方环境用的时间长吗？"我有点好奇地问。

"要是让我说，就看你有什么样的心态，心态决定一切！只要心态好，适应起来很快。我还可以，比较快地适应了地方的工作环境。"他流露出自信。

"对了哥，有的人总说，离开部队了，就要告别部队那一套，要学社会的这一套，你怎么认为？"我又问道。

"他们所谓的社会一套，其实说白了，就是社会的油滑世故，我们不要学，什么叫不忘初心，方得始终？我们要坚守住部队好的传统、好的作风！"他意味深长地说。

"哥，你说的好，不能让技巧战胜品德，不要让利益超过正义，也不能让追求胜过使命，这应该是底线！"我坚定地说。

回到市里，我们简单地吃了顿饭，他再三挽留我，可是想到还有未办的事项，我还是坚持要走，我从他的眼神中读出了他的失望，心中也感到很伤感。去高铁站的路上，他又反复叮嘱我要少熬夜，如果爱写东西尽量放在白天，并强调我们的年纪都不算小了，要懂得珍惜。他还说，不论到那里干，他们那帮老哥哥都会支持我，就像当年在军校时那样，力挺！那一瞬间，泪水在眼眶里打转。

在高铁上，我脑海中满是军校生活的情景，那是一段无法用语言描述的火热时光，那时我们多年轻啊，精力是那样的旺盛，情绪是那样的饱满，真是意气风发、豪情万丈，一纸命令，我们各奔东西。岁月如梭，转瞬间我们竟都进入不惑之年，并有机会在嵯峨山相见，感谢我的母校——郑州高炮学院，她教会我们团结、尊重和理解，感谢嵯峨山风景区，她见证了军校同学间兄弟般的情意，也见证了老兵们对人民军队钢铁般的忠诚，能够上学校，我是幸运的，能够有这样的老兵同学，我是幸福的。

德合仓拉姆[1]

晚饭前，我和尚磊、柄炎、阿橍经若尔盖草原来到甘川交界的朗木寺[2]。这是我第二次来到，按照行程我们将在这里夜宿，也正因为夜宿，让我有机会全方位、近距离观察朗木寺。眼前的情景让我大吃一惊，这是佛国净土吗？商铺林立，游人如织，大大小小的宾馆仿佛雨后春笋，突然间就冒了出来，依山而建的寺院建筑显得那样孤独。受世俗生活方式侵袭，不少僧侣也竟然出入酒肆，甚至酩酊大醉，让我大跌眼镜。夜不能寐，遂有了下面的文字。

> 仿佛就是眨眼的瞬间[3]，
> 往昔梦境呈现在眼前，
> 但这景象让我迷惑，
> 熟悉？陌生？
> 清晰？模糊？

---

[1] 德合仓拉姆：德合意为老虎，仓意为洞，拉姆意为仙女，德合仓拉姆意为藏在老虎洞内的仙女。相传很久以前，这里有位美若仙子的姑娘，她心地善良、性格勇敢，为了解除猛虎下山伤人的灾难，就羽化成岩石，立于山洞之中，与虎为伴，为民造福。

[2] 朗木寺：朗木寺不是一座寺院，而是一个小镇。一镇跨两省，以白龙江为界，西北一侧属甘肃，叫朗木寺镇，东南一侧属四川，叫纳木寺镇，"朗木"与"纳木"藏语音译的两个不同汉字。坐落在朗木寺镇面上的寺院叫"赛亦寺"，坐落在纳木寺镇面上的寺院叫"格尔底寺"，均属格鲁派寺院。

[3] 眨眼的瞬间：不论是从甘肃合作方向，还是从四川九寨沟方向，都要从国道拐入去朗木寺的道路，由于山体遮挡，在国道上行驶时看不到一侧的朗木寺，但一旦拐入去朗木寺的道路，朗木寺会豁然出现在眼前。

我不能言语，
唯有低首面对你的庄严。

我屏住呼吸，
凝神聆听你的诉说，
揭开了神秘面纱，
既感到了你的温柔，
也读懂了你的忧伤，
悲戚充满胸膛，
繁华背后你竟也如同我一般哀愁。

临街的商铺张开吃人的口，
旖旎的灯光露出诱惑的眼，
圣人的教诲我们还能记得几许？
扑面而来的气息，
是酥油的芬芳？
还是咖啡的浓香？

雄伟的殿宇在暮色中矗立[1]，
巨大的经幡在晚风中飘荡，
内心的宁静我们还能坚持多久？
隐约入耳的经声，
是佛国的妙音？
还是世人的低吟？

僧侣的红袍被躁动的人流吞没，
空洞的躯壳仍惬意地四处游荡，
德合仓拉姆，怜悯众生，
德合仓拉姆，抚慰众生，
德合仓拉姆，拯救众生，
德合仓拉姆……
德合仓拉姆……

---

[1]　雄伟的殿宇：指的是"赛亦寺"，也译为"色止寺"或"赛驰寺"。

平凉散记

得意时要管住嘴，失意时要管住笔。我对这话持认同态度，一个人情绪不稳定，不论是说话还是作文，都容易偏激，甚至于犯错误，所以一段时间以来没有动笔。这几日情绪逐渐平复，赶忙将平凉访友期间的点滴重拾起来，于是有了这篇散记。

多年前，那时我还是二十一集团军司令部炮兵指挥部副营职参谋，曾经陪同老首长田宝成主任去银川某部出差，从宝鸡出发途经平凉。也许是停留时间太短了，也许是军旅节奏太快了，对平凉没有留下什么深刻的印象，如果有，就是羊肉泡馍味道不错。

这次去平凉主要是探访今年转业的两位战友朱建国、包国强，建国在市委农委工作，国强在市委科协工作，他们都属于那种极淳厚、很本分的性情，做人老实，做事踏实，没有张扬的言语，也没有显赫的功绩，但只要是他们负责的工作，领导都是放心的。他们很普通，是野战部队基层军官的缩影：几经努力，进步缓慢，怀揣梦想来、执行命令走，一切都悄无声息，犹如湖面偶尔泛起一阵涟漪过后恢复平静，但恰恰是无数的他们，撑起了中国人民解放军这座宏伟的大厦。

作为他们的老领导，我总觉得欠他们许多，至于欠什么，我也说不清楚，只是心里总觉得不安。我常想，建国应该当个营长，国强应该当个教导员，这是没有任何问题的，都一定能带出过硬的连队。当我谈及这个话题时，他们反而宽慰我："回来挺好的，和爱人、孩子在一起了！"他们说这话时都笑了，我理解的，大多数军人都期盼这一天！他们还说："大哥，你走后，我们也都想走了。"平凉地处山区，十二月份气温已经很低了，但我周身温暖，战友间真挚的情意驱走了寒意。

扶贫是习近平总书记亲自抓的世纪工程，交流中，我们多次谈到了扶贫这个话题。建国主要是从政策落地这个角度谈了许多，国强则主要从科技助力这个角度谈了许多，这其中不乏真知灼见。当然扶贫工作是有很多困难的，但他们依然像在部队一样，没有发牢骚、说怪话，都表达了积极投身其中的强烈愿望，这与我先前见到的一些公务人员的态度形成鲜明对比。我想，这固然是他们的性情使然，也是部队多年教育的结果，各级政府应该认识到，军转干部是国家的宝贵财富啊！

去平凉一定要游崆峒山，很多人可能都不知道平凉市，但却一定知道崆峒山，平凉市一区六县，崆峒山就在平凉市的崆峒区（你看，仅有的一个区都以崆峒命名，可见崆峒山名气之大），距市中心不到20公里，所以说去是很方便的。

崆峒山的荣誉之多，完全出乎我的意料，比如，国家5A级旅游景区、国家地质公园、国家级自然保护区、中国旅游行业十大影响力品牌、中国最具吸引力的地方、中国最值得外国人去的50个地方、中国十大道教文化旅游胜地、中国最美的十大宗教名山，等等，特别是2003年7月26日，国家邮政局发行了以崆峒山最具代表性的景观——皇城、弹筝峡、塔院和雷声峰组成的《崆峒山》特种邮票，登上了"国家名片"，这份殊荣可没有几个景区能享受到。

崆峒山既有奇险灵秀的自然景观，也有古朴精湛的人文景观，时值寒风瑟瑟的冬日，游崆峒山自然是以人文景观为主。崆峒山之所以被道教尊为"天下道教第一山"，有"道源圣地"之美誉，是相传人文始祖轩辕黄帝曾亲自问道广成子于此，据说问的是治国之道和养生之术，后来，秦皇、汉武因"慕黄帝事""好神仙"而效法黄帝西登崆峒。尽管有人举证黄帝问道这一千古盛事在《庄子·在宥》和《史记》等典籍中均有记载，我是不相信的，广成子很可能就是个虚构的人物，但我也不会与之争辩，有些事明白放在心里就好。

皇城是道教的主要活动场所，此时正在大规模修缮，这些土木建筑历经数百年风雨，确实已经到了非修不可的地步。一位慈目长须的老年道长静静地坐在一旁的藤椅上，一身略显肥大的道服看上去整洁而简朴。互致问候后，我们就聊了起来。他说他们属于龙门派，我脱口而出那不是和大名鼎鼎的丘处机道长一个派别的嘛！他顿时高兴起来，我也把那点道教底子全拿出来了，我们聊到了宗师任法融，又聊到了周至楼观台，但当我问到道教的发展现状时，他神色一下黯然了。他不作声，我也只好默默离去，不知怎的，眼前破败的道观让我想到了即将到来的疯狂圣诞。

但凡看过武侠小说的人对崆峒派都不会陌生，虽然它的名头不如少林、武当那样响亮，但进入第二梯队与峨眉、昆仑齐名应该是不成问题的。现实生活中，崆峒派武功有多厉害，我不知道也不敢胡说，但猜测与其他武术一样，观赏价值高于实战价值。金庸大侠在《倚天屠龙记》中将崆峒派独门绝学标签为"七伤拳"，而且指出"一拳中有七股不同的劲力，敌人抵挡不住便会深受内伤"，并且强调"修炼此拳，实则是先伤己，再伤敌"。我一方面佩服大侠的想象力之丰富，另一方面也很困惑，一个名门正派怎么会练这样怪异邪气的拳法？金大侠有什么隐喻吗？

他们知道我有散步的习惯，就提出到柳湖公园这个相对清静的地方走走。远远地"柳湖"两个字就映入眼帘，细看之下竟然是左宗棠的手迹，这让我颇为兴奋，字如其人这话一点不假，一笔一画敦实厚重，一收一放雄浑壮阔，统帅之风跃然匾上。左宗棠怎么会在这里留下墨宝呢？待我看到落款时间"同治十二年"瞬间恍然大悟。今天的年轻人很多人已经不知道"同治回乱"这一段颠倒的民族血泪史了。史料显示，汉族人口被屠杀估计约2000万，纳粹杀害犹太人才600万，没有左宗棠出兵处置，陕甘的汉人可能就被杀光了，陕甘地区就会全面伊斯兰化，后果不敢想象。

柳湖公园是陇东著名的自然山水园林，山、水、树交融，甲秀玲珑，特别是有天然暖泉一眼，更是久负盛名，但此时对我来说，一切美景都已经视若无睹。晚清四大名臣曾国藩、左宗棠、李鸿章、张之洞，我最佩服的就是左宗棠，不仅仅是他有盖世的伟业，比如前面说的平定回乱，还有收复新疆，更重要的是他的至真至纯的人品。左宗棠与曾国藩的交往很能说明他的真、直、刚的政治品行，重剑无锋、大巧不工，与左相比，其他三人都虚了一点、浅了一点。在中华民族复兴的伟大征途中，各级官员要铁骨铮铮，真情满满，不仅不能当"巧官"，还要和"巧官"划清界限。

我在国防大学读书时，教授结合甲午战争的讲授，要求大家讨论：国势颓废，军队是否就一定打败仗？我的发言几乎与所有人相左，其中就举了左宗棠收复新疆的战例，不仅如此，我又进行了更深层次的阐释：国势兴盛，军队也不一定就打胜仗！这其中就涉及将帅的能力和品行问题。某部领导逢人便讲"×××的思想是最伟大的思想，×××的理论是最先进的理论，×××的形象是最光辉的形象，×××的声音是最动听的声音"，我坚信这样的部队领导是打不了胜仗的，也期盼习主席将这样的领导尽快从部队清除、从党内清除！

为什么叫平凉呢？公元358年，前秦苻坚欲讨前凉，于高平镇置平凉郡，取平定凉国之意，平凉由此得名。苻坚是五胡十九国（有十六国之说，实为十九国）最英明的君主之一，他有统一中国的雄心壮志，但他的运气实在是太坏了，淝水之战本来他是稳操胜券的，结果却是一败涂地。东晋帝国的运气实在是太好了，估计谢石都不敢相信胜利来得竟然是如此奇葩。但客观地说，符坚不是战败，而是退败，他替弟弟符融背了黑锅。这一败使得中国统一延缓两个世纪。现在部队搞演习，几乎都不涉及撤退这个内容，我多次提及，但也没有引起首长们足够重视，我真担心将来会吃这方面的亏啊！

柳湖公园内有座书形雕塑，上面刻有《人民日报》梁衡副总编辑的作品《平凉赋》，这篇赋侧重讲了平凉的历史演进，我个人更加推崇甘肃农业大学胡云安研究员撰写的《平凉赋》。此文结构严谨，层次分明，把有三千年文明历史的平凉，区分"古风泱泱、英雄竞骧、俊彩之邦、文蕴沃壤、热土一方"五个部分，用2075字进行精工锻造，直叙而含蓄，平易却深沉，读来有江河奔流之势，骏马驰骋之威，体现了作者在赋这种文体上的极高造诣，确实是一篇宣传平凉、推介平凉、展示平凉独特魅力的力作，不论作为外乡人还是本地人，都应该好好品读一番。

平凉的小吃很多，他们也是极力推荐，但时间有限不可能一一品尝，就挑选了羊肉泡馍。我们去的是平凉宾馆院内的一家，去时排队的人都已溢出店外，尽管在寒风中捂耳跺脚，但没有一个人中途退缩，美食的诱惑力可见一斑。羊肉泡馍的吃法有多种，各地不尽相同，比如西安，食客将馍，掰碎后交给厨师，如果不想手工掰，也可以要求店家用机器粉碎。厨师将碎馍、熟肉、原汤混煮；平凉则不同，店家将盛有熟肉、原汤的大碗端给食客，食客将馍掰碎后放入碗中。不管哪里的吃法，都会佐以香菜、辣酱、糖蒜，别有一番风味，冬天进食，是一种难得的高级滋补佳品。

我爱吃羊肉泡馍是老首长田宝成主任之故，也是他第一次带我去吃羊肉泡馍，我清楚地记得那是宝鸡的"老孙家"，久负盛名的老店。每次他都要求我将馍掰得很碎，说这样味道能进去，吃起来香。年轻人没有耐性，总是掰得不够碎，他就会装作生气的样子说，当参谋怎么能这样没有耐性呢？于是我们就会重新返工！掰馍的过程，他会给我们拉家常，没有一点架子。他对我们很严格，也很亲切，在他的"庇护"下，我进步很快，在我心中他就是父亲！我后来走上领导岗位，也是以他为榜样，时常提醒自己的言行！这几年，部队有个说法叫红色基因代代传，我觉得特好，真诚祝愿这种传承延续不断，要传真传实，不要传偏传歪！

在平凉期间，经建国、国强介绍，我认识了家在平凉、单位在长庆油田的赵星，说来真巧，他和我都曾在一个部队服役，穿军装时不曾认识，离开后却在平凉相识了，这不能不说是一种缘分！从年龄上来讲，他是我的小兄弟，但从禀赋上来讲，他应该是我的老师，思虑周详、行为稳健，每每让我惊叹！我们大约九点在火车站告别，十一点半时他又突然返回，他把手中的热食交给我，并再三叮嘱夜里一点的车，要吃些东西不要空腹。我握着他冰凉的手，一时语塞竟不知如何答话，只是希望我们成为真正心意相通的好友。

　　火车开动了，我躺在床上却没有一点睡意，建国、国强，还有钟文、井剑、李丰、国成、宏宇、尚磊、海东、正亮……他们矢志国防忘我打拼的日子又浮现在我的脑海，既是使命要求，也是梦想牵引，他们都是那样的努力，毫无保留地奉献着自己的智慧、健康和情感，但他们前方的路就像这漆黑的夜，看不到光明，哪怕只是些许的、短暂的，这是普通人奋斗过程中最可怕的，最难直面的，有时甚至令人情绪激荡、精神窒息，无法摆脱不能自已，我也有过这样的经历，不知不觉泪水已将枕头打湿……

　　天各一方的好兄弟，保重啊！

汉中拾珍

数年前，我去过一次汉中，看望了与我极为要好的一对伉俪，并游览了古汉台（汉中市博物馆）、拜将台、石门栈道等景区，由于当时懒惰，没有用文字把所见所闻、所思所想记录下来，所以很多宝贵的记忆模糊了，每每想起懊悔不已。

我对汉中时常怀有思念，这其中，既有对秦岭的崇敬，也有对故人的眷恋。我的想法得到了周波的支持，他总是这样的，真诚、热情……，像一团燃烧的火焰。于是，我们出发了，一拍即合，干净利落，毫不拖泥带水。

瞻仰蔡伦墓祠博物馆

开车去汉中，必须走西汉高速，这就要经过洋县。我们在挚友韩宁的陪同下，首先瞻仰了位于洋县城东十公里龙亭镇街南的蔡伦墓祠博物馆。

顾名思义，蔡伦墓祠博物馆景区有三种属性，墓、祠、博物馆。在中国传统文化中，墓用于祭拜，祠用于纪念，墓与祠建在一起叫墓祠一体，布局一定是前祠后墓，墓与祠也可分开建设，墓建一个，祠建多个，一般地只给死去的人建祠，后来也偶有给活着的人建祠的现象（比如大太监魏忠贤）。将蔡伦墓祠局部改建成博物馆，自然是为了发挥景区宣传教育的功效。

蔡伦墓祠占地三十多亩，有山门、拜殿、献殿、东西配殿、蔡侯祠、东厢房、乐楼、钟楼、鼓楼、垂花门等悬山式清代古建筑群。中国古代建筑等级依次为庑殿式、歇山式、悬山式和硬山式，悬山式建筑是官家所采用的最低的建筑等级。蔡伦墓祠之所以用悬山式建筑风格，十有八九是受他那尴尬身份的影响。

东、西配殿改造成了两个博物馆，东配殿主要展示汉代出土文物，西配殿主要展示蔡伦发明造纸原始工艺流程。为了说明这种工艺流程，既用了大量文字，又用了逼真绘图，文图并茂，浅显易懂。让我惊异的是，蔡伦造纸术有109道工序，其中最主要的有23道，特别是制浆、抄捞、分纸、焙纸等工艺，即使是从今天来看，也具有很高的科技含量。

对于蔡伦，我想稍有文化的中国人都不会陌生，他是中国古代四大发明之一造纸术的发明人，这个结论不仅有明确的史料记载，而且得到了中外专家学者的认可。美国历史学家Micha在《对历史最有影响的100个人物》一书中将蔡伦排在第七位，书中说："如果没有蔡伦就没有纸，我们很难想象今天的世界将会是什么状况。"

四大发明其余三项：印刷术、火药、指南针，直至今天都没有明确发明人，毕昇是活字印刷术的发明人，只能说对印刷术进行了改进，火药的发明人传说是药王孙思邈，也就是说这只是一种猜测，至于指南针，其发明人连传说也没有，所以我们可以归纳，这三项发明都是中国古代劳动人民智慧的结晶，我看了博物馆的实物和文字介绍后，更显出蔡伦无与伦比的智慧。

关于蔡伦的生平，主要来源于《后汉书·宦者列传·蔡伦传》，短短的282字的传记传递给我们的信息是十分丰富的，简洁的文字也给了我们很多想象的空间：

蔡伦是个旷世奇才，他不仅发明了造纸术，而且在"加位尚方令"后，"监作秘剑及诸器械，莫不精工坚密，为后世法"，简直就是我们现在所说的"大国工匠"！能有这样的成就，需要极强的专注之功，须知，尚方令是他后来的加位，之前他还官拜中常侍，要"豫参帷幄"的，但似乎他对器物琢磨的兴趣要远高于对权力追逐的兴趣。

东汉时期，外戚集团和宦官集团的斗争激烈而残酷，蔡伦也不可避免地卷入其中，事实上，他的死也是这种斗争的牺牲品。蔡伦本身就身有残疾，生理上承受着极大的痛苦，加之又要时时面对险恶的人性、血腥的权力，心理上的痛苦也小不到哪里去，这是由他的性格决定的，从"伦有才学，尽心敦慎，数犯严颜，匡弼得失"可见一斑。

这时，蔡伦一定要找一个途径，抑或做一件事情，来转移他的注意力，这是人类的共性，比如，一个女生失恋了，就可能拼命去吃过去不敢吃，或者是不敢放开吃的好东西，以此来转移痛苦。这在刘德华与郑秀文主演的《瘦身男女》中有很好的体现。谢天谢地，蔡伦选择了研发的道路（既是个人兴趣，也向皇家示好），辉煌的研发成果使他的人生充满了奇幻的色彩！

很多人都会忽略蔡伦另一个身份，那就是政府官员，而且还是职务不低的官员，如果仅仅如此，我想，不要说在人类历史上，就是在中国历史上，也没有他的一席之地。人生的奇幻就在于此，他没有醉心官场，而是以极大的热忱投身科研，有多少人抵得住官场的诱惑呢？他的重大科研成果（这是他没有意料到的），为他在世界文明发展史上留下了浓重的一笔，作为一名宦者，他可以含笑九泉了。

蔡伦为什么会被封到龙亭县（东汉时的行政区域，现在叫龙亭镇）做龙亭侯呢？当你知道洋县乃至汉中是生产造纸原料的天然宝库，我想答案就清楚了。说不定，他没封侯之前，一次次的造纸试验所用的材料就是取自洋县，或者是汉中某地。邓太后在选封地时，可能就是让他更好地发挥特长，既然蔡先生这么爱造纸，就去龙亭县做龙亭侯吧！在拜殿有一巨幅《受封谢恩图》，场景、人物惟妙惟肖，值得欣赏。

有能力当官，但又不醉心当官，不因官场扭曲人格，尊重自己的内心，依从自己的喜好，来选择人生道路，以后的社会中，这样的人会不会越来越多呢？

"葱葱者龙亭草木精华纸故乡，巍巍乎古冢汉家骄子魂归地"，墓前楹联不论是对物，还是对人，评价都极为贴切、极为精准，故将其作为本节的结束语。

观赏朱鹮生态园

洋县素有"汉上明珠，朱鹮之乡"的美称，其实，"秦岭四宝"大熊猫、朱鹮、金丝猴、羚牛在洋县都能见到。既然到了洋县，当然要去看看朱鹮，所以离开蔡伦墓祠博物馆后，我们又去了朱鹮生态园。

朱鹮生态园是朱鹮梨园景区的重要组成部分，这个景区实在太大了，我们没有时间去全面观赏，否则就会影响到后面的行程，所以就挑最核心的朱鹮生态园来看，观一落叶而知秋天到吧！

朱鹮生态园始建于1990年，占地1.5公顷，现已被列入国家AAAA级景区，也是目前全球唯一的朱鹮原生地。国家旅游景区等级的评定是非常严格的，而且不是一成不变的，考评不过关就会降级，生态园能被确定为这样高的级别，从一个侧面反映出国家对朱鹮的保护是多么的重视。

朱鹮又名朱鹭、红鹤，中国一级保护动物，世界自然保护联盟将其列为最濒危级物种。朱鹮在中国的最早记载见于西汉司马迁的《史记》，历史上，曾广泛分布于苏联、朝鲜半岛、日本和中国的大部分地区。二十世纪中叶，由于环境的破坏，朱鹮的种类数量急剧下降。

资料显示，1963年苏联境内的最后一只朱鹮在哈桑湖灭绝，1979年朝鲜半岛境内的朱鹮在板门店销声匿迹，2003年日本最后一只朱鹮在佐渡饲养中心死亡。看这些资料的同时，我的心收得紧紧的，一个物种面对人类的侵害，毫无抵抗能力，只能被动地走向消亡，它们的心中肯定是有愤怒的，强烈的负罪感将我笼罩。

1978年开始，中国科学院动物研究所鸟类专家刘荫增在全国曾有朱鹮分布的十四个省（区）寻找朱鹮的踪迹，1981年5月23日，历经三年之后，终于在陕西秦岭南坡洋县境内的姚家沟发现了幸存的7只野生朱鹮。朱鹮的重新发现，可以说震惊了世界，当时各大媒体，都是不遗余力地予以报道，朱鹮开始为普通大众所熟知。

中国政府十分关注朱鹮的拯救和保护，采取了很多措施，专门发行了朱鹮特种邮票，以唤醒人们的保护意识，由于朱鹮是涉禽，喜食河流、水田中的泥鳅、鱼虾、田螺、昆虫等，当地政府将很多旱田又改回水田，特别是2005年7月，国务院批准建立汉中朱鹮国家自然保护区，面积达37549公顷。经过不懈努力，目前朱鹮数量已恢复至2000余只。

韩宁还给我讲了一件他亲历的事。去年，他在华阳镇某学校出差，树上掉下两只小朱鹮，学生迅速上报校方，校领导一方面安排人员保护，一方面马上向镇政府报告，镇政府又马上向县政府报告，县政府随即指示有关单位派专业人员进行处置，两只小朱鹮得到了及时有效地救助。这件事充分说明群众对朱鹮的保护意识之强，这也折射出政府为保护朱鹮所做工作之细之深啊！

朱鹮生态园是集保护、科研、教学、宣传教育为一体的朱鹮救护饲养繁育基地和生态旅游景区，园内建有万余平方米的朱鹮饲养笼舍和野化驯养大网笼，以及功能健全的朱鹮宣教馆，游人可以现场感悟和聆听朱鹮被重新保护历程中所发生的鲜为人知的动人故事。对于我们这样的外行来说，主要还是观赏朱鹮的生活状态和优美身姿。

朱鹮体长70厘米左右，雌雄羽色相近，成鸟全身羽毛以白色为基调，但上下体的羽干及飞羽略沾淡淡的粉红色，后枕部有长的柳叶形羽冠，额至面颊部皮肤裸露，呈鲜红色，嘴细长并且末端下弯，长约20厘米，黑褐色具红端，腿长约为10厘米，体态秀美典雅、行动端庄大方，喜欢栖息在高大的乔木顶端，颇有一种玉树临风的感觉。

由于朱鹮性情温顺，有人把它称为"吉祥鸟"，又由于雌雄出双入对，也有人把它称为"爱情鸟"，其实这都源于它美丽的外表，真的，你初见朱鹮，那美丽的外表一下子就能把你征服，不由得你不喜欢！如果是蛇，我想就不会有这样的联想。自1998年以来，我国领导人多次将朱鹮赠予友邦，朱鹮已经成了中国的名片，代表中国飞行了世界。

回去的路上，几只野生朱鹮在天空振翅滑翔，它那美丽的外形已经深印在我的脑海，所以我一眼就断定是它，动作是那样舒展，姿态是那样优美，就像几只大自然的精灵在我们的眼前掠过。

"自由自在、无拘无束真好！"周波自言自语地说。

"还应该有安全保证！"我想起了介绍朱鹮锐减的资料。

"翱翔天宇、搏击长空，这才是快意人生！"我若有感触地说。

"哥，你现在一定有很深的体会！"

"有一天你也会体会到！走吧！"

车身猛地向前一窜，我知道周波踩了油门。

游览五龙洞国家森林公园

关于次日去哪里，讨论气氛十分热烈，却始终定不下来，我问："钟文，有地图吗？""有，早都给你准备好了，就等你要呢！你的习惯我知道的！"他有点小得意。看了地图，我确定了先远后近的原则，即这次先看一个较远的景点，以后来再看较近的景点，于是确定了去游览略阳县境内的五龙洞国家森林公园。

大约行走了一个半小时，我们来到了景区大门，工作人员告诉我们，到景区入口还要往前走大约十三公里。沿途中，我看到了陕南氐羌民俗村、情侣桥、将军峰等诸多景点，都有很明显的景点名称标识,我很疑惑氐羌民俗村是怎么回事？难道这里有羌族？羌族不是在四川阿坝州吗？氐羌族和羌族又是什么关系？

到了景点入口处，由于游人不多，加之心中有困惑，补了点水后，我就和工作人员攀谈起来。估计她从来没有遇见过像我这样向她虚心请教问题的游人，她是相当的开心，自然解疑也是十分地给力，基本上是知无不言、言无不尽，给了我最好的答案，并且在我告别时，又塞给我一些宣传资料，让我自己再慢慢看。

略阳县一带特别是秦岭山里原来主要的居民是氐族和羌族两个民族，都属于比较古老的民族，后来两个民族融合了，以羌族为主，以氐族为辅，所以叫氐羌，再后来，氐羌族又渐渐被汉化了。钟文告诉我们，其实他的老家宁强县原来就叫宁羌，有"中国羌族傩文化之乡"之美誉。如此看来，在秦岭南麓原来羌族分布的是比较广的。

这样就好理解了，居住在秦岭南麓的羌民族或者说是氐羌民族，由于长期和汉人接触，逐渐被汉化了，以至于某些地名都更改了。至于说为什么景区要打少数民族这张牌，自然是出于经济效益的考虑，想把旅游业搞活搞火，仅靠秦岭秀美的风光还不足以吸引如织的游人，把原来的已经近乎消亡的土著文化再现出来，这样才能博得更多的眼球。

工作人员还告诉我们，整个五龙洞国家森林景区以古老神秘的氐羌文化景观和葱郁苍密的原始森林风光为主（可见我分析的不错），由五龙洞、青龙谷、白龙谷、三佛寺、氐羌民俗村五大景区组成，有"秦岭秘境，氐羌故国"之美誉，是略阳县的名片。其中，五龙洞景区是核心景区，也是景色最美的景区，时间有限的情况下，应是游人的首选。

去景区深处有两条路线可供选择，一条基本上是在山脊上，可以看远方，可以看全景，一条基本上是在山沟里，虽然看不远看不全，却是绿荫蔽日，阴凉清爽，所以我们选择了山沟里的这条游览路线。一入山口，顿觉精神一振，之前的暑气一扫而光，饱受西安酷暑折磨的我们，大呼过瘾，后悔来晚了，明年一定还要来。

景区的道路沿峡谷蜿蜒向前延伸，总体比较平坦，路面材质部分为石砖、部分为木板，为什么两种材质交替使用呢？我观察了一下路基，突然明白了，原来如果地基是实土，就用石砖铺，如果是悬空的，压根就没有地基，则采用修栈道的方式，在崖壁上斜着楔入木桩，起到一个支撑作用，上面铺上木板，这样重量可以大大减轻。

沿途景点比较多，主要可分为两类，一类是历史遗迹，比如纸坊遗址、茶马古道、叶家寨遗址等；一类是自然景观，鸳鸯潭、木城瀑布、杜鹃林带等。纸坊遗址的发现，让我们着实地兴奋了一阵，这说明汉中一带造纸的历史确实是悠长久远。另外，以龙或五龙命名的景点特点多，比如，五龙藤、五龙石、五龙洞等，我估计龙应该是氐羌民族的图腾。

我看了一下工作人员给的宣传资料，上面介绍五龙洞国家森林公园，总面积有5800公顷，海拔900至2214米，年均气温12摄氏度，森林覆盖面积97%，有200余种野生动物，1700余种珍稀植物。植物中学时没有学好，基本都不认识，而动物别说是珍稀的，就是一般的也没有见到，总觉得有种遗憾。

一路上，奇峰兀立、争奇斗险，巨树参天、古藤高悬，这天，游人特别少，好像景区是我们的专场，我们极有兴致地说笑着行进着，丝毫不觉得辛苦。在一处景观处，周波说："这个景观叫高歌台，咱们也吼两嗓子吧！"我马上表示同意，钟文上前一看："搞错了，这叫高歇台，不是高歌台！"周波说："歌不唱了，给你们讲一个关于唱歌的笑话！"

原来他曾经带过一个南方兵，由于发音的问题，这位兄弟每次都把"团结就是力量，这力量是铁，这力量是钢"的词，硬是唱成"团结就是你娘，你娘是铁，你娘是钢"，每次都逗得其他战友唱不下去，班长发了几次火也没有用。周波活灵活现的表演，把我们俩笑得前仰后合，这个笑话成为我们一路上调节气氛的重要话题。

到五龙洞景点了，一个高约二十米、宽约十几米的巨大溶洞口出现在我们面前，像张着大口的巨兽，那溢出的寒气又像是这巨兽的森森哈气，让人不寒而栗。我们开着手机电筒进去，走了数百米后，道路越来越狭窄，温度越来越低，而且地面的积水越来越多，这一切表明这个景点还未完全开发，于是，我们果断地退了出来。

到了五龙洞，就一定要上呼龙台，两者相距约一公里，但这一公里全是上山路，较之前面道路，难度不知大了几倍，但我们还是毅然出发了。总算到了，呼龙台是一个三面没有遮蔽、底部悬空的山顶突出部，极为险峻，现在虽然修了栏杆，但往下望去，仍然有头晕目眩的感觉，过去氐羌民族在此祈福求雨。

突然我收到了甘肃电信发来的短信："陇上江南、世外桃源，生态陇南欢迎您！"接着周波和钟文也收到了。我这才想起，略阳县是陇陕川三省交界，透过翻涌的云海，向北望去是甘肃陇南的徽县，向西望去是甘肃陇南的康县，向南望去是四川广元的朝天区，方向和地方肯定不错，但尽收眼底的尽是一望无际的、上下起伏的绿色波涛。

广元再往南就是绵阳了，我想起了在绵阳出差的日日夜夜，想起了一起加班的国营783厂（九洲集团）的兄弟，他们是专业、敬业的，他们有胸怀、情怀的，我向他们致敬，感谢他们为国防工业做出的巨大贡献，也衷心地祝愿华如科技与783厂的合作顺利圆满！

拜谒马超墓

从五龙洞国家森林公园出来，时间还尚早，我们查了一下地图，回去要经过勉县，而马超墓位于勉县城西两公里处，于是我们决定去拜谒马超墓。

成都新都区也有一座马超墓，但勉县的马超墓据考证是马超的真墓，考古学家打开墓后发现，格局和砖石有明显的汉代墓葬特点，与史书记载内容相符。马超墓始建于公元222年，占地三十余亩，有山门、影壁、厢房、大殿、风雨桥、垂花门等多处建筑，风格皆为清代宫式构造，神龛上马超塑像颇有"扶风勇略冠当年"的雄姿。

马超是含着金勺子出生的，他是伏波将军马援的后人，汉末诸侯马腾之子，不折不扣的贵族子弟，但他不是纨绔子弟，他是三国时期的"战神"。马超祖上曾和羌人联姻，所以他有一半羌人血统，我觉得他武艺高强、性格刚烈，可能就是因为有着少数民族的血统，勇武有余，谋略不足是少数民族统领的共性。

少年时的马超事业顺得让人羡慕嫉妒恨，15岁就随父亲征战，参与了攻克苏氏坞、马韩互攻等战役，官渡之战后，助司隶校尉钟繇在阳平关击破袁氏和南匈奴联军。马腾入京做官后，他接管了父亲旧部，被曹操拜为偏将军、封都亭侯，这是何等的意气风发。我历来认为，年少时吃点苦头是有好处的，特别有助于性格和思想的成熟，否则会在人生的后半程吃大亏。

果不其然，紧接着马超的事业就像坐过山车急速下滑，特别是一门二百余口被曹操诛杀殆尽后（从《三国志》的记述来看，他要负很大责任，《三国演义》艺术化地处理了），似乎心智大乱，连吃败仗，还被叛徒出卖，先是投奔张鲁，后又选择刘备。直到成都城下，令刘璋懦弱之辈不战而降，好像恢复了精气神，马超凭此役成为刘备入主成都的当之无愧的第一功臣。

刘备是个大滑头，表扬马超是不遗余力，比如"信著北土，威武并昭"就是他说的，但我就是不用你，只让他镇守阳平关，就是今天的勉县老县城。还有那个小心眼的五虎上将老大关羽也是经常找马超的事，比如，经常找诸葛亮请教："军师，你看我和马超谁能打啊？"搞得诸葛亮不得不做些安抚工作，以保持内部团结。

当局者如此对待马超，原因不外乎有两个，一个是马超的武艺太高强了，太能打了，三国英雄数马超啊，连曹操都说：马儿不死，吾无葬地也。自己人可能会吹捧，敌人说的话是最有信服力的。另一个是马超的经历太特殊了，出身名门，又在多个公司跳过槽，再加上他那个臭脾气，我想刘备等人要经常问问自己，马超这小子给我打工安不安心啊？他会不会反水啊？

刘备对五虎上将的感情是有区别的，关羽和张飞是磕头兄弟，肯定最亲！赵云是贴身跟班，肯定次之，而黄忠和马超都是外来户，则为最末。而且，五人中马超出身最高贵，属于另类，也很容易遭到别人的不待见。据说，关羽因为出身不是太好，最讨厌别人问他：来将何人？报上名来！两军交战报名字，可不仅仅是报名字，有时还要报家庭背景的。所以，谁要问这个问题，关羽的大刀就会和谁死磕。

马超四十七岁就早逝，与心情不好有很大的关系，他渴望重返沙场，渴望建功立业，尽管这其中报私仇的成分比较大，其实本质上两者也不矛盾，但领导却不给他机会，他那个性格又怎会有朋友？心情又怎能不郁闷？现代医学研究表明，影响人健康的因素主要是心态、环境、习惯，跟饮食一毛钱关系也没有，其中心态（也可说是心情、情绪）位列第一。

马超临死前给刘备上了一道疏，原文是：臣门宗二百余口，为孟德所诛略尽，惟有从弟岱，当为微宗血食之继，深托陛下，余无复言。意思大概是：自己一家被曹操杀得差不多了，已经没有什么人了，只有一个弟弟马岱，希望陛下能好好待他！每每读到这里，我都有一种英雄末路的悲凉，忍不住潸然泪下。有多少人真正懂得英雄？有多少人明白英雄背负的压力？又有多少人明白英雄胸中的孤寂？

英雄当然可以有缺点，人无完人嘛！但恰恰因为是英雄、是名士，更要严格要求自己，这种严格要求首先体现在脾气、性格、习惯、爱好、气度、胸怀、品行、修养等软指标，这些软指标不过关，你的硬指标越硬，说不定给你带来的伤害，甚至是灾祸就越严重、越可怕！因为你不是普通人，穿鞋的人面对光脚的人须格外谨慎，尤为可怕的是你还背负着"官二代""红二代"的名声！

此次汉中之行，收获颇丰，不仅见到了诸多老战友韩宁、何钟文夫妇、陈正勉夫妇、张传广、陈扶宁，还认识了些许新朋友李玮（洋县）、陈晓军（石泉）、黎明金（略阳）、胡君（淳化），又再一次领略了"中华聚宝盆、汉家发祥地"的风采，张开地图细看两区九县的标注，不管经济强弱、不管人口多少、不管距离远近，处处是秦岭胜景、处处是汉家遗韵、处处是资源宝藏，让人不忍离去。

就在我们回去的路上，朋友发来一条微信，题目是《西成高铁下月开通》，我拿给周波看，我们相视大笑。这笑声透出车窗，飘向高速两边秦岭密林深处……

天下黄河雄在壶口

  黄河是中华民族的母亲河，没有黄河就没有中华文明。作为中华儿女如果不去亲近黄河、不去了解黄河，就犹如孩子在回避养育自己母亲，这样的孩子是冷血的，至少是不孝的。所以尽管我已经看过了青海、甘肃、宁夏、河南等多个区段的黄河，但仍寻找一切机会去看未曾谋面的其他区段，对于壶口瀑布，我仰慕已久，因为"天下黄河，雄在壶口"！感谢好友杨新峰，他在工作繁忙的情况下仍然抽出时间陪我，帮我了却了心愿！

  看壶口瀑布的最佳时间应该是9月至11月，这个时间段水量大，瀑布宽度可达千米左右，只是我不能选择，能有时间去就已经烧高香了。从西安出发驱车大约四个小时到了壶口瀑布景区，较之其他景区，这个景区是非常有特色的，景区实际上是一段长约五公里的黄河，沿河两岸修了一些设施，比如曲径、凉亭、看台……形成了一条狭长的景观带，核心景点壶口瀑布在最上游。去看瀑布有两条路可行，河东边的路属于山西省临汾市吉县壶口镇，河西边的路属于陕西省延安市宜川县壶口乡，这个景区为两省共有旅游景区。

  河东有购票站，河西也有购票站，中间有桥相连，哪边购票都行，自由选择，就看你想让山西挣钱，还是让陕西挣钱。为了保险起见，我们专门请教当地人，从哪边看效果好？当地人说，上午要沿东岸向上游走，由东向西看（也就是从山西方向往陕西方向看），下午则反之，如此效果最佳。我们想当地人总是不会错的，于是我们从西岸向上游走，即从西侧陕西境内观看了壶口瀑布。但观看完毕之后，我却有不同的见解，我认为，不同的角度有不同的收获，没有好坏之分，真有区别是观看者的内心，而不是观看者的位置。正所谓，物随心转，境由心生。

  当我站立于瀑布侧方的一块大石之上通观河床之时，立刻顿悟壶口瀑布名字的缘由。黄河水流未至壶口以前，河床宽近400米，应该说相当开阔，水流比较平缓，丝毫不显得湍急。然而到了壶口后，河床形状突变，在河道中央出现了一道深约30米、宽约50米、长约1600米的深槽，当地人把这个深槽称作"龙槽"，400来米宽的河水迅即紧缩并向龙槽内倾泻，河口收束犹如壶口，故名壶口瀑布。至于这个深槽是怎么形成的？地质学家考证，这是由于特殊的地质条件，加之河水长久的冲刷造成的。

我想每一个站在壶口瀑布面前的人，和我的感觉一样，那就是壮观，那种来自大自然的伟力压迫得我喘不过气来。由于河底的凹凸不平，在临近壶口的河面上形成了一个又一个的浪头，这些密集的、混浊的、又夹杂着白色泡沫的浪头时高时低、忽左忽右，拥挤着、咆哮着、互不相让向前涌动，好似万马奔腾，没有什么能阻挡她们，前面的浪头倾注进龙槽，后面的浪头紧接着赶到，前赴后继、义无反顾，再次倾注进龙槽之中，仿佛生命在这一瞬间得到了升华。

大落差形成大势能，倾注的水流撞击在岩壁或岩底后，瞬间破碎成千万颗水滴，在炽热的阳光照射下，形成大片的浓重的水气云团，由槽底向空中升腾。水流与岩壁或岩底撞击，发出巨大的轰鸣声，龙槽底部的空腔在无意间起到了一个"扩音器"的作用，把这种轰鸣声进一步放大，耳内已经容不得其他声音的存在。这画面、这声音，这磅礴的气势，把我的感观完全征服，我的心仿佛都要从胸膛里跳出来。我怎能不自豪呢？作为中华文明的象征，黄河是那样的名副其实，是那样的当之无愧！

此情此景完全颠覆了我对水的认知，所谓阴柔、所谓含蓄、所谓宁静……都只是水的性情的一部分，我们没有完全懂得水的品质啊，我们的认知太肤浅了、太片面了，来看看壶口瀑布吧，让我们零距离感受黄河的血性、黄河的阳刚、黄河的奔放，黄河的豪迈，黄河的一切的一切，我惊异千百年来她的生生不息、绵延不绝，我感受到了她流淌的欢畅、她前进的自信，也感受到了她的无畏勇气和惊人力量。天地有情，山水有义，只是我们要用心才能体会。人们常说"仁者爱山、智者乐水"，我终于明白，是山的敦厚让居者成仁，是水的隽雅让邻人有智。

1937年9月，八路军三个师在朱德总司令的统帅下东渡黄河，奔赴抗日前线，与日寇决战，现在陕西韩城芝川镇有八路军东渡黄河纪念碑，这次东渡黄河表明了中华民族要掌握自己命运的决心。1948年3月，毛泽东带领中共中央东渡黄河，前往河北的西柏坡，指挥即将到来的战略大决战，现在山西临县碛口（登陆处）有毛主席东渡黄河纪念碑，这次东渡黄河表明了中华民族能掌握自己命运的实力。两次东渡黄河的国内形势有天壤之别，这是共产党人不屈抗争的结果，黄河鼓舞了、也见证了中华民族争取独立自主的光辉历程。

我不由得想起《黄河大合唱》这部伟大的作品（我们熟知的《保卫黄河》就是八个乐章之一），它的诞生与壶口瀑布有着密切的关系。1938年9月，诗人光未然带领抗敌演剧第三队，奔赴山西吕梁山抗日根据地，就是从壶口渡过黄河，途中黄河船夫们与狂风恶浪搏斗的情景，以及高亢、悠扬的船工号子，给他留下了深刻的印象。1939年1月，光未然回到延安后，创作了朗诵诗《黄河吟》，冼星海听后兴奋不已，尤其是在听了光未然讲述黄河呼啸奔腾的壮丽景象后，产生了强烈共鸣，乐思如潮，半月之内完成了该作品八个乐章及伴奏音乐的全部乐谱，周恩来听了《黄河大合唱》后十分振奋，亲笔题词："为抗战发出怒吼，为大众谱出新声！"

我们再把思维发散一下，当时的国统区唱的是什么？唱的是"何日君再来"、唱的是"夜来香"、唱的是"国事莫要谈"……有些人可能在影视作品中听过，即使没有听过，我想通过歌名，大概也能想象到演唱者的形象，也大概能想象到听众的形象，这里我不想浪费笔墨去描述，进步的与退步的、积极的与消极的、充实的与空虚的、昂扬的与萎靡的……对比就是这么鲜明！为什么会这样？环境不同，外界事物对人感观的刺激不同，影响和培育了人们不同的情趣和格调。现在有些文章经常讨论为什么国民党会输给共产党这个问题，能不输吗？从统治者到被统治者的精神世界都垮了！

我们的祖国山河壮美，说山，有泰山、华山、恒山、衡山、嵩山，还有五台山、峨眉山、九华山、普陀山，这些都可归为灵秀的，还有雄伟的，昆仑山、祁连山、天山、秦岭、长白山、太行山……我带部队赴青藏高原驻训时，当我远望昆仑山口"巍巍昆仑、万山之祖"八个大字时，根本无法抑制泪水的溢出，那种震撼的感觉一辈子也难以忘却！说河，除去黄河，有长江、黑龙江、塔里木河、珠江、雅鲁藏布江、澜沧江、怒江、辽河、淮河，这些山川河流就是我们中华民族的骨骼和血液啊！可是，我们又去过几处呢？我们对它们又了解多少呢？

现在旅游火爆了，很多人频繁地往外跑，但我认为是没有收获的，倘若你说购买了多少物品、品尝了多少美食、拍摄了多少相片……也算得是收获的话，那我就噤声了。古人说，学而不思则罔，其实，行而不思也罔啊！我也坚决反对年纪轻轻当什么宅男、宅女，如果真是在宅子里做什么有意义的事还罢了，但大多数人可能都在做与网络、与手机有关的无聊的事情，这不论是对肉体，还是对精神，都是一种慢性摧残。有媒体经常评价某某艺人是"宅男的女神"或"宅女的男神"，我实在是搞不懂，成为那样一群人的"神"，不是对"神"的羞辱嘛！

黑格尔说，一个民族总要有几个仰望星空的人，否则这个民族是没有希望的。

近年来，社会上出现一种趋势，男人女人化、女人儿童化、儿童宠物化……这不是玩笑，越来越多的人把世故当成熟、把怯懦当稳健、把麻木当深沉，国人精神的异化，让人不寒而栗！现在，又有多少能够体会到鲁迅弃医从文的痛苦了？遥想当年"七亿人民七亿兵，万里江山万里营"的红色时代，我感慨万分！衷心祝愿我们中华民族既有强健的身体，更有强健的精神，为中华民族的复兴大业提供有力支撑和不竭动力。

一座中华民族的精神丰碑

　　近日，我和挚友周波驱车二百多公里，由西安赶到了韩城（陕西省直管县级市），瞻仰了司马迁祠（俗称司马庙，因祠墓一体，也叫司马迁祠墓）。

　　司马迁祠位于韩城市南十公里芝川镇东南的山岗上，东临黄河，西枕梁山，气势雄伟，为韩城诸名胜之冠。司马迁祠始建于西晋永嘉四年，后世不断扩建，形成了依崖就势、层递而上的较大规模的建筑群落，1982年被国务院公布为全国重点文物保护单位，2014年被评为AAAA级旅游景区。

　　今天的司马迁祠实际上由外围的太史公园和内部的司马迁祠两部分构成。司马迁祠内的遗迹不是很多，主要有牌坊、碑石、殿宇三类，宋、金、元、明、清的居多，其中最核心的保护文物祠和墓保存相对较好。祠内后世对司马迁的颂词中意境最高的当属郭沫若先生1958年的题诗：龙门有灵秀，钟毓人中龙。学识空前富，文章旷代雄。怜才膺斧铖，吐气作霓虹。功业追尼父，千秋太史公。整个祠院古柏参天，环境幽静，置身其中，如登仙境。

　　在众多的历史遗迹中，一段叫司马坡的山路引起了我的注意。路从祠院大门起，到岔道口（自此以上，道路为石阶）止，虽然不是很长，但非常陡峭，路面由鹅卵石铺垫，这些石头大小不一，由于年岁较久，底部已陷入泥土之中，丝毫不会松动，但露出地表的部分高低起伏，以至于路面坑坑洼洼、圆圆溜溜，稍不留神就有可能崴脚，上山难度可想而知。

　　这条道路是司马迁一生坎坷、一生悲苦、一生隐忍、一生挣扎的最真实的写照。我在行进过程中不由自主地数次停下，仿佛感受到了司马迁含屈忍辱的痛苦，以及他著书立传的刚毅。我真佩服当初建设者的构思，用这样一种方式表达对司马迁的敬仰，千百年来无数的游人是否体会到了这条道路所蕴含的深意？

　　说到司马迁，就不能不说《史记》。《史记》是我国第一部纪传体通史，鲁迅先生赞誉"史家之绝唱，无韵之离骚"。《史记》使百代而下，史官不能易其法，学者不能舍其书，为我国的史学和文学树立了一座光辉的里程碑。《史记》之所以伟大，不仅仅是文字内容的伟大，更是作者品格的伟大，认识不到这一点，就无法真正读懂《史记》。

公元前104年，司马迁受父命开始著述《史记》。我常想，如果没有"李陵案"，司马迁没有遭受到牢狱和宫刑，特别是宫刑的奇耻大辱，能不能完成《史记》？《史记》能不能达到今天这样的成就？历史就是这样无情，公元前99年，"李陵案"发生了，暴君面前是没有什么道理可讲的，司马迁先是入大牢，接着是受宫刑，时间长达两年，受尽了折磨。

自司马迁做出受领宫刑决定的那一刻起，就注定了《史记》必定是一部旷世无双、非凡超绝的奇书。"诟，莫大于宫刑"，司马迁宁肯受宫刑也要活下来（他没有钱赎罪，只有受领宫刑），当然这其中有父命不能违的因素，但这绝不是全部的动机，某些时候，生比死还要痛苦，司马迁能直面这样的痛苦，就是要用《史记》这部作品来证明自己的价值、挽回自己的尊严。他做到了，他的《史记》开创了史学发展的新时代，他被后人尊称为"史圣"。

司马迁著《史记》过程中常用古代那些在困厄中有所建树的圣贤激励自己，"西伯拘而演《周易》，仲尼厄而作《春秋》，屈原放逐，乃赋《离骚》，左丘失明，厥有《国语》，孙子膑脚，《兵法》修列……"请注意，司马迁所列举的所有学习榜样，他们的建树无一例外的是文字作品，正是这些书籍使这些先贤流芳百世，被后人顶礼膜拜。

司马迁继续著述《史记》，这一年，他已经四十二岁了，他不是用笔和墨在写，而是用鲜血和生命在写，他一个人，一个残缺的躯体面对的是一个浩大而繁杂的文字工程。读《报任安书》，你能感受到一个在惊涛骇浪中沉浮的灵魂，一个在弥天大雾中求索的生命。尽管司马迁夜以继日奋笔疾书，但他并不知道结果会怎样，他一定是痛苦的，但他在坚持着，越痛苦越坚持，《史记》就是他全部的精神寄托。

公元前91年，在历经十六年后，司马迁完成了《史记》的著述，一百三十篇（十二本纪、十表、八书、三十世家、七十列传），五十二万六千五百字。他终于释怀了，"仆诚已著成此书，……虽被万戮，岂有悔哉！"但这部巨著当时并没有引起轰动，时至今日，我们只知道司马迁生于公元前145年，卒年不详，可见他离世时仍然是一个小人物。事实上，《史记》最初被统治者视为"谤书"，从唐代开始，学者们对《史记》才看重起来，这真一个莫大的讽刺。

司马迁被誉为我国古代伟大的史学家、文学家、思想家，其实，何止是这三家，翻开《史记》静心阅读，政治家、军事家、经济学家……哪一个头衔给他都不为过。《史记》内容涉猎之广、论述之深，无出其右，可谓字字珠玑、言言锦绣。现在很多作品动辄洋洋洒洒数万言，可是有几句是属于作者本人？从这个意义上讲，《史记》真是一部百科全书式的鸿篇巨制。

实事求是是司马迁高贵品行中最具有代表性的，这种品行贯穿了他的一生，联想到当时的社会实际，能坚持这种品行真是难能可贵。甘冒汉武帝淫威，为李陵说公道话，已经很不容易了。但他在陷牢狱、受宫刑，身心遭受到极大伤害之后，仍然恪守"不虚美，不隐恶，不为尊者讳，不为亲者讳"的原则著述，就更令人折服了，不为外界情势改变的品行，才是至真至纯的高贵品行。

伟大作品必然出自一个伟大的作者，而伟大的作者必然有一个伟大的灵魂，但像司马迁和《史记》这样遭受磨难的作者和作品，古往今来实为罕见。可否这样理解，正是苦难成就了司马迁？也正是苦难成就了《史记》？做难事必有所得，因为难事才能激发人的潜能。当然，司马迁之所以能写出《史记》，还有三个方面的原因不可忽视：

一是良好的家庭教育，司马迁出生在一个史官世家，特别是他的父亲司马谈有广博的学问修养，是当时颇有名气的大学者，对青少年的司马迁来说，父亲就是老师，家庭就是学校。现在很多父母不是想如何让孩子拿起书本读，而是一心想给孩子买学区房住，实在是本末倒置，其实真正的学区房就是你的书房啊。

二是优秀的人物影响，李陵和苏武是司马迁的好友，这在史书中是有明确记载的，这两个人一武一文，李陵以步卒五千对抗匈奴八万骑兵，苏武流放北海，持节牧羊十九载，还不够优秀吗？当然司马迁的朋友肯定不止这两个。一个人进步的方法是多种多样的，但最简便最直接最有效的方法，就是去接近那些充满正能量的人。

三是丰富的人生阅历，司马迁二十岁那年，就游览了祖国的名山大川，南到长江、淮河流域，北到山东和中原地区。在任郎中、太史令时，又先后四次到祖国各地寻遗访古，了解各地的风土人情，搜集了大量的写作素材。读万卷书，行万里路。行万里路不能走马观花、浮光掠影，要做到行有所思、思有所得。

因为《史记》，司马迁被联合国教科文组织列为"世界文化名人"，这是司马迁本人的骄傲，也是我们中华民族的骄傲。《史记》记载了中华民族上起轩辕黄帝，下至汉武帝太初元年大约三千年的历史，帮助中华民族找到了根，这是中华民族的大幸。一个民族一定要有伟大人物，否则这个民族就不能称其为伟大，

希言自然

这些伟大人物的精神是支撑这个民族屹立的脊梁，是照耀这个民族前行的灯塔。倘若一个民族有伟大人物，却不懂得珍惜，不是尊崇呵护，而是嘲讽甚至诋毁，则是这个民族的悲哀。

小县城大收获

淳化县位于咸阳市的北部，辖一个街道七个镇，县城由一条主街、若干条辅街构成，人口二十来万，GDP总量约六十亿，在咸阳市十县两区一县级市中，淳化排名最末，所以说它是一个小县城。

如果不是周波在那里工作，我是不会去的。人就是这样，哪个地方有自己的朋友，就会对那个地方有情感、有向往，朋友如此，恋人不更是如此吗？即使那个地方是偏远的、落后的，但因为人的因素，一切都变得美好和亲切。

我是郑州防空兵学院毕业的（那时叫郑州高炮学院），走上领导岗位后，但凡遇到郑州籍的战士，有时也会扩大到河南籍，只要不违反规定，我都会尽我所能予以照顾。每次和他们接触，我都会不由自主地想到母校、同学和亲人。

刚进县城，就看到了"淳如诗、美如化"的宣传口号，多年机关工作的习惯，让我对这六个字琢磨起来，总的感觉机关人员没有下功夫，各级领导也没有严格把关，这六个字太平太浅，没有揭示出淳化这个地方内在的、本质的东西。

地域宣传口号是对一个地域形象的高度概括，评价这个口号好不好，关键是看它能不能把这个地域独有特点，准确地、充分地表达出来，比如，哈密的宣传口号是"伊州古风犹在，哈密新姿更美"，再比如，咸阳的宣传口号是"千年帝都，德善咸阳"，都堪称经典。

"淳如诗、美如化"，用"化"代"画"牵强别扭，更要命的是，淳化最核心的悠久历史、厚重文化都没有涉及。淳化，古称云阳，秦时就建县了，而且"淳化"两字大有来头，公元993年，宋太宗为表彰当地"淳德教化"，故将自己的年号"淳化"赐给当地作为县名，以年号作为县名，这在中国历史上是极为罕见的。如此宝贵的资源被浪费，真是太遗憾了。

秦直道遗址

次日，我们一行四人首先赶到秦直道遗址。秦直道是秦始皇统一六国后，为抵御外患，巩固新兴政权，继万里长城之后，于公元前212年命大将蒙恬、太子扶苏率二十万大军，耗时两年半时间修筑，是秦帝国第二大军事防御工程（秦直道和秦驰道不是一回事，不要搞混淆了）。

我们脚下的秦直道遗址就是秦直道的起点，长约两百米、宽约二十米，并立有"秦直道遗址"纪念碑。秦直道自起点由南向北笔直延伸，终点到九原郡，就是今天内蒙古包头市西南的孟家湾村，全长近八百公里，穿越十四个县，用今天的话说就是一条军用高速公路。

从史料看，依托这条道路，骑兵一周、步兵和辎重半月可以抵达作战前沿，遥想当年千军万马驰骋前线的场景，我就有点热血沸腾，没有打过仗的军人是不完美的。军队制胜的因素根本上讲就两点，一个是速度，一个是力量，其他一切因素，包括我们今天强调的信息，都是帮助速度更快、力量更强。

冷兵器时代，对付时聚时散、飘忽不定的游牧部落骑兵，最好的方法有两条，一条是以静制动，一条是以快打快，秦始皇建长城，是以静制动，建直道，是以快打快，当然具体怎么运用，还要根据当时的情况而定。这些都足以说明秦始皇对军事问题的研究是颇有心得的。

另外，秦直道还和汉武帝北征、王昭君出塞、张骞出使西域、蔡文姬归汉等重大历史事件有关，前三个是送别，后一个是迎接。同时送别，心境却有天壤之别，武帝豪迈、昭君悲伤、张骞志忑，一条道路承载着人间多少悲欢离合，世人都想主宰自己的命运，可古往今来又有几人能够做到？

甘泉宫遗址

汉甘泉宫在是秦林光宫的基础上修建的。秦林光宫为秦二世胡亥所建，史料记载林光宫"纵广各五里"（换算后约为1040米），甘泉宫的规模比林光宫还大，总面积六百多万平方米，比林光宫多出近五百万平方米，仅次于未央宫。西汉时期，有名的宫殿还有长乐宫、建章宫、明光宫等。

然而这一切我们都看不到了，甘泉宫遗址处基本上没有东西，有三座后人立的石碑，上面刻有古人赞颂甘泉宫的诗词，新峰还在附近的田地里找到一个石基，就是用于安放支撑殿梁石柱的基座，另外，附近有两个无名覆斗形墓冢，我们推测主人应该是甘泉宫被破坏以后的，否则，谁会在宫殿里建墓冢？

云阳山（甘泉山）一带，素以险要著称，秦建林光宫和汉建甘泉宫，都是出于军事上的考虑，通过把指挥机构前移，提高指挥效率，有效抵御匈奴、保卫边疆，进而屏蔽咸阳和长安。但汉扩建甘泉宫，还有一个目的，就是供皇戚贵族休闲避暑。难怪刘彻精力旺盛，人家是工作、休息两不误。

甘泉宫遗址所在的村叫梁武帝村，我初见时吓了一跳，梁武帝萧衍是南朝梁的开国皇帝，梁的都城在建康，今天的南京市，距这里十万八千里，这哪儿跟哪儿啊。我询问村里一名老者，他告诉我，因为汉武帝在此纳凉，所以当初这个村子叫凉武帝村，后来演变为梁武帝村，其实村里以张姓为多。

尚磊把香烟一递，就打开了村民的话匣子，全村有五百来人，主要种植蔬菜和水果，蔬菜以辣椒和西红柿为主，水果只有苹果。村里公共设施的名字都很大气，比如，梁武帝村委会、甘泉宫门市部……回来后，上网查了一下，村子还是叫凉武帝村。看来，每到一个地方，遇到疑惑是要考证的。

历史上，甘泉宫内发生过许多大事，它见证了西汉历史上一幕幕惊心动魄、刀光剑影的宫廷争斗，这也是我对它感兴趣的原因所在。我始终认为，景物是骨骼，人文是灵魂，两者的结合，才是完美的旅游胜地，我们应该多去些这样的地方，愉悦精神、增长见识，岂不快哉！

汉云陵

汉云陵就是勾弋夫人墓，因为建在云阳，故名云陵，有的史书也将其称为阳陵。为保护该陵建有"汉云陵"陵园，从陵园大门进入，几分钟就可走到墓冢前，根据目测，覆斗型封土高30多米，底边长150米左右，顶边长30米左右，乾隆《淳化县志》评价"遗冢巍然"。

勾弋夫人是个很神奇的人物，主要有两处：一是天生右手握拳不能伸展，别人都掰不开，只有汉武帝能掰开，而且掌中握有一玉钩，这也是钩弋夫人名字的由来；二是怀孕十四个月才生下刘弗陵（也就是后来的汉昭帝），这个传奇可不仅是怀孕时间长那么简单，尧的母亲也是怀孕十四个月后才生下的尧，明白了吧，玄机在这里呢。

这两个八卦其实稍有点头脑的人都知道是瞎编的，为什么要给赵女士杜撰如此怪异的经历？注意，这两个八卦都和两个帝王紧密相关，如果你认为这是为了说明赵女士的了不起，就大错特错了，这恰恰是说明两个帝王的了不起，赵女士只是个陪衬，男权社会哪里有女人表现的份儿。

你看，别人都不行，我亲自动手，手掌就伸展开了，这女人就是我刘彻的菜，别人休想染指；我刘弗陵的确是真龙天子啊，凡夫俗子在娘肚子里只待十个月，有的甚至更短，而我则要待够十四个月。编这套瞎话的人，一定是个官场老油条，他把官场溜须拍马的学问研究透了。

关于钩弋夫人的死，有两种说法，班固在《汉书》里说的是忧郁而死，褚少孙在《史记》补记里说的是武帝赐死。不管怎么死的，都挺不好，因为不是善终。如果是第二种死法，那就太冤了，儿子要当皇帝了，赐死的命令到了，人生的大起大落、大喜大悲，还有谁能跟她相比？

县文博馆

淳化县文博馆是一个地方历史综合性的博物馆，地域文化特色非常明显，具有中原农耕文化与北方草原文化兼而有之的文化特性。一进馆内我就有好印象，给我们讲解的小伙子不仅外形俊朗干练，而且还说得一口标准的、流利的普通话，完全可以跟我有的一拼（仅指后者）。

听了小伙子的讲解，我真的是大吃一惊，一个小县城能有个馆就已经相当不错了，没想到该馆馆藏文物这么丰富，共计12类3000余件，等级文物多达254件，其中一级文物17件、二级文物20件、三级文物217件，而且全部是当地出土的，货真价实的土豪啊。

有国宝级文物淳化大鼎，这是迄今所知西周早期最大最重的铜圆鼎（西周礼器，226公斤），有全国独一无二的两种专用瓦当，即甘泉宫、林光宫专用的甘林瓦当和军队专用的龟蛇雁纹瓦当，有全国仅有的一尊闭目合唇的布袋和尚石像（民间也叫弥勒佛），而且布袋所占石像比例之大居全国之首。

小伙子告诉我们，淳化地下的文物太多了，以前，老百姓轻易就可挖到陶俑、瓦当、玉器、金石等器物，早些年，考古人员到乡下征集文物，老百姓是毫无保留，整篮整筐往外拿呀，近年来，知道所谓的破坛烂罐是文物，是有一定价值的，就有点舍不得了。讲者平心静气，听者瞠目结舌。

在文博馆还有一个意外收获，就是了解了三阶教的情况。原来在淳化金川湾有个石窟，石窟内发现了三阶教刻经，经文共10余万字，是目前世界遗存最完整三阶教经文孤本，当然现在已经得到了很好的保护，开发成了集宗教、生态、人文为一体的综合性景区。

三阶教又称三阶宗，是佛教的一支，由隋代僧人信行创立的。三阶教很了不起，因为它宣扬一切佛像是泥龛，不须尊敬，一切众生是真佛，所以要尊敬。这不就是朴素的以人为本思想吗？佛教其他各宗和封建王朝统治者认为三阶教是异端邪说，对它大加攻讦和禁止，传播300余年后，湮灭不传。

这让我不由得想起了那个奇葩邻居所信仰的印度教，其教义也很奇葩，它宣扬人是不平等的，这下你就明白印度的种姓制度为什么根深蒂固了，而且这个教的主要修行途径就是冥想，冥想不代表瞎想，想着想着就想入非非了，比如洞朗是他们的，比如孟买要被上海超越了（他们一直认为孟买比上海好），真是可笑之极。

返回的路上，我不断地看到高速路旁广告牌上的旅游景区名称，比如昭陵，让我想起了玄武门之变、想起了贞观之治……比如郑国渠首遗址，让我想起了《谏逐客书》、让我想起了横扫六合……咸阳，一草一木都有故事，一砖一石都是传奇。这一天，可谓走进历史、穿越历史。

很多时候，我们对身边的人、身边的事，乃至身边的环境，并不是很在意，因为每天都见，见得多了也就习惯了、自然了，甚至麻木了。我们用心用脑、动情动意的对象是谁？应该是谁？方向是哪儿？应该是哪儿？我们问过自己吗？也许我们该平静下来，尝试品味一下亲人的真、单位的好、故乡的美……

马嵬驿随想

去马嵬驿实属偶然。国庆长假某日，与友人相约去大水川（位于宝鸡市陈仓区，为高原草甸，景色极佳），行驶途中感到天气阴冷，遂改变初衷转向了咸阳地区的马嵬驿。

到了马嵬驿，才知道真正的马嵬驿故址在兴平市西北23公里处，由于年代久远，已经破败不堪。大家口口相传的马嵬驿其实是马嵬民俗文化村，位于兴平市西11公里的李家坡村，难怪又叫马嵬坡，确实有个大坡。

距离马嵬民俗文化村不远处有杨贵妃墓，红颜成就名镇，可是鲜有人去杨贵妃墓。我被人流裹挟着转完了马嵬民俗文化村，又坚持去了杨贵妃墓，在缓步慢行中，在凝神端视中，在低首思索中，时间悄然流淌，我的思绪在历史和现实中飘荡。

驿站

既然到马嵬驿，就先围绕驿站展开话题。不要让"站"这个字搅乱了你的认知，这个站可不是一间酒店、一片宅院，有时一个站就是一座城。驿站是古代供传递官府文书和军事情报的人，或来往官员途中食宿、换马的场所。驿站属于官家，只为官府服务。所以，不能将古代驿站简单地等同于现代物流。

驿站最初的功能比较单一，只是传邮，故称之为邮驿，后来职能拓展了，区分为邮、亭、传三部分，邮负责传递官府的公文、信函，亭负责接待官府宾客，传负责传递重要文书和军事情报，正是由于信息的流通，确保了国家机器的正常运转，从这个意义上讲，这些默默无闻的驿站支撑着整个封建帝国。

国家邮政总局曾经发行过一套邮票，图案分别是盂城驿和鸡鸣驿。盂城驿始建于明洪武八年（1375年），位于江苏省高邮市南门大街东，鸡鸣驿始建于明洪武元年（1368年），位于河北省怀来县鸡鸣驿乡，都有很高的文物价值。我这个集邮爱好者希望在不远的将来，能够亲眼看到这两种胜景。

在中国历史上，马嵬驿是大大的有名，距今已有1600多年的历史。东晋太元十八年（393年），朝廷委派名叫"马嵬"的地方武官，率众筑城，固守疆土而得名。当地有一种酒，叫"马嵬将军"，就是纪念这位英雄的。专家考证，古时的马嵬驿面积达2000多亩。我在民俗村泥塑馆里看到了当年筑城的情景，场面十分宏大。

马嵬驿是唐时西行第一站。唐景龙二年（708年），唐中宗李显送金城公主出嫁吐蕃王赞普，送至马嵬驿。天宝十五年（756年），也就是"安史之乱"的第二年，唐玄宗西逃也到了这里，但没有料到会发生"马嵬兵变"，兵变不仅让世人记住了马嵬驿这个地名，也记住了唐玄宗薄情寡义的丑态。

唐朝驿站达到了空前繁盛的阶段，据《大唐六典》记载，最盛时全国有水驿260个，陆驿1297个，专门从事驿务的员工共有20000多人，其中驿夫17000人。这和1949年前国民党统治时期全国邮政人员总数几乎相当。电视剧《神探狄仁杰》中边关情报三日即可到达长安，堪称那个时代的顺丰快递。

闯王李自成和驿站也有关系。他21岁时应募到银川驿当了一名驿卒，刚端上铁饭碗，明思宗朱由检就开始对驿站进行改革，把银川驿裁撤了，失业的李自成走投无路，在崇祯二年（1629年）造反了，最后还真把明王朝推翻了。朱由检怎么也想不通驿站改革竟然惹下如此大祸，历史真让人不可捉摸。

贵妃

杨贵妃墓其实是一个衣冠冢，墓园依山而建，绿草掩映，古树参天，环境十分幽静。杨氏死的那年是38岁，正应了那句老话"自古红颜多薄命"。这话很有道理，一个丑女没人关注没人要，能惹出什么样的乱子来？而一个美女就不同了，她是关注的热点、舆论的焦点，稍不小心就会身陷矛盾的风口浪尖，倘若再掺杂点政治因素，那后果就不可收拾了。

杨贵妃是"马嵬兵变"最大的牺牲品，安禄山叛乱凭良心讲跟她一毛钱关系也没有。她的死确实有些冤，短命加之美貌，就更惹世人怜爱。所以千百年来，人们始终念念不忘这位贵妃，即使死了，也不愿意承认。墓园太真阁内有长恨歌画廊，说的是兵变中死的是一个替身，真正的贵妃被人保护着跑到了海外，过着神仙般的隐士生活。结局很浪漫，就是太虚假。

杨贵妃从入宫到死亡其实没过几天舒心日子，从被骚扰到被霸占，不是提心吊胆，就是强颜欢笑，还有那个要命的年龄差距（她与唐玄宗相差34岁），这对一个女人来说是怎样的折磨？墓园内的碑廊上刻了很多后人关于"马嵬兵变"的诗词，其中不乏大家，这些作品中有一部分是歌颂唐玄宗与杨贵妃爱情的，如果作者再世恐怕会遭到口水待遇！

唐高宗李治是跟自己老子抢女人，唐太宗死后，为掩人耳目还让武则天到尼姑庵带发修行了一段时间。唐玄宗是跟自己儿子抢女人，没有抢到手之前，最大的嗜好是偷看杨氏洗澡。最终情欲战胜理智，唐玄宗赫然下令，要杨氏放弃王妃身份去当道士，理由是给玄宗母亲窦太后祈福，实际上就是和寿王离婚。这些在《唐大诏令集》中有明确记载。

李唐王朝确实脸皮厚，表现有二，一个是对人性的践踏，乱伦，一个是对宗教的亵渎，利用，真是学有榜样，练有标杆，前赴后继。经查，唐太宗李世民的生母出自鲜卑族纥豆陵氏，唐太宗长孙皇后的父系和母系皆鲜卑人，故唐高宗李治承袭鲜卑血统近四分之三，承继汉族血统者仅四分之一。原来，李唐王朝不是纯汉民族血统，故而受儒家礼法的影响较小。

杨氏在政治上很幼稚，一个是答应了安禄山认母的请求，而当时安禄山身兼三个节度使（唐时共十个节度使），他为什么要认你做母？显然包藏祸心；一个是接受了玄宗对家人的封赏，杨国忠就是一市井之徒，杨家何德何能受此封赏？无福消受就意味着纳祸入门。不懂拒绝，就要付出代价，古今亦然。杨氏做梦也想不到会被逼迫自缢，天堂与地狱有时只有一线之隔。

杨氏如果有孩子，而且是个男孩，她的命运是完全有可能改变的，有了孩子就像是有了一道护身符，陈玄礼你胆子再大，你敢逼皇上杀皇子？儿子只要在，早晚会报杀母之仇，陈玄礼就投鼠忌器了。可惜杨氏始终没有身孕，不知是她本人不行，还是唐玄宗不行。所谓军士的情绪激愤，都是骗人的鬼话，就是真有，也是这些将帅挑拨的。

美食

美食属于文化的范畴，一个地域或者说是一个区域美食有数百年甚至数千年的历史，那就不能单单地把它看作食物那么简单了，这里就有历史文化的深厚积淀了。关中是三秦大地的重要组成部分，关中美食集中体现了周秦文化的特色。

马嵬驿民俗文化村的建设是相当有特色的，它以"古驿站文化"为主，融合"农耕文化和民俗文化"，努力创建让旅游者参与农事体验与民俗文化活动的环境和条件，满足了旅游者食、游、购、娱等多方面的需求。

到马嵬驿来的游人90%是到民俗文化村的，而到民俗文化村的游人90%是来品尝美食的。文化村共分三条沟，其中两条主要汇聚关中各种民间小吃，另一条用于展示陕西民俗文化，三条沟特别是前两条沟人头攒动，人声鼎沸，挤得水泄不通。望着两边的仿唐建筑，我有回到开元盛世的错觉。

我在陕西工作时间不算短，前前后后加起来也超过13年了，足迹踏遍陕北、陕南和关中，自以为陕西美食已品尝过半，到了这里，才知道自己是大错特错了。什么是陕西美食？今天是真正开眼了，当然，绝大多数我叫不上名字。别说是我，就是真正的老陕，又有几人能够全部叫上名字？

我无法统计有多少种美食，保守估计近百种，这一点毫不夸张，光面的种类就有几十种。由于种类太多，我每一样都不敢多吃，尽量想多品尝几种，可是肚子不争气，硬是塞不进去了。正在后悔吃早饭，听到旁边有人喊："再来一份，再来一份！"我去，真恨得我牙痒痒。

民俗文化村的美食可不是仅品尝这么简单，他的制作空间、制作过程全方位开放，就是让你看，有本事你就学，关中人都是包容大度的，包括制醋、拉面、打糕，等等，真的，我看着他们灵巧的双手，听着他们浓重的陕话，特别是与他们淳朴的目光对视，真是一种享受，也充满了敬意。

我查了一下资料，2015年春节假期，来民俗文化村的游人约140万人次，2015年CCTV寻找中国最美乡村评选中荣获"中国最美乡村"称号！我不知该说什么，只想祝福他们，祝愿他们的旅游事业红红火火，一年更上一层楼！

再识汉武帝

——参观汉武帝茂陵有感

　　毛主席在《沁园春·雪》中点了五个历史人物，秦皇、汉武、唐宗、宋祖、成吉思汗，这是中国历史上顶极牛逼的皇帝，中国老百姓几乎没有不知道的。五人中汉武帝刘彻在位五十四年，时间最长，加之家底殷实、精力充沛，他加强中央集权、发展农业生产、搞活内外经济、确立儒学地位、抗击匈奴入侵、开拓帝国疆域，总之他的文治武功，是大大的了不起。

　　前一段时间有个电视连续剧叫《汉武大帝》，据说收视率相当高，可见他的粉丝之多。国家文物局根据墓主人在中国历史上的地位作用，当然也包括陵寝本身所蕴含的价值，将汉武帝的茂陵编为4号，之前的三个陵寝更是大有来头，1号为黄帝陵，2号为孔林，"林"通"陵"，不是皇帝，但地位极为尊贵的人用"林"，3号为秦始皇陵。就凭这，也必须瞻仰一下茂陵的风采。

　　这个愿望今夏终于实现了，在挚友周波的陪同下，我们顶着炎炎烈日，先后参观了位于兴平市的茂陵博物馆、茂陵，为了更好地了解汉武帝的创业资本，我们还参观了位于渭城区正阳镇的他父亲汉景帝刘启的阳陵，当然阳陵的派头是不能同茂陵相提并论的。

　　茂陵是汉朝帝王陵寝中规模最大的一座，素有"东方金字塔"之赞誉。有人说：到陕西旅游主要看陵墓。这句话不够准确，应该说到咸阳旅游主要看陵墓，西汉11座帝陵，其中9座在咸阳，加上唐帝陵和两朝的陪葬墓，举目望去，陵冢累累，蔚为壮观。

　　茂陵博物馆里主体建筑是霍去病的陵寝，大名鼎鼎的茂陵并不在茂陵博物馆中，为什么茂陵博物馆保护的是小霍的陵，而不是老刘的陵呢？原来，汉武帝为纪念霍去病生前河西大捷的战功，特地在茂陵旁为他修建了一座象征祁连山的墓冢，墓上有各种巨型石刻，手法简练，气势浑厚，是我国最早、最大、最完整的大型石刻群，被视为人类艺术之瑰宝。出于对这些石刻的保护，所以茂陵博物馆选址时定在了霍去病陵寝的位置。

汉武帝的故事很多，所以形容汉武帝的言词也很多，我参观了茂陵后，认为都不够准确，只有"任性"一词对他来说最为贴切。他爷爷汉文帝和他爸爸汉景帝，可以说是勒紧裤腰带过日子，给他打下了好底子。他有实力有条件去折腾，就如同今天的富二代，聪明、英俊、阳光，但这些特质却包含着一个可怕的东西：任性。有钱任性可怕，有权任性更可怕。

任性的人都有大脾气。兵者，国之大事，死生之地，不可不察也。汉武帝对战争的态度是很不慎重的，根本不计成本，有时完全是耍性子。他在位期间一共打了44年的仗（如果从公元前129年算则是46年），几乎年年打仗，西方史评价汉武帝是"好战的皇帝"，他的谥号为"武"，既"武"出了大汉的天威，也"武"光了国家的钱财。

打仗是没有错的，但要看怎么打？没有哪一个皇帝发动的战争像汉武帝那样，不仅涉及对象广，而且投入规模大，特别是有时理由很牵强，但没有人敢忤逆他的意志。西汉名将陈汤说过一句特长精神的话"犯强汉者，虽远必征"，虽然透着一股狂劲，但还算有理智，前提是别人冒犯我了。如果是汉武帝他会怎么说？我猜他会说："逆朕意者，虽远必征。"

人们都知道汉武帝发动了对匈奴的战争，可有多少人知道他还发动了对闽越、南越、且兰、邛都、莋都、劳深、靡莫、滇国、朝鲜，以及西域车师、楼兰、大宛、郁成和轮台五国的战争，可谓想打哪个打哪个。

人们都知道河南、漠南、河西（两次）、漠北等一系列大败匈奴的战役，可多少人知道从公元前111年到公元前90年，汉武帝又五次对匈奴发起攻击，全部以失败告终，以至帝国大厦的根基都松动了。

人们都知道在漠北决战是西汉王朝对匈奴作战的顶点，是役，匈奴损失是九万多人员，可有多少人知道汉军损失近八万人员，特别是马匹损失超过十万，汉军自诩的胜仗，很多时候都是"杀敌一千，自损八百"的惨胜。

人们都知道卫青的英武，七次对匈奴作战保持了不败的战绩，可多少人知道李广利的窝囊，两次对大宛作战一次失败，三次对匈奴作战两次失败，最后投降了匈奴，同样是汉武帝的大舅哥，怎么差距这么大？

人们都知道前期对匈奴发动战争是为了守土，可有多少人知道后期对匈奴发动战争却是为了解气，至于为了汗血宝马而对西域发动战争，则让人更加难以理喻，所以我对他杀钩弋夫人一点也不觉得吃惊。

人们都知道汉武帝给卫青、霍去病的封赏是大手笔，动辄就是数十亿钱，这还不算其他将士的奖赏以及征集民夫的费用等等，可有多少人知道当时国家财政盈余全年只有八十亿钱左右？这不是奖励是挥霍。

有人说，西汉的战事高扬了汉民族的精神、树立了汉民族的形象，是这样吗？我看，不如说是高扬了汉武帝的精神、树立了汉武帝的形象。难怪有历史学家说，汉武帝的开拓疆土，是他发动战争的"副产品"，这话很是耐人寻味。

几十年穷兵黩武最严重的后果是"海内虚耗，户口减半"。武帝末期，起义暴动此起彼伏。公元前89年，他顶不住压力了，下了个"轮台罪己诏"，大意是说：我认识到了自己的错误，一定要改正。可在我看来，这纯粹是做秀，汉武帝是公元前87年死的，也就是说，下了罪己诏后还在修陵寝，而且超标准建设，依然是我行我素。

几千年来，汉武帝一直备受争议，班固在汉书中对他是委婉批评，而司马光则完全是不留情面的负面批评，范文澜、翦伯赞两位先生，倒是充分肯定他，不管怎样，汉武帝成功了，他做到了青史留名，这就是他所要的，尽管这名的背后代价是那样的巨大。

这个世界，有的人迷权，有的人恋钱，有的人好色，有的人喜物，还有一类人痴名，痴得很严重，单看这个字"病"包着"知"的象形构造，就知道痴已是病态。为了获得名声是不惜成本、不顾代价的，这其中公共资源被肆意侵占或是挥霍，因为买单的不是自己，而获得名声的做法又往往很隐蔽，总是道貌岸然，并假以各种冠冕堂皇的理由，让人不易察觉，当下的中国，这类人尤其值得我们警惕。

游重阳宫有感

秋高气爽的周末，我在淑仪姐的陪同下，游览了户县祖庵镇重阳宫，了却了多年的心愿。

重阳宫又称重阳万寿宫、祖庵，是全真教（也称全真道）创始人王重阳早年修道和遗蜕之所。出了这么一个大人物，重阳宫的地位一下子就上来，不仅是"全真圣地"，还是"天下祖庭"。正所谓，山不在高有仙则名，水不深有龙则灵。

我对重阳宫感兴趣，始于金庸的作品《射雕英雄传》和《神雕侠侣》，那时我还是一个中学生，王重阳、丘处机等人物形象在我脑海深深扎下了根，当然，金先生笔下的全真人物有很多和历史是有出入的，有的甚至是很大的出入，那是写小说的需要，我们不必去深究的。年初，偶然的机会读了《楼观道源流考》一书，方知大名鼎鼎的楼观台毁于金末战乱后，竟然是全真教清和大宗师尹志平（全真教第六代掌院）历时十年组织力量修复的，之后，尹志平的师弟李志柔（他是修复楼观台的具体落实者）正式执掌楼观台，楼观派也并入全真教。这下，更勾起了我对重阳宫的好奇和向往。

户县在西安市的西南方位，从西安汽车南站坐快客，全程高速到户县汽车站（44公里），再坐城市公交到户县钟楼，这里有去祖庵镇的小巴士。欣赏着恬静的田间风光，听着浓重的关中方言，不知不觉就到了目的地重阳宫。

宫前一块巨石，上书"天下祖庭"，很是气派！山门是那种飞檐翘角的仿古式建筑，让人感到古朴凝重，一副楹联"胜地立宫挹终南秀气，澄源开派弘道教真传"道出了全真教在道教中的至尊至贵的地位。

今天的重阳宫规模不大，经过历代战乱，特别是"十年探索期"，现在只有钟鼓楼、灵官殿、七真殿、重阳宝殿，基本上是后来修复的。这里要重点说说碑厅，顾名思义是安放石碑的大厅，里面现存石碑31通，其中，王重阳祖师及七真画像碑、

希言自然

《无梦令》诗碑、《大元敕藏御服之碑》《全真开教秘语之碑》《元代皇帝圣旨碑》（蒙汉文对照）、吴道子《钟馗戏鬼图》画碑堪称国宝。这些金石文献对研究我国古代社会学、人体科学、语言文字与书法艺术等，具有极高的史学价值。我个人认为，重阳宫能够被确定为国家重点文物保护单位，主要得益于这些石刻。通过观看沙盘模型得知，重阳宫在元代盛极一时，宫域东至涝峪河，西至甘峪河，南抵终南山，北临渭水，殿堂楼阁多达5000余间，住道士近万名，规模之大为国内道观之首。今昔对比，不胜感慨，人生万千，世事无常。

也许正当创业期间，我对全真教仅用百年时间迅速发展起来的原因产生了深厚的兴趣。这里，我谈一点粗浅的认识：

一、政府支持是根本原因。全真教能和元政权接上头，丘处机是大功之人。元太祖十五至十八年，丘处机应诏赴西域大雪山（在今天阿富汗境内）谒见元太祖，也就是大家熟知的成吉思汗。当时，丘处机已是74岁高龄，他从山东莱州昆嵛山出发，西行35000里到了目的地，大家可以想象在那个年代是多么的艰难，史书记载他带着18个弟子走了两年多，这一西行雪山传道的壮举，我觉得完全可与佛教玄奘法师西行印度取经相媲美。见到元太祖后，他劝其戒杀，宣扬济世救人的理念，元太祖是照单全收。史书评价"拯华夏于累卵，救万民于水火"。接下来，元太祖赐虎符玺书，命他掌管天下道教，在各地大建宫观，并下诏免除道院、道士一切赋税差役，全真教进入全盛时期。据说，全真教在北方形成气候后，不论是南宋政权，还是金政权都找过丘处机，因为丘处机的龙门派影响力最大，但丘处机就有这种政治敏锐性，拒绝了宋金抛出的橄榄枝，而是主动示好蒙古人建立的元政权。事实证明，他这一步走对了。想想胡雪岩，再想想盛宣怀，瞬间明白，做生意也好，办社团也好，要努力和政府、军队挂钩，这是最硬气的靠山和最稳定的客户。

二、教义圆通是重要原因。全真教都宣扬什么教义呢？主要有三个方面，第一是"三教合一"，第二是"全精、全气、全神"，第三是"苦己利人"。后两条不说了，只说第一条，这一条太重要了。王重阳认为儒、释、道的核心都是道，故提倡三教合一、三教平等，以"三教圆通、识心见性，独全其真"为宗旨，故名其教为全真。《道德经》《般若心经》《孝经》是信徒的必修经典，三教合一的言论更是俯拾皆是，如"儒门释户道相通，三教从来一祖风"。你看，王重阳是多么的智慧，我发展我的，但我也不排斥你的，这种极强的兼容性，非常便于人们接受，即使其他教派在竞争过程中，也不好说什么，所以在其发展过程中基本没有遭受过羁绊。有句广告词，他好，我也好！的确是这样，互联网时代是相互密切联系的时代，一荣俱荣，一损俱损，那种只想自己吃肉不让别人喝汤的想法是极其愚蠢的，要时刻想着只有互利，才能共赢。

三、人才兴旺是关键原因。王重阳真幸运，能收到"全真七子"这样优秀的徒弟，他们都没有吃师傅的老本，马钰创立了遇仙派、丘处机创立了龙门派、谭处端创立了南无派、刘处玄创立了随山派、郝大通创立了华山派、王处一创立了全真派、孙不二创立了清静派，不管哪派，都是全真教，就如同今天的逊尼派也好，什叶派也好，都是伊斯兰教。这还没有完，七子的弟子中也是人才济济，除了前面提到过的尹志平、李志柔外，还有李志常、赵志敬，等等。据考证，全真教很多弟子出身名门大户，其实，王重阳本身就是庶族地主出身，他们经受了良好的教育，文化基础比较扎实，从另一个角度看，他们很多人就是诗人、词人，全真教留下的典籍非常多，我看过一些，言词练达，意境优美。有这么多的杰出弟子，全真教想不兴旺都不行。有人说，二十一世纪最缺的是什么？是人才。其实，岂止是二十一世纪，哪个世纪，哪个时代都缺人才。人才是最宝贵的资源，欲想成就一番事业，就先从收拢人才开始吧！

重阳宫之行非常愉悦，不仅有姐相伴，有美食品尝，更主要是能在极其清静的宗教场所思考当今社会的问题，而且有所心得。

参观西安事变旧址杂感

近代西安发生的最重大事件当属"西安事变"，我个人认为，"西安事变"的地位作用可以用"两个挽救"来概括，即挽救了中国共产党，挽救了中华民族，就凭这，西安这座古老的城市足以名垂青史。

人在西安，如果不参观"西安事变"旧址、不了解"西安事变"真相、不悟透"西安事变"价值是说不过去的，这是一种历史责任。那种只知杨贵妃，不知杨虎城的嘻哈拍客，就连西安城墙的石头都会笑话你。

"西安事变"旧址由一系列文物保护单位组成，包括张学良公馆、西安事变指挥部、新城黄楼、止园、高桂滋公馆、西京招待所、华清池五间厅、兵谏亭等8处。我有幸都一一参观，对这段历史也就有了比较全面、准确的认知。如果时间紧，可以挑选重要的张学良公馆、西安事变指挥部和止园先行参观。

尽管时光如电，已过去近80个春秋，但你身处任何其中，都仿佛触摸到了历史的脉搏，尤其是能感觉到那种令人窒息的紧张氛围。面对一张张照片、一件件实物、一段段文字，只要我们的大脑还能思考，你就不可能无动于衷，都会陷入深深的思考。

兵谏

"西安事变"亦称"双十二事变"，这是从时间上说的，也称"西安兵谏"，这是从性质上说的。什么是兵谏呢？过去臣子给皇上提建议有文谏和兵谏两种形式，文谏就是上书陈情，让皇帝采纳自己的建议。兵谏就是无论怎么跟皇帝说，他都不听，索性就利用手中的权力组织军队威胁皇帝采纳自己的建议。显而易见，文谏是一种比较温柔的手段，而兵谏则是一种比较暴烈的手段。

兵谏是以下犯上的事，你想，哪个当头的愿意让下面人把刀架在自己脖子上说事，那时所答应的事，就是心中知道是对的，在情感上也是极不舒服的。所以，兵谏有很大的风险性，搞不好还要掉脑袋，历史上这种事多了去，那张杨两人为什么还要发动兵谏？按正史的说法，是为了抗日救国，我个人认为，"西安事变"的发生，可绝不仅仅是张杨的爱国之心使然那么简单，是多种因素促成的，从根本上讲，这都是老蒋逼出来的，换句话说，他把张杨已经逼到了绝境，退无可退不能再退了，既然你不仁，那就休怪我无义了。

先说东北军，张学良按老蒋的要求，一枪未放从东北撤入关内，拱手把东三省交到日本人手里，不仅东北人骂他，关内人也骂他，他是猪八戒照镜子，两面不是人，心中本就很窝火。进关之后，先是被蒋调到鄂豫皖，后又被调到陕甘，像棋子一样被摆布。在陕甘同陕北红军打了4仗，一次比一次惨，最后竟连东北军中最精锐的57军109师也被红军在直罗镇给全歼了，师长牛元峰饮弹毙命，这都是他爹的老本啊！南京政府不但不答应他的抚恤要求，还冷嘲热讽。现实的残酷性使得东北军上上下下都在考虑到底出路在哪里？不改变现状就等于坐以待毙。我一直搞不明白，装备精良的东北军怎么会败给饿得头晕眼花的红军？

再说17路军，它是杨虎城一手创建的部队，杨对其感情十分深厚，与东北军相比，17路军可以说是杂牌中的杂牌。西北本来就很穷，所以西北的军队也就跟着穷，"西安事变"中，17路军的士兵竟然抢陈诚卫队士兵的衣服，让杨虎城很是丢脸，可见，该部补给之差了。17路军与红军交手比东北军要早得多，既堵截过红四方面军，又"围剿"过红25军，在与红军的历次作战中，也是损失惨重，特别是警备第1、2、3旅几乎是全军覆没。长期与红军作战，使杨虎城对"围剿"的看法，比张学良更为深刻，那就是"围剿"不但没有赢的希望，还会葬送自己的武装力量。对军阀来说，没有了军队，就没有了一切，也就等于政治生命的彻底完结。

不论是东北军，还是17路军，蒋都不待见，欲先铲除而后快。那蒋介石干了什么呢？一方面，严厉斥责张杨两人"围剿"不力，另一方面，于1936年11月，把他的嫡系部队约30个师，从两湖调到平汉线汉口至郑州段和陇海线郑州至灵宝段，准备入陕。其用心十分险恶，你不打红军，我就亲自收拾你，你打红军，红军替我消耗你。12月4日，蒋向张杨摊牌，提出两个办法，要他们作最后的抉择：一个是服从命令，把东北军和17路军全部投入陕北前线，在其嫡系部队监视之下积极"进剿"红军；一个是如果不愿"剿共"，就将东北军调闽，17路军调皖，把陕甘让给其嫡系部队。以张杨的实力，根本不可能与这些兵力对抗，这等于明着告诉张杨，我就是要整死你们，你们能怎么样？

对张杨来讲，让蒋改变主意，即放弃第六次"围剿"计划是上上之策，那无非就是逼他，怎么逼？那只有控制住他，杀蒋是万万不能的，一旦蒋死了，局面将失控，中央大军开过来，那自己也就完了。可惜有人看不透，不仅事前看不透，事后还看不透，坚持认为放蒋太可惜了，以至于东北军出现了主战派枪杀主和派王以哲将军事件，导致本就人心惶惶的东北军大分裂。做什么事一定要搞清目的是什么？方式方法均要为目的服务。杨虎城的机要秘书王菊人回忆，"西安事变"发生后，杨虎城曾找张学良商议释放蒋介石的四项条件，其中第三点是，东北军、17路军的驻地和政治地位不变。看，还是要保存自己吧！这样，兵谏就提上了张杨的工作日程。

张学良为了避免兵谏，作了最大也是最后的努力，用了"哭谏"和"跪谏"这种很悲戚手段，但均被蒋冷酷拒绝。每每看到这里，我觉得他真不容易，挺憋屈的。男儿有泪不轻弹、男儿膝下有黄金啊！以张学良的高贵出身和显赫地位，我们不难想象他被拒绝后的羞愤心情。而且在这过程中，蒋经常用"幼稚""无能""糊涂"等词语训斥张，完全不把张放在眼里，张可不是个小孩子，他是西北"剿司"副总司令官啊！张对蒋口口声声是"大哥"，我看，蒋可没把他当"小弟"。而且在争议"弃守东北"时，蒋竟然说，我让你弃守，你就弃守，你没有脑子？这哪里还有一国领袖的样子，完全是青帮流氓的做派。面对蒋这样的政治流氓，张杨没有其他道路选择，当然只有豁出去"硬干"了，这是逼上梁山。

当然，张杨以"抗日救国"的名义发动兵谏还有一个因素，那就是长期以来共产党人对他们的影响，其实，当时张杨的身边活跃着不少共产党人，领导层的书信也是往来不断，这个因素不能忽视。但要说清楚的是，张杨发动兵谏很突然，延安最初也并不知晓，消息传到延安，党内高层也是吃了一惊，一时竟不知所措。

对于兵谏能否成功，其实，张杨也是心中忐忑，没有底数。一旦行动，能不能捉到？即便抓到，蒋答不答应条件？南京方面，能不能保持克制？这里面有太多太多的未知数。17路军高级将领赵寿山回忆说，西安事变前，他曾对杨提出，蒋如果来西安，必要时我们把他扣起来，逼他联共抗日。杨听了惊异地说，天大的事，我们敢干？张学良的警卫营长孙铭九回忆说，11日晚10时，少帅对我说，你去把委员长请进城，不能打死，明天这时，说不定你我不能见面，你死我死，说不定了。这些都充分说明了，张杨两人的复杂矛盾心理，这种内心激烈的抗争恐怕只有当事人能够体会。

如果不是把人逼到极点，谁会犯险忤逆呢？社团也好，个人也好，每临大事凡采取极端措施，皆到了底线之承受限度。西安兵谏，蒋介石是咎由自取，也是自取其辱，从他后来一定报复张杨两人的行动，可以印证他内心的愤怒。蒋在离开西安上飞机前，曾对杨虎城说，你的错，你负责，我的错，我负责。其实，他根本不会认为自己有错，错的全是别人，这就是独裁者的心理。今天，那些惯于跋扈、肆意妄为的官僚政客可从中汲取些教训？

英雄

中国人爱讲"时势造英雄"，也爱讲"沧海横流方显英雄本色"，这两句话意思接近，都是讲英雄的产生需要时代背景，或者说是历史舞台。

"西安事变"恰是这样的时代背景、这样的历史舞台。"西安事变"12日爆发，25日就结束了，时间很短，随着各种政治势力粉墨登场（有时不敢深想，当时的关系确实是错综复杂），一批那个时代的精英人物进入人们的视野。驻足在他们的像前，真想穿越时空与他们对话，了解他们的内心世界，把握他们的思想脉络，是什么使他们在风云激荡的变革浪潮中纵横捭阖？

"西安事变"群英谱首推周恩来。事变发生后，张杨联合致电中共，点名要周到西安，可见他在张杨两人心中的分量。周是16日启程去西安的，所乘专机是张学良的。真实的情况是，他离开时，中共就如何处置蒋介石仍没有达成一致，19日，毛泽东与张闻天达成共识，蒋不能杀，21日才有明确的指示给周，而他又是中共的首席代表，如何收拾这个烂摊子？这副担子太重了！

周到西安后，延安在看他，南京在看他，西安各界也在看他，张杨寄希望于他，国民党也寄希望于他，其实共产国际、苏共也密切关注着他，还有，西安城内的安全环境也不好，暗杀事件很多，如果换了我，在这样的压力下，恐怕要疯了。史料记载，19日，毛泽东一天发出14封电报，其中11封电报是给周的，我最初看到这个史料时，真的有些眩晕。

周与人交往过程中，即使是持不同政见的异己，也充分替对方考虑，特别是细节问题更是没有丝毫马虎。他见蒋时，紧握蒋的双手，缓缓地叫道"校长"，因禁多日倍受惊吓的老蒋听到这样亲切的称呼，感动地满眼热泪，一下子拉近了两人的距离。我带过的许多新兵，时至今日还叫我"排长"，每每听到这样的称呼，我都激动不已。

周称呼张学良和杨虎城就不同了，他叫张学良"汉卿"，他叫杨虎城"杨将军"，这里面也大有讲究，从年龄来看，杨虎城出生于1893年11月，张学良出生于1901年6月，而周恩来生于1898年3月，周比杨小、比张大，从关系上看，周与张更为密切，另外，张学良一直称周为兄。所以，周称张的字"汉卿"，显得格外亲近，而称呼杨的军衔"将军"，则显得特别尊重。

当然，周做的工作远不止这些，以他为核心的中共代表团基本上是满负荷运转，感人的事例非常多。比如，他亲自与东北军、17路军校官以上军官谈话，反复做思想工作。周恩来的政治斗争艺术在"西安事变"中得到了淋漓尽致地发挥，什么样的人能够让敌我双方阵营的人都竖大拇指？毫无疑问是周恩来。

我常想，如果没有周恩来，"西安事变"的结果会是什么样子？也许最终也能够得到解决，但绝对没有那么顺利。张学良在其一生中，多次提及周恩来，称他是一个完全值得信赖的人。周为中共收获了最大的政治利益，即取得了合法地位，这样就不仅可以生存了，且有了发展的可能。中共有周恩来，是中共之大幸，中国有周恩来，是中国之大幸。

"西安事变"群英谱第二位，诸君可能要诧异了，我认为是蒋介石。他之所以能坐群英谱第二把交椅，全凭一个"忍"字，一个人，特别是平时极要面子之人，能忍不能忍之人，能忍不能忍之事，是很了不起的。那种遇事死磕，执拗顽固不懂变通之人，绝对没有什么出息，甚至没有好的下场。蒋介石是什么人？首先要说明白，处在历史漩涡中的人不能用好与坏评价，有人说他是政治家，我说他是政客，政客与政治家不同，政客不遵从规矩，只求目的不管手段，政治家遵从规矩，既求目的，也考虑手段。政客有很强的流氓范儿，流氓是不愿意吃亏的，更是不愿忍让的，但蒋忍住了。

蒋的心理首先是留得青山在，不怕没柴烧，自己首先必须要活着，只要活着，就有了第二句话，小人报仇，一刻不待。不好意思，我把"君子报仇，十年不晚"作了些符合蒋性格的修改。"西安事变"和平解决后，国共又进行了五次谈判，才实现两党合作，形成抗日民族统一战线。从这里就不难看出，老蒋当时答应一切条件都是权宜之计，主要是为求脱身。有人说，蒋很硬气，有绝食之表现，其实你有所不知，那是他假牙丢了，稀粥可一顿没少喝。大丈夫能屈能伸，不以一城一池得失论输赢，但可以肯定，蒋是带着杀机走的，不报复那就不是老蒋了。当然蒋也有收获，在名义上成了全国最高领导者，中共自然不可能真心拥护。

"西安事变"群英谱第三位，张杨并列。张杨两人不能分开，分开就一定没有"西安事变"，陕甘两大军事力量，如果其中一支忠于蒋，另一支岂敢造次？将张杨排在第三位，是因为他们的预期目的并没有实现，即保住自己的武装力量，但他们敢于向老蒋亮剑，绝对的热血男儿，客观上形成了国共合作的利于抗战的局面，虽然这并不是张杨发动"西安事变"的根本目的。

军阀混战时期的武装力量，不要说地方军，就是中央军，都有浓厚的私人性质，即谁是这支部队的创始人，这支部队就效忠谁，反过来，这些军阀又利用这些武装，互相杀伐获取更大的政治利益、军事利益和经济利益。作为东北军和17路军的灵魂人物，张学良与杨虎城一旦离开，40万军队（有夸大的可能性）很快就陷入分崩离析的境地，特别是东北军内部分裂，主战派率先发难大开杀戒，留下许多公案，至今仍在纠扯，令人痛心！

其实，张杨是完全不同的两类人，你从他们两人的合影就能明显看出来，他俩的合影我认真端详了许久，除了都很忧郁外，其他没有任何相同点，张像个风流公子，杨则像个朴实农汉（晚年的张学良也评价杨虎城很土气），但历史就那么诡异，把他们两人扭在了一起。

杨出身贫寒，父亲死时连下葬的钱都没有，为生活所迫做了刀客，为了自己的梦想，一路打过来，著名的是抗击"镇嵩军"坚守西安八个月（西安的革命公园就是为纪念这一事件而修建的）。他还曾写诗自勉"黄河后浪推前浪，跳上浪头干一场"，文辞一般，但很能说明他敢于作为、急于建功的心态。

张是含着金钥匙出生的，纵观张的一生，虽为少帅，但指挥的战事确实是乏陈可数，一个军人没有战功，却一路飙升，是讽刺，是羞耻，也是悲哀。一个人一生未必做多少事，做对一件就够了，如果没有"西安事变"，我们能记住张的什么？恐怕更多是一个风流帅哥的形象，好在有了"西安事变"，因为有了"西安事变"，张与众多美女的调情也变得高尚和美好了。

英雄不会凭空产生，正面的英雄也好，反面的英雄也好，他的成长都是长期的，没有一定时间的积累，很难取得丰富的理性认知，还需要一种特殊的养料，那就是艰难困苦，甚至是生死考验。在培养党的干部方面，速成论不靠谱，基因论也同样不靠谱。

战备

大多数人都把"西安事变"看作是政治大事，其实也是一件了不起的军事大事，然而由于"西安事变"的政治色彩太浓，我们往往忽视了对军事问题的关注。

用军事的眼光看"西安事变"，考虑到当时极其复杂的政治背景和特殊的地理环境，特别是准备时间的严重不足，不论是高层统帅，一线指挥员，还是普通士兵，他们在整个事变过程中的表现可圈可点之处甚多，体现出了部队较好的战备素养。

这里还要提一点，无论是张学良的东北军，还是杨虎城的17路军，都是地方部队，说直白了就是杂牌军，相对于其他地方部队，地处西北的17路军更是杂牌中的杂牌，但就是这样的杂牌，实施了令中国乃至世界震惊的"西安事变"。这让我不由想起了那句流行语"给我一个机会，还你一个惊喜"。

静下心来想，"西安事变"真是惊心动魄，其实，张杨发动事变面临着诸多困难，主要有四个方面：

第一，时间紧张。最新资料表明（当事人回忆），张杨是8日决定扣蒋的，不是史料记载的11日晚，并作了大体的分工，临潼归东北军负责，西安归17路军负责。从8日定下决心到12日凌晨组织行动，只有三天多的时间，而且三天时间并不是满负荷利用，准备工作都是悄悄进行的，这必然影响准备工作的质量和效益。

第二，任务特殊。特殊就特殊在矛头直指领袖，矛头指向敌人那是天经地义，而指向领袖呢？按照中国人的伦理观念，扣蒋那是大逆不道。我们可以想象，执行任务官兵听闻任务后的复杂心态，或惊异、或疑虑、或恐惧，总之，执行任务的官兵会承受巨大的心理压力。

第三，保密困难。这里要澄清一个认识误区，当时的西安并不是在张杨的牢牢控制之下，当然他是最大的政治力量，各种政治势力鱼龙混杂，地方的、中央的、国内的、国外的，其中自然也包括老蒋的，事实上就是17路军也有胳膊肘子向外拐的，所以，张杨稍有动作，蒋是清清楚楚。

第四，变数颇多。首先，目标人物老蒋是一个疑心非常众的人，如果他改变了行程，或者变换了寝室，那就扑空了。其次，临潼任务区远离西安，难以实时获取情报，一旦情况发生了变换，遂行任务的官兵必须能够做到随机应变，否则满盘皆输。

尽管困难重重，东北军、17路军将士还是不负众望，为他们的领导人送上了一份满意的答卷。有三个方面的工作干得拍案叫绝：

第一，保密很到位。张杨尽了最大努力来缩小知密范围，行动前，17路军以演习为名、东北军以聆听委员长"训诫"为名顺利地完成了西安、临潼两地的路线勘察，其实官兵并不知道真实的用意。为了稳住蒋，张杨在定下扣蒋决心之后，仍然不断地向蒋进言，让蒋没有感觉到有什么异常。在给部属下达任务时，要么是单独进行，要么是小范围进行，尽量控制人数。9日，扣蒋计划传达到少数中级军官，直至11日晚9时和10时，杨和张才分别给一线指挥员下达任务，而对下级军官和普通士兵自始至终都没有讲真实情况，对有的人讲是为了"保护委员长"，对有的人讲是为了"用蒋委员长换被扣压的少帅"，既达到了保密目的，又稳定了军心。

第二，组织很严密。"西安事变"有两个战场，一个是临潼，一个是西安，前者任务重在抓人，后者任务重在稳局，都是生死攸关，同等重要，绝没有轻重之分，现在的人都看重临潼抓人。当时17路军驻西安的部队有警备第2旅和西安绥靖公署的特务营、教导营、炮兵营、卫士队等，其中真正可靠的不到3000人，而南京方面控制的单位包括宪兵第2团、保安司令部、省会公安局、警察大队、军警联合督察处等单位，实力在第17路军之上。但杨的计划非常严密，不但顺利地解决了城中各主要单位的武装，占领了西安飞机场，逮捕住在西京招待所的蒋方大员，而且令第17路军驻陕甘各地部队解除当地中央军武装，并立即占领潼关等地，做好防御准备。所以说，17路军的表现也是相当出彩的。东北军和17路军配合得如此之好，在当时军阀混战的年代实属罕见。

第三，应变很迅速。临潼任务区抓蒋可谓是一波三折，营长孙铭九、连长王协一进了五间厅，闯入蒋的卧室，发现人不见，当真是惊了个三魂出窍。如果说这是第一惊，后面还有二惊，值得一提。一是在半山腰抓到了一个蒋介石侍卫，事后得知是蒋介石的侄儿蒋孝镇，但他死活不说蒋的去处，而这时从西安指挥部传来张的命令，抓不到蒋提头来见。时间一分一秒过去，天色已开始发亮，几个指挥员头上渗出了汗珠。但就在这时，侍卫向山上某个方向斜了一眼，这一眼暴露了蒋的行踪；二是国民党洛阳空军分校得知蒋被扣（事变已过了三个小时），急派飞机直飞临潼企图"救驾"，刚一在临潼城外着陆，就被17路军逮了个正着。但在指挥部的张杨并不能及时获取这些信息，当听到有飞机飞临，第一反应是轰炸，马上组织城防力量进行抗击。他们是历史的亲历者，也是书写者，因为他们的出色表现，枯燥的历史也变得鲜活起来。

东北军、17路军在"西安事变"中之所以能够表现如此出众，固然有运气的成分，但主要还是将士的军事素质好。主要有三个方面的原因：

第一，经年累月的战事。不论是中央军也好，地方军也好，一年到头都是在打仗，打仗已是家常便饭，不被别人吃掉，就要想办法吃掉别人。习惯成自然，再差的部队也保持着较高的战备水平，张学良曾对部属说："穿军装就意味着玩命，睡觉都要睁一只眼睛"。这是今天处于和平环境中的部队所无法想象的。

第二，视死如归的忠诚。中国人有硬骨头、重信义的，这类人并不以时代的新与旧而显现多与寡。东北军、17路军参与事变的军官，没有一个变节的。营长孙铭九出发前，写了遗书，当抓到蒋后，蒋夸他"好青年"，企图收买，被他拒绝。我生是少帅的人，死是少帅的鬼，那个时代的人就有这样的气节。

第三，无懈可击的计划。以杨为主制定的"西安事变"计划完全可以作为经典教学案例。说到杨，很多人马上想到的是"二虎守长安"，其实杨指挥的战事很多，驻马店战役就是其军事生涯中的杰出代表作之一。很多旧式军人没有多少文化，但他们日夜与死神为伍，实践给了他们一身本事。

"西安事变"不仅让世人记住了张学良、杨虎城两个名字，也记住了东北军、17路军两支番号，这是张杨的荣耀，也是所有官兵的荣耀。军队，不论是什么性质的，也不论是什么时期的，他的价值都在战场，在于敢和任何对手交锋，并取得胜利，这是亘古不变的真理。良好的战备素质不是嘴巴讲出来的，也不是安全保出来的，战争年月靠打，和平时期靠练，这其中，人是关键，特别是居于主导地位的指挥员，军人要讲政治，但不能当政客，否则，后果太可怕。

想起高参

◎ 张丙刚

前些天在"洪水沟黄埔军校"的微信群里，任邦舟同学推荐了一个公众号"高参论道"，说这是高区队长办的，质量很高，强烈建议所有人加入关注。高区队长一定会成长为一名高参，这是当初我们集训队所有兄弟一致的看法，今天，这个公众号印证了我们当时的猜想，我既激动又感慨！

说实话，高区队长长什么样，我是真记不得了，毕竟已经快20年了，隐约能感觉到的就是那张充满朝气、洋溢活力的"国"字脸。但高区队长的言行举止、脾气性格，却给我留下了深刻的记忆，他是那样的卓尔不群、和而不同，他又是那样的屈己从人、和颜悦色。他是一个很开朗、有魅力的人，能很快拉近与他人的距离，以至于你能放下任何戒备心理，敞开心扉和他交流！

时间仿佛又回到了20年前，年轻的我意气风发、豪情万丈，因为表现出色，我被单位确定为提干对象，与当年一同被确定为提干对象的其他35名兄弟一起到了驻甘肃临夏回族自治州的原21集团军高炮旅，接受为期一年的防空兵专业集训。我们所在的教导队与旅部机关相隔约十公里，地处偏僻农村，不知什么原因叫洪水沟，所以我们将教导队戏称为"洪水沟黄埔军校"。

教导队亦称兰州军区防空兵预提军官训练大队，名字很响亮，教学条件确实很一般，教学条件最核心的三样：教室、教材和教师，都拿不上台面讲，说寒酸也不为过。在高区队长没有来之前，日子很平淡，每天按部就班地过，甚至是有点死气沉沉，但也没人讲怪话、发牢骚，大家都是老兵了，都懂得怎样适应环境，几个月的光阴就这样悄悄流走了。

高区队长来了之后这一切全变了！区队长要兼教员，也就是说他既要管理也要教学，他最初给我们讲射击学，防空兵射击难度较大，一般人讲不了的，后来不知怎的，他又讲起了战术学，两大主课他都包了。受文化程度的限制，他讲的内容许多我们根本听不懂，他就利用业余时间主动找上门来辅导，我们常私下讨论这个家伙怎么有这么大的精力？

高区队长没有当过兵，是高三学生直接考上的军校，这种军官那时都称之为"学生官"。他跟别的学生官不一样，没事就往我们老兵堆里扎，非要我们给他讲野战部队的事，听得是津津有味，并就所讲内容和我们展开热烈地交流，态度是极其坦诚，至于说到架子那是完全没有的，渐渐地我们都喜欢上了这个比较另类的学生官。

高区队长上课很会调动大家的积极性，看到大家疲惫了，就会给我们开点"小灶"。南海问题、对越轮战、伊塔事件、宗教改革、中东战争、东欧剧变等，他信口道来，滔滔不绝，其实我们也不知道真假，任由他神侃，就是觉得很过瘾。时间久了，确实感到视野开阔、见识增长，我当排长后给战士们讲话，时不时就会"剽窃"他的原话。

集训队中有曾经在部队干过宣传报道的，高区队长经常向他们讨教，起先他写的都是一些小"豆腐块"，主要向原兰州军区主办的《人民军队》报社投稿。每次看到退稿后他失落的样子，我就安慰他："你没有关系，不好上的，别浪费精力了！"他却说："不是，不是，还是我写得不好，还要努力！"后来，他的《某旅加强教导队建设二三事》真的发表了，他欣喜若狂，我也为他高兴！他成了自教导队建队以来第一个发表文章的人！

或许是为了配合管理，他教育引导我们要自律，并说这是一个人取得成功的首要素质。他在说也在做，为了保持自己的良好体能，更为了保持自己的进取精神，在教导队相对安逸环境中他坚持每天晚上跑一个五公里。新年伊始看了他写的《晨曦》一文，我感到，他一生都在和自己作斗争，从未放弃、从未中断，就是追求不断超越自己，这不是做给谁看的，这就是一种本心的行为，现在看来，他能在军旅生涯中大放异彩，是必然的结果。

为了提高我们的第一任职能力，高区队长经常是变着花样"没事找事"，我印象中最难忘的就是组织辩论赛。这个活动的难度对我们来说是很大的，一是理论素养支撑不够，二是语言表达能力不够。他却跟没事的，精选题目、培养队员、协调物资，忙得不亦乐乎！同时，他注重发动群众，以集训队骨干为主体建立了一系列保障组织，一句话，都有活干，都要忙乎起来！最终，一场以"防守·进攻"为题目的辩论大赛顺利实施，一件本无可能成功的事，硬是被他搞成功了，我在能力得到提升的同时，思想也受到了很大的震撼。

可惜的是他很快就调走了，很长一段时间我们集训队都没有了欢声笑语，我们都期盼他会再回来啊！后来，得知他调去的单位是集团军炮兵指挥部，我们的希望彻底破灭了，再后来，得知他当初到教导队就是旅党委为了加强教导队建设，专门挑选的优秀年轻干部！集训后期包括结业回到原单位，我们几个好哥们儿都会经常说起高区队长，都感叹相处时间太短，不能再向他学习更多的东西。

现在人们总爱讨论成功这个话题，从我和高区队长的交往看，成功是没有技巧的，成功是不能复制的，更不可能一蹴即至、一步登天，唯一的路径就是勤勉，而勤勉之道无他，在有恒而已！这背后起支撑作用的就是超乎寻常的自律，如果还要加点什么东西的话，我看立己达人的胸怀可算一条！

岁月如梭，光阴似箭！弹指一挥间，青涩的高区队长已经变成了名副其实的高参，我也没有想到会以这样一种特殊的方式与他见面，未见其人，先闻其号，而且是如此受到热捧的大号！我期待着他论道中有更多的见解，我期待着他人生中有更多的精彩，我更期待着快一点与他见面！

祝福高参！

祝福"高参论道"！

（张丙刚，山东夏津县人，1996年12月入伍，在新疆军区步兵某师炮兵团服役，历任战士、班长、排长、连长、政治指导员、保卫股长等职，2014年退出现役。多年来在工作之余、心静之际，爱好写作，曾先后在《人民军队》报、《基层政治工作研究》《政治指导员》等报刊发表文章五十余篇。）

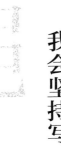

我会坚持写下去

　　我没有想过要出书，也没有想到能出书，但这一切就这样来了，来得似乎有点快，我还没有心理准备，以至于有点不知所措，甚至有点惶恐不安！

　　当邓祥燕老师看了我公众号的文章，并做出帮我出书的决定时，我真是受宠若惊，几乎不敢相信，不是不相信邓老师，而是不相信自己的文章，我怕文章质量不过硬，让读者骂，让读者骂还罢了，别为此坏了邓老师在圈子里的名号。

　　邓老师总说军事干部能写出这样的文章不容易，能这样坚持写下来更不容易，我知道他是在鼓励我、鞭策我。我和邓老师认识时间不算长，但我认为他是极少真正懂我的人，他是我的长辈、我的老师，也是我的挚友。

　　我干了半辈子机关，写了太多的机关文书，也曾经赌气地说："等我离开了机关，再也不碰材料，打死也不碰！"因为写东西这件工作确实费时费力，有时还不讨好。可是，离开部队了，入职私企了，不但没有放弃材料，反而是越写越上瘾。

　　部队的战友们爱问我："你怎么还写啊？你还没写够啊？"公司的同事们爱问我："写东西不累吗？写东西很有意思吗？"

　　其实这些问题我也经常问自己。我的回答是：写作

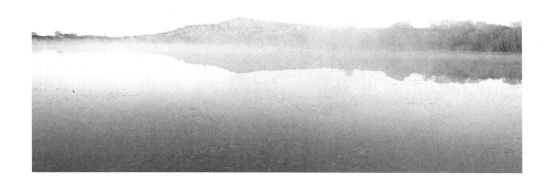

很累，很辛苦，尤其是时间难以保障，很苦恼，但必须坚持写下去，这是一种军旅情怀、一种社会责任、一种人生态度。真的，累或者不累不能成为做或者不做某件事情的理由，此种情况我认为大多数人在自己的人生中都会遇到。

写作是一种军旅情怀。离开部队，总是想起老部队、老首长、老战友，这其中老首长最多。那些老首长对我真是好啊，手把手教我做人做事的道理，有成绩时哪怕是丁点的成绩，也及时热情地给我肯定，帮我树立信心，有失误甚至是严重的错误，也尽可能地包容我、庇护我，让我不背包袱，李富华、付应根、田宝成、常胜利、郑衍包、移友学、黄玉生、徐粉林、何清成、曹益民、高亢、王聪民、田福平、周天宏……我的背后永远有他们祝福的眼眸！

我常想，没有这些首长，就没有我的今天。我也常给年轻人讲，我能有今天不是我有多大的能耐，而是我的运气好，遇到了好首长。我要用写作的方式表达我对首长的感恩，以及对军营的留恋和对战友的思念。在这个过程中，我一并把曾经的工作进行了总结回顾，有经验，也有教训，浅薄也好，深刻也好，都是真实的，写出来供后来人参考，尽量少走一些弯路吧。

写作是一种社会责任。离开部队进入社会，每天都被大量的信息所包围，有正能量，也有负能量，有的让人感动，有的让人气愤，好也罢，坏也罢，泾渭分明一目了然。最可怕的是那些披上了伪装衣的错误的、危险的论调，由于极具隐蔽性、欺骗性，普通群众难辨真假，甚至跟风赶浪人云亦云，传播速度快、波及范围大，影响非常恶劣。

作为一名受部队教育多年的老兵，一名受党培养多年的老党员，面对歪风邪气我不能装聋作哑，必须挺身而出，否则那不就是"与恶为伍、与丑同行"了吗？

我要通过文章告诉人们什么是对的，什么是错的，应该做什么，不该做什么，激浊扬清彰善瘅恶。一个连真话都不敢说的人，还敢说自己是一个正派的人？善良的人？这也正是我和友人创办"高参论道"公众号的初衷。

写作是一种人生态度。人们总说人老了很可怕，这个可怕到底指的是什么？我还没有老到那个地步，没有亲身体验过，但从我年迈父母的情况看，人老了最可怕的地方是由于身体机能的退化，被迫与外界切断了接触，或者说是减少了联系。比如，腿脚不行了，出不去了，耳朵聋了，听不明了，眼睛花了，看不清了，牙口不行了，吃不下了……只有思考的大脑不会因年龄的增长而衰老。

伴有拼搏和奋斗的人生是多么的精彩，我的丰富经历又使这种精彩程度进一步提升，这一切难道就让它悄悄地流逝？等我老了我拿什么来回忆？不，这是我不能接受的，有些人、有些事，是不能忘的，我必须将其记录下来，只有记录下来，才是永恒的记忆。当那一天真的到来时，你看到的那个其貌不扬的老人，平静的外表下，却有着无与伦比的风趣、广博、机敏的头脑……

我会坚持写下去，尽管工作很累、时间很紧，尽管年龄增大、精力不济，特

别是用眼过度时常疼痛，但我还是会坚持写下去，写作已融入我的生活，成为不可或缺的一个重要组成部分。

　　写作也好，出书也好，得到了太多人的鼓励和帮助，感谢移友学、田福平两位首长为我写了新书的寄语，感谢张景亮、张玮、周波、宋尚磊、张柄炎始终帮我校对文字，感谢辛春霞、王亚荣、张彦芬、文轩、周洁所作的精彩点评，感谢部队的战友们、军校的同学们、华如的同事们毫不吝啬给我点赞，并积极帮我转发，感谢王淑英、高建武、高亚琳、周瑾、郭黎、佟伟对我的敦促督导，使我不敢偷懒，我还要特别感谢"高参论道"团队，他们是主编宋谦、副主编左果、朗诵王英，他们为"高参论道"的成长付出了大量的心血。

　　谢谢你们！